EX-LIBRIS

姑苏行

living Suzhou

薛亦然——著

江蘇鳳凰教育出版社

姑苏行｜代序

《姑苏行》是一支很好听的曲子，一支笛子独奏曲。在苏州，也许有人不知道这支曲子的曲名，但是绝对不会有人不熟悉她的旋律。她是那样清亮雅丽，那样从容不迫，一派苏州的人与城所独有的气象和气质。听着《姑苏行》，就好像漫游在苏州的水巷里，徜徉在玲珑的小桥上，神清目爽，悠然自得。

如果能够想象自己行走在一个世纪之前的姑苏城里，那《姑苏行》的旋律就更显出她的妥帖动人。你会觉得，哦，原来东方威尼斯是这样一种令人梦牵魂绕的情境啊！

也许《姑苏行》最早的旋律来自伍子胥开凿的胥江，千百年来，太湖水就这样流进了姑苏城。宋时苏州水城就以大河“三横四直”为经纬、“六纵十四横”分流交贯的格局令文人骚客欢喜莫名，咏叹不已。至今留存在苏州碑刻博物馆的刻于南宋绍定二年（1229）的《平江图》直接而精确地再现了当时古城的风貌，我们还可以从《平江图》看出当时独特严谨的水城格局。“水道脉分棹鳞次，里闾棋布成册方”，苏州城街坊和水道是并行的，人称为“双棋盘”格局，即以水路和陆路并行为骨架，在城的北部尤为明

显。主街背河，次街面河，几乎一街一河。连接城内外的长濠，构成纵横贯通的网络，街、巷、桥、店、庙、塔、宅、埠、衙等临街、临水布局；水巷与街巷、桥、建筑在体态、造型、色彩上完美结合，相映成趣；从而形成“门前石街人履步，屋后河中舟楫行”的独特意境。

诞生于上个世纪的《姑苏行》以一种奇妙的声音，使苏州的水巷风情成为一支精致而温情的歌谣，在时光的长河中声声相递。一百年前，苏州人的行走是离不开水巷的，这也是姑苏城最美丽、最独特的地方。

没有人不喜欢水巷。姑苏人家就“枕”在河流上，苏州的生活就“枕”在河流上，水巷边的房子就一幢幢清水出芙蓉般地在河边亭亭玉立着，河水想流就直截了当地流来了。想出门访友了，走出家门踏上河埠再跳上小船就凌波而去；想增添一些生活用品，就留心一下窗下河道上来来往往的船只，它们有不少就是为城里的人们送生活必需品的。闲下来，安安静静对着窗外的水和天读读书，读唐诗“君到姑苏见，人家尽枕河”，读宋词“过尽千帆皆不是”，苏州水巷里的河上没有帆，只有橹，那就改成“过尽千橹皆不是”吧。等谁呢？你想起了许多发生在苏州城里的缠绵悱恻的故事，对着静静流逝着的河水发呆。有叮叮咚咚的评弹索弦声隐隐传来，不知唱的是哪一对才子佳人的命运。

苏州水巷不仅是为艺术家的创作而设的布景，更是世世代代勤劳而聪慧的苏州人以世纪为时间单位创作的一件庞大而精致的艺术品。岁月荏苒，这件艺术品日见破旧残损，但唯其破旧残损，更惹人怜爱万分，教人追思不已。

苏州水巷千姿百态，但其基本上不出于三种形式：一是河街并行的水巷，河道的一侧是平行的小街，另一侧为临水的民居，比如平江河沿线。这样的水巷因河街对比明显而显得富于变化，高低错落，层次丰富；二是有河无街的水巷，河道两岸都是临水建筑，一河人家背靠背，窗靠窗，说话声音大一点对河人家都可以听到。这种水巷由于空间逼仄紧凑，令人觉得格外深邃幽静，学士河、吴趋坊河一带的水巷都是这样的；三是两街夹河的水巷，河道两边都是小街，视野特别开阔，其两边建筑的空间节奏也就显得舒缓、舒朗，例如盛家带、寿星桥附近的水巷。

在姑苏城里闲逛，在某一座石桥上停下来，向远处望去，一幅水巷图景便会闯入眼帘。河两岸临水人家鳞次栉比，高大的风火墙在民居群落背后半隐半现。向下看，麻条石的石阶层层往下直到河边，贴水的石埠头那端又层层地通达上去，就像鹰隼展开了双翼，临水欲飞不飞。这些临河人家木结构的门窗有的还雕着花，有时还可以看到陈旧的砖雕门楣，坚实不朽的柱

础、柱石、界石在静默中挺立着。过去那准是大户人家或者官宦世家的旧宅吧？现在早已成为寻常百姓人家的住房。还有一些临水的门窗特别考究，那些精致的花格子现在已失去往日繁华的光泽，但人们还是可以据此想象它的过去，也许几百年前那里是一座临水的酒楼或者茶馆，门前一定曾有一面招旗软软地悬挂下来，在几百年前的风中飘扬。几百年前的人们羽扇纶巾踏舟而来，船靠石埠，拾级便入厅堂，小憩小饮，宴客歌舞，方便至极。现在风吹雨打剥蚀了楼台的朱颜，但框架依旧，于古老中透出昔日的华彩底蕴，只是衰败得令人扼腕蹙额。只是在我们吟咏起“水调行歌断续听，到门沽酒客船停”的诗句来时，那些画窗、那些石础才会焕发出几分妩媚来。

苏州水巷里的日常生活十分富有诗情画意，一位苏州老人对此曾有精彩细致的描写：

推开临河的窗户，水涨时分，来往舟楫上的船主人可以够得到窗槛边。四五月间，紫酱红的杨梅、白沙沙的枇杷、粉粉红的水蜜桃，六七月间，碧绿的西瓜香瓜，八九月间嫩朵朵的莲蓬，洁白的鲜藕，翘角的红菱，十月霜降，新米登场，老来青、飞来凤、肚子鲜、香梗稻、鸭血糯，更有各色细粮，诸如芡实、薏仁，有哪一样不在河道经过？持家主妇探首窗外，立时可以成交，伸手出去，一手付钱，一手接货，货物新鲜自不必说，既有挑拣余地，又免去了中间盘剥。小囡们最欢迎换破烂的换糖船经过，那白色的糖甜得心全都发痒。河流里还有专售海棠糕和梅花糕的船只，卖各式点心的船只，都是去赶庙会的，两岸人家的瘪嘴老太常常喊住他们，挂一只篮子下去买几样配胃口的糕点上来。又以城里人烧的稻草而论，量多体积大，临河人家就免了去柴行挑担之苦。闲来无事，透过窗子“望野眼”，河里的景致也着实有趣，船影橹声中，那摇橹点篙的人们，不时引起窗内人的话题：你看，那敞着胸膛的壮汉赛过水泊梁山的好汉；那搭配着摇橹扭绷的小娘姆，赛过小青青、白娘娘；朝后又来了个白胡子老公公，戴着毡帽，齐腰的青布束裙，呼腰弓背，但船在他手里赛过长着眼睛，穿树拂柳，得心应手。窗内和船上的老人彼此在几十年间见过无数次，敷衍攀谈过，俱各面熟陌生，也很乐意交结对方，上了年纪互称为“老阿爹”“老好婆”，年轻的“阿姊”“妹子”叫得应天响，萍水相逢，虽常常是擦身而过，但客气话要说一整箩，直到船身过去，窗内人还叮嘱道：“晏歇过来坐坐！”船上人模模糊糊应道：“勿来叨扰哉………”真是文明礼貌得很。可若来船携带着菜蔬瓜果的自产物，卖者便格外克己，以表达多年的情谊。水和船便是这种旧时不寻常的人际关系的导体，充满着普通人之间醇厚的人情味。还有受欢迎的是捉鱼船，它们小巧玲珑，发散着桐油的香气，船上狭小的甲板上爬着一群小把戏，露着通红的光溜溜的小屁股，在破棉絮里钻进钻出。据说这是在荒山野村孤寂的水上生活的产物，他们的父兄为了养活他们，呷几口烧酒，赤露双臂伸到冰冷的河水中，在驳岸石条的隙缝里捉虾摸螺蛳。最好看的莫过于水老鸦捉鱼，当捉鱼人用手抠出它们颈项间活蹦乱跳的鲜鱼时，两岸的喝彩声，常常使长颈墨羽的水老鸦惊得双翅乱扑。

有几种不受城里人欢迎的船只，它们总是在两岸人家进入梦境时活动。粪船在夜晚停泊在粪行前，装足了粪，翌日清晨便开船走了。垃圾船在白天捉了满船垃圾，在夜幕下赶回乡里去了。还有一种叫偷丧船，大户人家死了人，和尚道士、堂名鼓手，掮旗打伞，纸人纸马，开路神开道，极尽死后哀荣；小户人家死了人，没钱置办"出棺材"场面，寻只船，天蒙蒙亮把棺材抬下船，一众披麻戴孝的下了船开到乡下去"落葬"。因为避免人见了"触霉头"，起早摸黑做这件事，叫做"偷丧"。

原有一种受到两岸人家欢迎却故意绕开人家眼睛的船只叫做"撑水船"，只有水载船，哪有船载水？但这种船舱里满载的就是水。旧时代苏州城用得上自来水的极少，城里的水又嫌太混浊，老虎灶用的水就是撑水船撑来的。撑水船到胥江，船老大用脚左右摆动，直至船舱灌满水，进阊门，穿过北塔寺直抵娄门，这一路的老虎灶的七石缸里就装满了还算洁净的胥

江水。老虎灶的伙计更用矾水打搅，用竹管吸出缸底的沉淀物，也就成了土自来水了。这撑水船一路行来，两岸人家常常拦截着讨水烹茶，撑水船于是改变进城的时辰，也在天色微明时进城，避免乡邻们的干扰。

河流最富生命力的时刻要算逢年过节，不论是人间的欢乐还是哀愁都沉甸甸地满载在船上，操办年货的，采买嫁妆的，探亲访友的，寻欢作乐的。当然，也有载着血汗灌浇出来的谷子进城交租的、卖儿鬻女的、借贷还债的，桥堍下歇满了船群，它们把船主人送进熙熙攘攘的店铺。年节前生意最忙的要算南北货和杂货铺、华洋百货店和铜锣锡器店、山地货行和酒坊、腌腊行和咸鱼行。再就是生意兴隆的杀猪作，盖过诸般喧闹，响遏行云的要数猪作里绝望的叫声。祀灶的灶神、烟花爆竹、红纸香烛、神像纸马、桃花坞年画、南枣北栗、红白蔗糖、笋干海鲜、各色洋布、香云纱、华丝葛、直贡呢，祭祖用的鲜果，花雕善酿状元红，自然走俏。菜馆酒楼使劲敲打锅勺，这些辛勤一年的船主人平日上城都自备行灶，在这种日子里，自是豪兴勃发去接受一次太白遗风的熏陶。但在芸芸食客中不乏“打落牙齿朝肚里咽”的人们，他们到酒楼来，只是为了酬谢“中人”，卖儿鬻女或典卖田地的文契就是在这类场合捺下指印的。待等日影偏西，人们从酒楼中出来，一个个好似年画上的关老爷，红的太阳，酡红的脸，红的炭炉，炒货店腾起的红的火焰，年货上的大红纸，东西山产的早红桔，红的纸烛，河流仿佛也被映红了。从老虎灶的炉灶里，从雾气腾腾的茶馆里，从酒肆菜馆里，从被太阳烘得暖暖的水流里，弥漫出迷迷蒙蒙的水气，摩肩接踵的人们挤来搡去，是河流和舟楫，使古城的大动脉百脉贲张，生机勃发。

水巷是静的，航船是动的，动静相济，苏州水巷便风情万种。

靠近城边的水巷里还有一种船也颇有特色，那便是人称为航快班的交通船。这种往来于城乡之间的船通常是乌篷船，船梢插一块水牌，上书某家班或某家船，写明船主姓名、起迄点及开船时间。开船前总是要敲小锣三次，所以又叫“镗镗船”。坐这种船出城旅行很有意思，从水巷里出城，一路房舍、寺庙、古桥、塘岸、乡野，水光潋滟，云天倒映，一路美景如长卷般徐徐展开，如果是雨天，拉上乌篷，只听见那淅淅沥沥的雨声，和着后梢传来的节奏缓和犹如喁喁私语的的橹声，令人心境一派宁和。看着一座座古桥从头顶上徐徐掠过，心里默诵着“曲终过尽松陵路，回首烟波十四桥”的诗句，别有一番情趣。进城时进入水巷了，河道便顿时狭窄起来，镗镗船谨慎地穿行在水巷里，看岸上房屋高低相接，驳岸上的条石水埠犬牙交错，行船比过桥洞还难，船老大手持竹篙站在船头上，前顶后抵，加上扳梢的密切配合，左躲右闪，好似表演杂技，激起水巷里一波波水浪，把临水人家的石阶冲刷得干干净净。没多久，船轻轻一晃，停下了，一看，正停在一家茶馆的河埠边——船到码头车到站了。

城内市河上也停靠了不少供市民交通用的快船，这种船可坐十人左右，船小而典雅，船舱里设有小巧玲珑的桌椅，船艄还有厨房，可供应酒菜。用双橹摇船，船头有青石一块以维系平衡，防止船只倾斜。行船时平稳快捷，苏州人游览、访友、迎亲等使用快船十分方便。这种快船一般散泊在阊门广济桥、杨安浜、方基上、通贵桥、胥门接官厅、日晖桥一带内河的埠头桥畔，静静地等候客人。

专供达官贵人游览宴客的便是画舫了。画舫比快船大，装饰豪华，船身金碧辉煌，船头有将军柱，还挂一排五彩琉璃灯，灯上有珠缨络索，甚为美观。舱内可容三四十人，有窗帘、挂落，房舱周围配有精细雕刻，中舱两边还有夹弄，从船头到船梢，不必通过中舱。这种船前有撑篙，后有双橹，需要六人以上合力操作才行。画舫为了招揽顾客，想出许多招数，其中最受欢迎的就是船菜和船点。苏州船菜注重蒸、炖、焖、煨、焐等烹调方法，很少用爆、炒，十分讲究清香腴美、食后不腻，别具风味。船点则讲究小巧美观，以糯米粉、上白面粉为原料，包裹甜、咸两种馅心，甜有豆沙、玫瑰、枣泥、桃肉、芝麻、松仁等，咸有虾仁、鲜肉、鸡丁、火腿等，做成各种花卉虫鸟

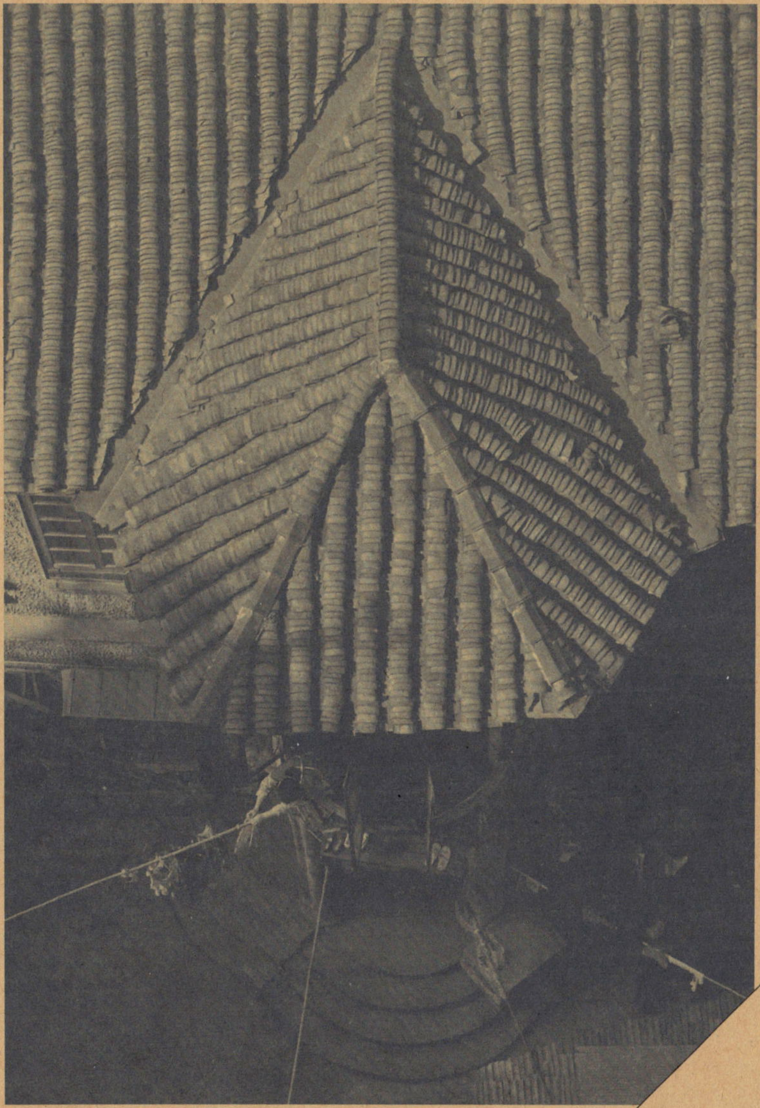

的形状，十分可爱，既有观赏功效，又很美味可口。

不论坐什么船在市河上航行，河岸的风光总是让乘客心旷神怡。比如说水巷里各献其巧的河埠吧，这是苏州水巷里一道饶有趣味的风景线哩。

河埠又称水埠、水码头，它是让水巷居民在水边洗衣洗菜的石阶，上下船的时候它就是水码头了，可以说它是水巷里水与人最亲近的地方。河埠的形态各异，多种多样，有的粗糙简单，有的精致繁复，有的因地制宜，有的别出心裁，如果有雅兴来一次苏州水巷巡礼，把苏州的河埠浏览一遍，你会发现你是在阅读一篇文章，一篇关于苏州文化的文章，一篇展示苏州人聪明才智的文章，一篇揭示苏州人性格特点的文章。

站在河埠上远眺，水巷深深，曲曲幽幽，两岸房舍壁立，粉墙黛瓦，马头墙飘然欲仙，翘向天际，高耸挺秀。临水的窗户或开或闭，窗下则是伸向水中的河埠。

有的河埠造型十分简洁，仅在临水处用粗石条筑成踏步而已，实用，不拘形迹，有一种粗犷简朴的美，反映了苏州人性格中朴实、讲求实效的一面。

有的河埠非常精致考究，它们突出在石驳岸之外，用花岗石精细地凿成平台，再从平台上向下一面或两面向下铺出踏步直到水中，有的甚至在平台上砌了石栏杆，把平台搞得像欢迎外宾的检阅台。这种河埠使人觉得在这儿干活也是一种惬意的享受。看着水巷里的人在河埠上浣衣，会体会到苏州人食不厌精、脍不厌细的生活作风。

有的河埠则显得十分机灵，与它所处的地形唇齿相依，揖让有度，或缩进，或突出，有的与桥相邻的河埠为利用地势，还会耍出诸如拐个弯儿之类的花样，使得河埠与桥浑然一体，比如平江河上的胜利桥、众安桥、朱马交桥等桥下的河埠就是如此，水巷就因此而显出一种少女的活泼来。这种河埠将苏州人的灵活机巧的聪明劲儿袒露无遗。

有的河埠与临水住房衔接得天衣无缝，简直就是房屋密不可分的一部分。这样的河埠往往是临河人家独户使用的，他们把河水引入自家屋内，河埠就砌在家里，在河埠上洗衣淘米，夏天晒不到太阳，阴天遭不到雨淋，酷暑之时，还可以降低室温，如同一台天然空调。因为是独家使用，有的还装上了一扇木栅栏，晨启暮闭，成为名副其实的水墙门。

有的河埠介于室内与室外之间，埠头缩进，侧面临水，踏步一级级伸向户外河面，靠河的一面有时还会有扶手，便于老人上下。还有的河埠有石阶向上直接通往沿河院子里的菜园，担水浇地只费举手之劳，使人感叹生活的艺术。这些河埠，都可以显示出苏州人性格中含蓄、内秀的特点。

有的河埠本身就是一幢民居的底层，主人把它让出来，作为公用的水码头，使那条水巷内没有自家河埠的邻居“俱欢颜”，实在是一大善事，在新民桥附近就有这样的河埠。

有的河埠有通道通往相邻的街巷，不熟悉的人会以为那是另一条小巷，等一直走到尽头，只见一扇石库门，出门一望，才明白这是一座公用的河埠。还有的河埠隐藏在人家夹弄里，过道非常狭窄，因此，这样的河埠就产生了一个使用原则：按先来后到的次序顺序使用。

有的河埠不仅精巧，简直可以说气派非凡。仓桥浜有户人家墙门前院子东侧有一道山墙，墙上开了一道门，门楣上是一方砖刻，上书“河埠”二字，出得门来，才见有踏步临水。虽然只是一座河埠，但其构思完整，层次分明，且造型典雅，整个儿就是一件园林小品，令人叹为观止。还有一户人家在大门前是很狭窄的弄堂，出入很不方便，然而他家临河的后门却是正儿巴经，门上有一堵高耸的马头墙，门外是一座四四方方的平台，有踏步级级临水，气度端庄而稳重。立在河埠南望，河面十分开阔，过去舟船往来，便是在这里上下水的。原来，这河埠早先便是这户人家的正门。门外的河道，对他家来讲其实是一条街道。水巷曾经是水街，当年水巷的繁荣程度可以想见。

小孩子是河埠上的常客，他们在河埠上嬉戏玩耍，打架争地盘。最常见的游戏是用捡来的瓦片削“水宝塔”,比试谁造的“宝塔”层数多,弯腰俯身一掷,瓦片在河面上“扑刺刺”向前轻快地跳跃,一圈圈涟漪荡漾开来,激起小孩子们一片欢呼声。小孩子还爱在河埠边摸鱼捉虾,用一只小竹篮放在水里等小鱼小虾进来再猛然一提。年长些的大孩子便稳笃笃地拿一把小竹椅坐在河埠上垂钓了。有了点心事的少年便常常坐在河埠上“望野眼”沉思,特别是在夏天,凉风习习,实在是消夏佳处,看燕子低掠,蜻蜓群飞,鱼跃水面,雨打浮萍。米船、柴船、绸船、菜船一只只摇过,橹声与远处杨柳树上的知了叫声,高低相应,透出夏日午后的静谧。最令人难忘的是农历七月,十五那天是“鬼节”,家家户户都要祝飨祭祖,寺庙里大做水陆道场,晚上还要放河灯,用来娱鬼。放河灯的时候,船在水上缓缓而行,一路上把纸做的花灯放在水面上,任其轻轻随波漂流,直至熄灭。夜幕之下,还有管弦丝竹之声伴河灯作浪漫之旅,给人以一种超凡脱俗飘然欲仙之感。三十晚上,苏州人又烧“狗屎香”了,从河埠上望去,岸上、岸壁、河埠,密密麻麻地闪烁着香火,如繁星落地,还有人把香烛插在草结上的“水灯”中,荧荧而来,顺水漂流,煞是好看。

五花十色的河埠使苏州水巷丰富多彩,而在河埠上浣衣洗菜的女人则使苏州水巷婀娜多姿。游人站在古老斑驳的石桥上,看三三两两的女人在

河埠上一边浣衣一边嬉笑，看挟一盆衣裳的姑娘在斜斜地插入水面的石阶上凌空来去，拾级上下，水悠悠，人亦悠悠，丰姿绰约，韵味无穷。游客们看呆了，说苏州真的是水做的，苏州的女人也是水做的，说着，便从行囊里掏出相机来，咔嚓咔嚓拍个不停。河埠上的女人们对此莞尔一笑，司空见惯。对她们来说，桥上指指点点的人也是苏州水巷里的一处景点哩！

我们终于说到苏州水巷中的桥了，苏州的桥值得大书一笔。

白居易在《正月三日闲行》中也说“黄鹂巷口莺欲语，乌鹊河头冰欲销，绿浪东西南北水，红栏三百九十桥。”宋《平江图》刻石上仍有桥325座。还是说画桥三百吧，洋洋洒洒的三百座桥梁无论放在哪一座城市里都是非常可观的，更何况姑苏城不过是座不足二十平方公里的小城。试想，如果一篇散文里竟有三百条妙喻此起彼伏，那文章无论如何不能小觑。水巷里的桥每一座都像一条巧妙的比喻，使人浮想联翩，觉得苏州古城真是文彩飞扬。或者说每一条巧妙的比喻都像苏州水巷里的小桥，在水陆频繁割据的地方，飞起一道道彩虹，使人们的想象力畅行无阻，酣畅淋漓。

苏州城里的桥形式多样，造型美观，极尽灵巧变化之能事。多边形拱桥、三孔拱桥、单孔拱桥、尖拱桥、半圆拱桥、亭桥、平桥、踏步桥、过街桥、旱桥、廊桥，每座桥有每座桥的姿态，每座桥有每座桥的风貌。有的是平直小桥，桥几乎与水齐平，自然质朴而富有野趣。有带屋顶的廊桥，两旁红栏碧牖，掩映生姿，倒映水中，有如彩虹，水波荡漾，桥影欲飞。有的高大如驼峰高耸，气势雄伟。有的玲珑典雅，古意盎然。有的是巨石覆盖砌叠，宛如混沌中凿琢的千古磐石，散发出原始的浑厚朴拙。有的勾栏石刻浮雕，望柱头古兽宝瓶，华板錾云镂花，全是不朽的精致艺术。有的桥为青石板铺就，桥与路平，素朴小巧，散步桥上，步履安详而舒坦。

在苏州水城里，随便到哪几条小巷走一圈，都像走进了一座桥的博览会，五步一登，十步一跨，谁也记不清一路上经过了多少座桥。有心看桥的游客更是难以挪动步子，那大大小小的桥成了厚厚薄薄的书，其书名的文化气息都很浓，有些桥不仅桥名起得好，那桥联也写得好，令人玩味不已。远远地望过去，一座座桥都如枕如凳，浑身透着亲切，让人生出骑上去睡一会儿的怪念头。走上一座桥兴致盎然地欣赏水巷景色，只见近处有桥，远处也有桥，望断水也望不断桥。本来上桥就是为了下桥，可是一些多情的客人上了桥就不肯下来，总希望在桥上多盘桓一会儿，就像是赴一个迟到的约会，主人已去所留下的怅然悄悄地被周遭的景物所消融。桥上还是外地人了解姑苏风土人情的好处所，伫立桥上，看傍水人家，绿树掩映，水巷女子在河埠上上下下，衣杵起落，声音远远传来，慢了半个节拍，如空谷回

音，竟使人恍如隔世。看苏州姑娘上桥来了，对襟小衫儿尽是丝绸，潇潇洒洒，琵琶扣盘得雅致古朴，一级级石阶娉娉婷婷走去，风情万种；又有挽着满篮沾露香花的卖花姑娘，打从桥端盈盈走过，空气中飘留着她幽幽的香气，使人情思恍惚。你看，小桥成了苏州姑娘表演的T型台了。

苏州的桥不仅是站立在水巷里，她们还牢牢站立在悠远的历史长河中。她们不仅跨越了河流，还跨越了历史。是桥，把苏州古老优秀的文化从千百年前传递到现在。我们读桥，就是在读历史；我们走过桥，就是走过历史。岁月湮远，朝代递嬗，一座座古桥穿越时空，联系古今。我们今天正在走着的桥，也许吴王傲笑着走过，伍子胥叹息着走过，梁鸿孟光牵着手走过，陆逊沉思着走过，陆羽捧着野茶走过，张继、杜荀鹤、白居易、倪云林吟哦着走过，苏东坡、范仲淹神色凝重地走过，沈周、唐寅、文徵明、祝允明、张岱摇着折扇走过……古人们走过的桥我们在走着，古人们没有走过的路也正在由我们走着。千年百代，像风一样从桥洞里吹过，当我们拾级登临，盘桓在一座座古朴的桥上时，便会与一位古代的圣贤俊杰悠然心会。这桥，是现实的桥，是历史的桥，也是我们心上的桥呵。

仔细想来，《姑苏行》也是一座桥呢，一座将我们引向美丽往事的记忆之桥。

目录

瓣莲巷

——《姑苏城的那些街巷园院》之一

一进瓣莲巷就看到曹沧洲故居。曹沧洲是清末民初的名医,曾经看好慈禧太后的病,却不愿呆在宫中,喜欢回到苏州行医。他有个徒弟叫吴子深,是他的外甥,后来也成了名医。吴子深更有名的头衔是画家。民国时名震上海画坛的“三吴一冯”里就有他。但他是靠医术在上海立足、置买小楼,然后靠画艺闻名海上的。1949 年他听了张大千的话迁居香港后重施故伎,先医后画,均名扬东南亚,还曾应邀为胡志明看过病。从这样的巷子里走出了那样的人生,真是潇洒有趣啊。当年他是怎样跟在舅舅身后在这里进进出出的呢?

胡乱想着,迎面一小杂货店,便到蒋老家了。右拐,穿过一条又窄又暗的备弄,绕过一眼青石古井,就到蒋老门前,一按门铃,便听到师母的声音 :“来啦——”

十多年来,我是蒋家常客。蒋老画出了得意之作总要打电话让我过去看看。兴致高的时候还要我去看他作画。初夏时他也会约我去欣赏他收藏的字画 :文徵明、唐寅、王宠、祝允明、徐青藤、八大、石涛、任薰、任伯年、郑板桥……与古人真迹面对面,我会如同置身于云端之上,一时不知今夕何夕。

看蒋老作画很有意思 :先是铺平宣纸,对着茫茫的白沉思,然后取笔、蘸墨,力士般分开双腿站稳,才挥笔在纸上果决地行走。有一次他画兰,刷刷两笔,一笔飞飘左上,一笔斜斜地逸向右方,仅仅两笔便顾盼多姿隐隐生情,我不由得喝彩 :这幅必是精品。蒋老深深看我一眼,一字一顿地说 :"画兰最要紧的就是这两笔。"然后转过身去,对着画沉思良久,叹了一口气 :"一辈子也就这两笔了。"我为之默然。

蒋老多次鼓励我学画,我也很想跟蒋老学几笔兰竹。他的兰竹可谓当代画坛一绝,冯其庸称其墨竹在石涛与板桥之间。但我一直没有真正动手,还在朋友面前自我解嘲 :先画竹呢,还是先画兰,一时还没拿定主意。其实内心里总觉得与蒋老交往的时间长着呢,急啥?先看着吧。直到今年和车前子谈起此事,他为我扼腕,"你可惜了,"我才真的感到一种莫名的隐痛,不仅仅是没跟蒋老学画。

后来更多的是蒋师母约我去他家。师母总是固执地称我老师,每次都是师母默默地为我沏茶,还端上一小碟点心,哪怕是几片饼干。交往好几年后我才知道师母喜爱写作,后来她拿出数十篇散文托我整理、修改。从这些文字走进师母情感世界深处,颇有美不胜收之感。街边山茶开了,她有由衷的欣喜 ;家里三花猫死,她有纯真的喟叹。最是她对少女时代的追忆亲切感人。读着读着,你会感到老人内心葆有着的一种类似女中学生的情怀。后来我曾在师母散文集的序里说,瓣莲巷原名板寮巷,不过讹为瓣莲巷却讹得很精彩,苏州就是一朵硕大无朋清香四溢的莲花,蒋老夫妇便是其中一瓣。师母嘀咕说,我在这里住了三十多年,真勿晓得板寮巷。

有时看老两口斗嘴也很有趣。师母耳朵不好,蒋老性子急,声音就大,师母却波澜不惊,眼皮也不抬一下,仍旧慢慢地想,慢慢地说,过一会儿才数落蒋老几句。蒋老只好对她看看,不啧声。

蒋老住院时也没甚大病,师母还告诉我选了两幅画等老头子出院了题上字送我留念,谁会想到蒋老就此没能再回瓣莲巷呢?谁又能想到师母一月之内和蒋老脚跟脚走了呢?我到医院看过蒋老,却没能看望师母——他俩住同一家医院，师母却不知道蒋老已先她而去，我怕见面时师母向我打听蒋老，我不知如何应对。

前几天路过瓣莲巷，下意识地拐进去。又见曹沧洲故居，又见那小杂货店，却无法再重走那窄长的备弄、按响那门铃了。从小巷那头出去时心里不由得念叨着：曹沧洲、吴子深、蒋风白……是一些永远属于这条小巷的名字呵。

仓米巷

——《姑苏城的那些街巷园院》之二

说起仓米巷便会想起沈三白和芸娘,《浮生六记》给了后人多少美好的想象啊。这一对富有情趣、相濡以沫的夫妻是从沧浪亭搬到仓米巷来住的。虽然这里没有沧浪亭住得宽敞、雅致、诗意盎然,但也有宾香楼、读书处,窗外还有一片陆氏废园可供张望,总比他们后来流浪他乡强得多。

仓米巷的得名当然和旁边有米仓有关,和米仓有关的还有附近的东美巷和西美巷。现在那些米仓早已隐进地方志了,但那名字仍然散发着米香。米香和书香,是仓米巷特有的气息。

仓米巷就在文联对面,我三天两头就要走进仓米巷。我与仓米巷的亲密接触全是因为瓦翁住在里面。说起瓦翁,苏州人或爱好书法艺术的人都知道。这位已经九十七岁高龄的老人以一手飘逸雅健的小楷征服了当代书法界,曾经获得全国书展金奖首名,人称状元。这位状元却从来不奇货可居,熟人、朋友甚至邮递员求字,他都是慨然而作,略无愠色。有时碰上婚庆喜事,我代人求他的墨宝,他写好了要我去拿时还说笑话:“酒,你去吃,字,我来写。”

每次去瓦翁家我都要问他这一段时间里的行程。他的活动太多了,书法界的、文艺界的、省市政府的、学校的、社区的……许多活动都以请到他出席为荣。他也好商量,面对各种谢辞他有以不变应万变的一句话:我要服务社会。有时一天之中要跑好几处，老人还自我解嘲说：我老头子赶场子哉！

瓦翁字洒脱，人亦洒脱。成天笑呵呵的，聊天时冷不丁就要幽上一默，走到哪儿都是一片笑声。文联的人，各个协会的人，都喜欢他。他随便在文联的哪个办公室里坐一会儿，机关里的人就会一个个闻讯而来，向老爷子请安，听他说笑话。老人思维敏捷，不熟悉的人谁都觉得他不过六七十岁而已。他最喜欢和年轻人交朋友，和他聊天一点也不会感到有什么代沟。由于瓦翁，我相信心里可以不老的。瓦翁还是很有影响的篆刻家，他在每年生日时都要为自己刻上一方印。我最忘不了的是他"八十八"岁时刻的"二八年华"和九十岁时刻的"九十学步"，试想，有这样心态的人还会老吗？

瓦翁也是后来才搬至仓米巷居住的。以前住在彭义里。那里是清代状元彭定求住的地方。彭定求是有名的祖孙状元，据说他嫌儿子没出息，没想到儿子回答他说：状元生我，我生状元，何愧之有？弄得他老爸无言以对。确实，单凭这句话表现出来的捷才，也看得出这位拒不惭愧的人绝非等闲之辈。那时我也常去瓦翁家，总想在老人的书房里多待一会儿，那是值得久久留连、也经得起细细品味的所在：别致的石头，诱人摩挲的葫芦，整齐排列着的线装书，墙上经常更换的书画小品……玩味着、遐想着，觉得苏州古城的魅力在这里清晰可辨、盈手可掬，觉得向往苏州文化的人如果无缘结识瓦翁那真是一件憾事。

彭定求、沈三白……苏州也真有趣，无论瓦翁搬到哪儿住，那地方总会给人以文化渊源上的丰富联想。有时我送瓦翁过马路，进了巷子老人便执意不肯我再送，我便立在那儿久久地看着他缓步走进深巷，恍惚间会油然想到当年沈三白也是这样缓缓走在巷子里的吧。

顺着巷子再往里走，还会走过南半园，是来自溧阳的进士史述居住过的地方，其中有半园草堂、安乐窝、还读书斋、君子居、待月楼、挹爽轩等，曲园主人俞樾曾为其作记。再往前走,前面还有一座隆庆寺,不过这寺庙早从现实迁进志书了,当年的钟磬之音已幻为现在的朗朗书声。

在仓米巷行走,和在苏州其他许多巷子里行走一样,稍不留神,就会迷路,走进历史。

长洲路

——《姑苏城的那些街巷园院》之三

长洲路也叫路真是大言不惭。一条百余米的曲尺形小巷罢了，叫什么路呢？搞得隔河相对的街只好忍声吞气地叫小太平巷。对了，那条街现在叫十全街了。

长洲路叫得理直气壮是因为它有靠山，苏州府曾分三县，其中的长洲县署就设在这儿，试问，县署前的路能叫巷子吗？历史上的辉煌都有办法蔓延到今天，你无力改变。

现在长洲路上的县署已无迹可寻，最能勾起人们思古之幽情的是一座小石桥，叫帝赐莲桥。从桥名看好像有个挺有趣的故事，其实不然。据《宋平江城坊考》说，这座桥始建在宋代的咸淳年间，不知何年何月开始叫帝师里桥，又不知是一讹再讹还是一步到位讹成了现在帝赐莲桥。住在这儿的人们对此不甚感兴趣，他们有自己的叫法：狗屎头桥！

狗屎头桥其实也是音讹，应该叫九四桥。民间传说元末张士诚的母亲住在长洲路，张士诚是个孝子，战事再忙也每天都来看望母亲，这座桥就是为了探母方便才造的。张士诚小名九四，于是叫它九四桥，几百年来当地的人们叫顺了口，成了狗屎头桥了。上个世纪 80 年代初来了几个石匠，叮叮当当把这座桥搞出一级级台阶来，我上班时过桥就得下车推行了。

那时狗屎头桥下的流水还是很清的。我在桥下淘米、洗菜、洗衣服，后来还可以洗衣服，不过必须用自来水过一遍，再后来还可以洗尿布，再后来还可以洗了拖把顺带一铅桶水回家洗厕所，再后来，河埠头就长满青草。这一说二十多年过去了。

我在长洲路三易其所，都在同一个小区里转。这里曾被人称为苏州的中南海，因为这里的住户里有许多局长部长，还有好几位市领导。苏州中南海的称号后来转移到其他住宅区，后来就不知所终——庞大的房地产市场把领导们的府第淹没了，他们真的做到了大隐隐于市。

说起来我能基本上做到品行端正、没犯什么案子，和常年生活在领导们的眼皮之下大有关系。我的对门是市委常委、总工会主席，我的楼下住着三位局长。其中一位局长太忙没空住，只好委派儿子儿媳住。我的楼上住着一位司机，那可不是一般的司机，而是苏州第一驾驶员，为市长开车的。没多久他就当上什么经理了，每天挟一只小黑皮包蹦下来上班去。

和领导们扎堆儿住也有麻烦。麻烦之一是人家敲错门找到我家来，这样的事情发生得多了，我会觉得不怪人家敲错了门，而是我住错了地方。最令人哭笑不得的是楼下局长的夫人和我的夫人都被人称为孙老师，这事儿经常让我的内心十分不安，人家位居局长，才拥有了一位孙老师，我何德何能，竟然也蒙到了一位。要命的是不少拜访局长的人都打着看望孙老师的旗号而来，拎着礼物敲开门头伸进来谦恭地问："是孙老师家吗？"我只要一瞥礼物的档次就知道这又是一位敲错了门的客人，便同样谦恭地一哈腰："实在抱歉，您要找的是楼下的孙老师。"来客往往尴尬，或许还以为我话中有刺呢，上苍明鉴，我是真的难为情。

当然，我在小区里也不是一点儿亮点也没有，我的亮点便是我小书房窗下的灯光，我让它每天都熄灭得最迟。那时我住底楼，窗口正对路口，于是我的台灯就成了晚归人的路灯。这事门卫老头经常说。要做到这一点也不易，我总不能开着灯睡觉呀，于是只好爬格子，起码得把电费爬出来。如今当我觉得自己过分贪玩时便会把这事讲给儿子听，说明老爸当年也是奋斗过的，现在有资格玩玩了。儿子一听便伸出双手，不是因为感动要拥抱老爸，而是提醒我：这事儿你说过不下十次啦。

现在长洲路的领导们大多早已成为老领导了，我目睹了他们的变化，感受着他们的心情。好几位局长退位后不久就住进医院，出院后便认乎其真地练书法，写七个字一行的诗，然后让我找地方发表。再然后就不耐烦弄那些玩艺儿了，他们搬一张藤椅坐到小区门口的空地上，边摇芭蕉扇边和门卫老两口有一搭没一搭地聊。有人从面前走过，他们便一齐转着脖子从人家的脸一直看到屁股。

穿心街

——《姑苏城的那些街巷园院》之四

穿心街名从何来？不知道。王謇先生的《宋平江城坊考》中说这里过去有大新巷和小新巷，可能与此有关吧。

穿心街是我走得最多的一条小巷。头发长了要到巷东头的理发店理发；自行车出毛病了要到巷西头的车摊上修理。更不用说往城东南隅办事也是从这条巷子出去最方便了。

巷东理发店的老板是温州人，白脸，瘦瘦的，和气寡言，忘了他姓什么了，忘不了的是头发长了就去找他，这一找就是十多年。后来我夫人、儿子也都习惯到这儿来。小店里的少男少女学徒是经常换的，学成后到哪儿去了呢？没问过，大约是到别处开理发店了吧！

巷西的车摊师傅好像是淮阴那一带的人，红脸，身板敦实，很讲信誉，上班把车扔那儿，下班来取时所有的毛病都好了，还顺便在链条上滴好油，车胎打足气，价钱也十分公道，从不乱来。我觉得工商所应该在这儿挂上一块“信得过”的匾牌。

穿心街上最有名的人也是外地来的，他就是佛教净土宗第十三代祖师印光大师。大师1930年到此闭关，1937年离开这儿上了灵岩山。他的关房就是穿心街中段报国寺里的几间小屋。

我办公室在二楼，窗户正好斜对印光大师的关房后窗。时常听到和尚们在当年的关房里诵经，估计是佛教里的重要日子吧，还间杂有磬、铃、木鱼等各种呗器，十分悦耳，让人感到一种心的宁静。关房的屋脊上常有一只白鸽散步，门卫老潘不知用什么方法捉到鸽子，张主席知道后立即喝令他放掉，以后那白鸽再也没有出现。

报国寺不大，相当于一个小四合院，前后三进，与文联海棠楼隔墙相接。上个世纪 90 年代初这里还有居民住着，后来落实政策改为佛教博物馆，院子中间的那棵大树越发茂盛了，春天开花时报国寺上空一片紫云。

我常常在二楼隔窗久久凝望报国寺，想象七十年前印光大师在此闭关时的情景。大师是不出门的，但得不断接待慕名来此叩关的人们。我看到张善孖从网师园带着那小老虎来请求皈依，大师认为养虎是“无事生事”，“令虎吃牛，实造杀业”，但大师慈悲，仍“为说三皈”，并赐法名“格心”，据说“自是虎遂柔伏，未几化去”，大约是已经脱离畜生道了吧？

我看到续范亭带着女儿和女仆来此请求皈依。续范亭是抗日爱国将领，为抗战曾在中山陵自刎明志。但大师似乎并不怎么看好他，因为大师看到他十岁的女儿与女仆戏顽，他呵斥女儿，女儿不听，“发气呵之，稍静一刻，又顽起来”，于是大师在写给友人的信中说：“光知彼是只知愤世，了无治世之才，只一女孩，在光处尚不受约束，况统兵乎！”联系后事，大师说得有理。

我还看到大师在国民党元老张静江的耳边说了些话，张顿时痛哭流涕。说的什么呢？我没听见，除了张静江谁都没听见，思来想去，猜不透。大师就是大师。

我看到许多人在报国寺前来来往往，就是没有看见另一位寓居在苏州的外地人，国学大师章太炎。章太炎的住所距报国寺不足百步，锦帆路过来转个弯儿就到了。章太炎也写过好多佛学文章，这两位大师应该在一起聊聊的。但我一直没看到这方面的资料，印光大师的年谱中也没相关记载，网上有篇文章说他俩曾有交往，但又语焉不详，是不是在报国寺更无从查考,不免让我感到一种无端的怅惘。

再往前看,我还依稀看到另一位身影 :郑思肖,福建连江人,这位以一函《心史》寄意明志,以一笔墨兰留赠后人的南宋诗人,宋亡后的余生就是在报国寺里度过的。不过那时的报国寺不在此处,好像在如今的文庙那一带。这并不妨碍我向报国寺张望。郑思肖真是铁骨铮铮啊。他的一幅墨兰仅寥寥十七笔,但就是不肯给赵孟頫。别看赵孟頫是元初的大官、大书法家,讨不到郑思肖的墨兰也只好忍气吞声地离去,毕竟是贰臣啊。

海棠楼

——《姑苏城的那些街巷园院》之五

海棠楼是壶园留下的两层小楼，壶园的其他部分早已于十多年前变成一座现代办公大楼了。新旧两楼，一大一小，在粉墙两侧依依顾盼，各自怀着心事做无声的对话。

我至今说不准这座旧园叫壶园还是葫园，这两字的意思在这里好像差不多，茶壶也好，葫芦也好，都是螺蛳壳里做道场，极言其小。二十年前我开始在这里上班，先是在楼下编报纸，后来到楼上搞协会，再后来搬到新楼办公。海棠楼里开过饭店，做过版画工作室，几易其主，近年修缮一新后专门用于艺术家们聚会。海棠楼有知，也会高兴的。

十多年前海棠楼里真的是谈笑皆鸿儒，往来无白丁。我印象最深的是作曲家金砂，那时他住在言桥头，到海棠楼来只须步行十分钟。金砂总是一路哼着小曲轻手轻脚闲云野鹤般地来到海棠楼下，只要手上有空，我都会陪他聊一会儿，听他说《牧羊姑娘》是怎样谱出来的，说《毛主席来到咱农庄》是如何唱开的，谈得最多的还是歌剧《江姐》，哪些腔是从川剧里化出来的，刘亚楼当年是如何抓他们的创作的，毛主席观看《江姐》后和剧组合影时谁谁谁是怎样挤到毛主席身边的……说起《江姐》来金砂就如痴如醉，那是他创作的最高峰，是他最钟爱的女儿呀。加上我又是一个十分理想的听众，从小就对歌剧《江姐》十分熟悉，再听他绘声绘色这么一说，真是非常过瘾。后来他写了好多篇论文总结《江姐》的创作经验，复写出来他都给我一份。他打算写二十篇结集出版，可惜在世时没有实现。

我在楼上办公时来得最多的是书法家朱第，他是书法工作者协会的理事长，楼上有他的办公桌。那年天热，楼上如蒸笼一般。于是用下五子棋的方式来避暑，大家轮番上阵攻擂，朱第厉害，总是奋战在第一线。后来他听说我会下围棋，就拉着我下，再也不理五子棋了。他在围棋盘上十分好战嗜杀，常常在稳赢的情况下杀崩了。我还记得他和我下的第一盘棋，在做了一些准备工作之后，他动手杀我的棋了，拈起一粒子悬在空中，突然抬头问我："打二还一你知道吧？"

院子里最美的风景是两棵树，一棵海棠，一棵桂花。花开时节就是小楼的节日了。海棠花开的是热烈和浪漫，桂花开的是含蓄与温馨。那粉红和金黄都是满树满树的，几天后满地缤纷落英人们也不忍扫去。两棵树造型都很漂亮，屈曲横斜，古意盎然，十分入画。回想起来有点奇怪，这院子里来来往往的画家也挺多，怎么没听说有哪位为它俩写过生？大约是这样的树在苏州太多太多不足为奇的缘故吧。现在那海棠已经辞世了，不知道是被虫蛀死的，还是被开饭店的油烟熏死的。只剩下那棵已显老态的桂花，任一段木桩撑着，不免让人感到凄凉。

写到这里，我突然想起楼上窗框里斜斜写着的字迹：某年某月某日初开，某日始盛，某日凋尽。那显然是海棠花开花谢的记录，有七八年了，笔迹却不一样，有的我认识，有的不认识，认识的人中间有的已经过世了。凝视那笔迹，一双双温情的眸子便慢慢地从字里行间浮现出来。

我接着那笔迹记了一年就搬往新楼。撤离的那几天楼板中间堆满了待处理的东西，有人试图从中找出有用的，老姚幸运地发现了一幅张辛稼的书法，我也意外地找到一张上海诗人芦芒写的斗方，那是他写于 1962 年的诗作："灵岩山，巨象伏青天，曲曲山道如登天，步步云雾缠。松苍苍，石峥峥，琴台遥看姑苏城，紫烟缭绕彩烟升，郊野桑稻密层层。"也许是那年诗人游灵岩山是由文联接待的，于是在海棠楼挥笔写下了新作？这幅斗方现在就挂我的孵孵爬爬斋墙上。

对这幅字我有个设想，芦芒的女儿王小鹰是上海作家，现在苏沪两地艺术家交往颇多，说不定王小鹰哪天会在海棠楼做客，也许这幅字交给她更为合适。如果这事能成，我想在海棠楼举行一个小小的仪式，不知道这能不能算作海棠楼的一段佳话？

江枫园

——《姑苏城的那些街巷园院》之六

江枫园的黄昏是属于狗的。天色一暗，人们就纷纷带着狗出来溜达了。

狗与狗都是熟悉的，见了面要么就闹，要么就掐。哪两条狗有过节主人都知道，两下里早就勒缰避开。绝大部分狗都是友好的，于是绝大部分主人也就十分友好，碰面了就站着聊一会儿，无非是家长里短、天气物价之类常聊常新永远聊不完的话题。他们没法不聊，你想，狗们在那儿撒欢打闹不亦乐乎，主人们在一旁两眼对瞪一声不吭，多难受？即使是见面就掐的狗，主人也不会掐，毕竟觉悟不同，对狂吠着的狗笑骂几句，点点头也就过去了。不是这些狗，它们的主人们也许老死不相往来。狗们是江枫园里的外交官。

遛狗时狗最要紧的事情是闻，到处闻，重点是路边的树下，不闻清楚它们是不肯走的，似乎那既是责任又是享受，一副义不容辞如痴如醉的样子。当然，它们也绝对不会忘了撒几泡尿让别的狗闻。据说狗撒尿不仅是排泄，还是它们相互传递信息的方式，这就是它们一泡尿要做*N*次撒的道理。不过它们一定得在树下才会撒尿的习性也太刻板了，如果一阵龙卷风把江枫园里的树统统卷走，那园里的狗们不得全体被尿憋死？

看着人遛狗我没啥感触，看狗遛人我却很羡慕，那是一种多么富有情趣的跑步方式啊。但我家没狗，我要遛狗得借。我选中了邻居家的阿太，

千方百计地和它套近乎，阿太也知趣，很快就愿意让我遛——它最好吃饱了就整天野在外面呢。阿太是一条近一岁的杜宾犬，身材高大匀称，精力充沛，一身黑色短毛油光水亮，耳朵柔而长，奔跑起来如马如鹿，飘飞的耳朵如两块黑绸，那姿态真是超凡脱俗。可惜我是个凡夫俗子，跟着它奔上几十米就呼哧呼哧上气不接下气，只好使劲儿拉着它，阿太的姿势便如黑牛耕地锲而不舍地步步向前。每次遛狗回来阿太都是意犹未尽，而我早已汗流浃背气喘吁吁。

阿太的主人毛君也不善跑，他想出了一招：找出几年前玩的踏板小轮车，站在上面，让阿太拉着跑，阿太果然可以放开手脚，在小区里狂奔两大圈一小圈，跑出一身细汗，才酣畅淋漓心满意足地一路小跑回家。童心未泯的毛君得意地传授经验给我，我告诉他美国有位老兄的遛狗方式与他有异曲同工之妙：那老兄是个超级胖哥，实在走不动路，但狗不能不遛呀，于是买来一架跑步机放在沙发旁，他优哉游哉地躺在沙发上手握缰绳让狗在跑步机上遛，人狗各得其所。毛君会心大笑。

好几位朋友表示要送狗给我，我却不敢应承。养一条狗你就必须对它负责一生，责任重大啊。我曾养过一只可爱的猫叫阿咪，正当盛年却因病早夭，至今余痛未已。说起阿咪，她还与邻居的黑狗克林顿有过节，一度时期搞得我十分狼狈。克林顿是一条拉布拉多犬，那时还小，不知因何与阿咪有隙。有一次被我看见，俩小家伙对峙着，都是随时会扑出去的样子，阿咪浑身的毛都奓开了，克林顿则是一味狂吠。我观察了一会儿，它俩还那样，不战不和不走，觉得无趣，就一把抱起阿咪冲过去，克林顿只好吃瘪落荒而逃。没想到就此得罪了克林顿。看来得罪一条狗和得罪一个人一样，都得十分慎重。以后每次到毛君家，克林顿都在院子里对我狂叫，特别是在晚上，叫得我都觉得自己形迹可疑。也有意外的收获，克林顿一叫，毛君就知道我来了，不等门铃响就会开门迎我。克林顿成了我访毛的专用门铃。

想不到两年后克林顿对我前嫌尽弃，现在，高大威猛的克林顿看见我就会无声地低头走过来，任我抚摸，然后静静地站在一边，好像要和我一起追忆阿咪，一副相逢一笑泯恩仇的样子，令我不由得有几分感动。

两可斋

——《姑苏城的那些街巷园院》之七

两可斋小得很，不足六平方，一桌一椅一橱而已，乏善可陈。要说，也只能说说两可斋的客人。

两可斋的客人多是文友，不敢说谈笑皆鸿儒，但绝对往来无白丁。当然话说回来，真正的白丁朋友现在想交也难，你到哪儿去找？比上世纪 50 年代找大学生还难，得靠缘分。

常来两可斋的文友多兼棋友，这很容易理解，谈诗论文是见不了胜负的，远不及黑白世界里的掐架来得刺激。输了想卷土重来，赢了要猛追穷寇，于是便成了常客。输了也好赢了也罢，风度总是在的，相视一笑中，得意与解嘲之类的内容便全都有了。若是意犹未尽，他们还有其他的招。文瑜的拿手好戏是写一幅字，内容大都是“意料之外，情理之中”一类，王华的保留曲目是送笔筒，两可斋里就有一只，笔筒一面刻着首届中日围棋擂台赛聂卫平对藤泽秀行那一局棋的棋谱，一面刻着苏东坡的字“胜固可喜，败亦欣然”，还巧妙地把亦然两字排到一起，我就不便也不愿转赠他人了。

想起来上世纪 80 年代的中日围棋擂台赛真是厉害呀，我和好几位文友都是和那黑白子结下不解之缘的。看着聂卫平屡屡杀出重围勇猛夺标真是开心，看高手们杀着手痒便自己杀，没人关注我们，我们便各自盯着对手:有一次和文瑜杀棋,边上放着一张纸,谁输了便在上面签个名,签着签着耍赖了,他笔下出现了一串马晓春,呵呵。再后来他索性写连载小说了,把自己的对手们都写进小说,碰到棋友便要预告,明天谁谁谁要出场了,最后出来一统江湖的当然是他自己,小说里那位叫陶文的大隐。作家有作家的办法,纸上杀人无疑比棋上杀人来得爽。

那帮一起学棋的文友中我最佩服顾盼,只有他能够毅然决然地抛弃围棋而去,就像长坂坡上的赵子龙,单骑闯入敌阵左冲右突绝尘而去,让围棋之神目瞪口呆,而我们则都成了那野狐禅万劫不复的俘虏,我再没有看到第二位居然能够从围棋的手掌心跳将出去的好汉。

棋友里段位最高的是映虹,业余三段。他是我隔壁楼上的邻居,但我们相识是在报社召开的作者座谈会上,那天不知怎么从写作说到围棋,正好我俩都刚在《围棋天地》杂志上发了文章,于是就像地下党对上了暗号,找到了组织同志,便相约什么时候切磋切磋,一打听都乐了,原来住在一起,真是搞笑,可惜时间不长他就跑到美国去了。

金宝和志高是两可斋里的另类朋友,都是由我的写作对象过渡成好友的。他俩是粮校同学,毕业工作后都改了行。改行本来是正常的事,但他俩改得匪夷所思,一点也不靠谱。金宝爱上古琴了,做古琴,弹古琴,还收了不少徒弟,在江南很有影响,前天在网上看到已经有人称他为大师了。志高呢?迷上了中医,专门在吴中医派上下功夫,整理出版了几大本温病学派的典籍,做了一桩很重要却缺少人做的大事。他出的书我书架上都有,有时取下来翻翻,似懂非懂的蛮有意思。我一直想把他俩放在一起写一写,题目就叫《苏州两同窗》,写一写他俩究竟是听到了什么样的召唤,才走出所学专业,扑进了另一片迷人的天地。我确信,如果能够成功地把这两位朋友写出来,就等于成功地把这座文化古城写出来了。

两可斋的第一位文友是姜晋,他是个妙人儿,玩的门类多,玩什么都能玩出名堂来。作家就不必说了,他还是书法家协会会员,书艺高低我不懂，但他的作品能够在拍卖会上换钱总可以认为是上了层次了吧？他还是收藏家，家里像个小博物馆，他收藏的明信片、老照片在圈子里是有名气的。他拉小提琴，还收了两名学生；他吹笛子能上台独奏……他还擅聊，如果他在聊天时能够像善于开头一样善于结尾的话，他简直就是个没有缺点的人。

留云轩

——《姑苏城的那些街巷园院》之八

留云轩的主角是李太，这一点李先生是认可的。他经常这样自我介绍：我姓李，是李太的先生，叫李先生。李先生在上世纪 90 年代前期就来到这个古城，是苏州菲力浦的首任总裁，李太也很快辞去在台北的工作来到苏州安家落户。

如果让我参加评选十大新苏州人，我肯定会投李太的票，因为她对苏州传统文化的那份挚爱、那种投入、那样痴情，我十分佩服。先举一例：苏昆的青春版《牡丹亭》在苏州上演，她在十天前就和我预约，要请我们夫妇一起观摩演出。演出前三天，她还特意送来白先勇先生为青春版《牡丹亭》写的书，嘱我最好在看演出前先看书。此举使我大为感慨：我混迹于苏州文艺界二十年，苏昆里也有好几位朋友，还认识不少曾在苏昆工作过的老同志，但正儿八经地看昆曲，这还是第一次。所以我对李太连声说惭愧惭愧，感觉上李太是位老苏州，而我才是从台北过来的客人。看演出时我发现李太请的客人不止我俩，还有好多台湾朋友。演出中李太不断地带领我们热烈鼓掌，结束后向我们认真地征询意见。隔了好几天，谈起那场演出，她还带着十二分的歉意说可惜灯光和音响效果都不太理想。我真的想怀疑剧组里那几位主要演员是不是她的女儿女婿。

前几年李太在十全街开了一家制衣店，专做旗袍，都说那是全苏州旗袍做得最好的，名声很响，电视台的一些主持人也在那儿定制旗袍，连上海都有人慕名赶来，白先勇先生也曾带着《牡丹亭》剧组的演员来定做过旗袍。现在李太把店关了，说是太费时间。那么她的时间用在哪儿呢？这我知道，用在昆曲上，她已经拜了继字辈的柳老师学昆曲呢。但我不知道李太是不是因为昆曲才关店的，没问过她。

李太不仅自己学昆曲，还发展了几位朋友一起跟着老师拍曲，听说已经学了《牡丹亭》里的两段和《碧玉簪》里的《情挑》，最近她的朋友们有点沉不住气了，嚷着要学身段，看来还是李太老到，坚持得先学好唱功，不然的话，嘴上还没学到家，又要把手脚的位置安排好，准会手忙脚乱，顾了这头顾不了那头。李太最了不起的业绩是把李先生弄成自己的师弟，也是柳老师的学生，李先生还挺得意，他学生角，在她们那拨人里生角十分紧缺呢。

要说李太与李先生的关系，那是彻底颠覆了。十多年前李太是作为李先生的全职太太来到苏州的，时过境迁，退休了的李先生本来是个高尔夫迷，为了打一场球他会不惜飞到英国。现在显然更迷昆曲了。李先生第一次接触昆曲是在他飞赴大不列颠打球的前夜，李太一定要他看一场《牡丹亭》："拜托你啦，只看一场，" 一场《牡丹亭》就把李先生征服了："蛮好看的嘛，" 于是就成了李太的师弟。前天碰到他俩，李先生最先谈起的话题就是刚接到《牡丹亭》剧组从深圳打来的电话，首场演出成功，他连声赞叹，嗓门也高了："在深圳这个地方，不容易，不容易！"

认识李太好多年了，觉得她在苏州真正找到了自己的位置。刚来时她就习字，也拜了书法老师。后来成了文物市场的熟客，把许多淘来的旧木雕、旧铜器、甚至罗汉床巧妙地安置在留云轩的上上下下，与来自欧美的家具、摆饰各得其所浑然一体，惹得上海、台湾等地电视台的人赞不绝口。再后来开服装店引领苏州旗袍新潮流。直到遭遇昆曲她才真正全身心燃烧起来：宣传昆曲那是逢人说项斯；学唱更是身体力行；还和许多台企朋友联名向市长写信为振兴昆曲提了一大堆建议；还经常去关心苏昆的年轻人，那是白先勇先生之托；听说拙政园主人、昆曲名票张紫东的孙女出版了《补园旧事》，书店里却看不到，便托我找出版社买了十本，她得送给朋友们……

前些日子李太要我帮她请一位教授讲授中国古典文学——她得从昆曲中品出更多的滋味来，首次拜望吴教授是她们师姐弟俩去的，我知道这是暂时的，不过进了吴教授的客厅我就放了心，这里摆上十个八个座位没问题。

天平山

——《姑苏城的那些街巷园院》之九

如果在苏州市民大会上请没有去过天平山的人举一下手，这些人肯定很难为情，因为他们的人数太少了。他们会尴尬地面对这样一个问题：作为苏州人，你们怎么可以不爬一爬天平山呢？

西望环苏诸山，上方山令人安静，灵岩山令人警醒，穹窿山令人幽深，狮子山令人落寞，虎丘山——虎丘山还算山吗？虎丘山越来越像一座假山了，苏州最大的假山。只有天平山能让你感到亲切，一种自己家园里才会散发出来的亲切。

去年初冬最冷的一天，我随同事们一起爬天平山，半山腰小憩时张主席说起有一年的结婚纪念日他偕夫人登天平，那天大热，爬到山顶满身大汗，连拥抱一下的勇气都被汗水冲跑了。我们没追问他为什么要在结婚纪念日登天平，那是人家只在夫妇间分享的隐私，但可以肯定的是其意义在于重温和见证。那大汗淋漓的温馨与亲切，那不便拥抱的别一种浪漫，都是天平山的赐予，都是值得久久回味的往事呵。巧的是下山后，我们在一片林间空地看到两对新人在择景拍照，披着洁白婚纱的新娘冻得簌簌发抖，笑容却是越发灿烂。他们知道，天平山见证着这一切。在今后属于他们的年年岁岁里，天平山永远是他们最体己的幸福感。

前天在网上遇到一位老朋友，他对苏州最深的记忆是我陪他爬天平山。为什么呢？他觉得逛园林的感觉是虚妄的，不真实的，从纤巧雅丽的苏州园林里出来，再登上天平之巅眺望古城，他才觉得自己真正融入了吴中大地，真正进入了古城的内心。

我经常把天平山推荐给来苏州游玩的朋友是因为太喜欢这座山了。说来不好意思，我最初喜欢天平山，是把它当做我的健身器材来喜欢的。那些年我每隔一段时间就会发作一次偏头痛，那种痛苦真是难受，如刺如剜如锯如割。于是我每隔一段时间就会爬一次天平，出一身大汗，在山顶发一阵呆，回来蒙上被子睡上一大觉，头痛便会霍然而愈，再将息两天又宛若新生了。

天平山是这样一座山，它不是那样危岩险峻高不可攀，就这样平和蔼然地坐在那儿，任凭人们亲近它的山麓、山腰、山顶。它也不屑于激起人们的征服欲，只是希望和人们一起享受自然享受生命，这一性格不知是它像苏州人还是苏州人像它。天平山又是一座饶有趣味的山，不像有些山呆头呆脑一览无余，它的山道回环往复毫不做作，它的山石纯朴自然一派大美之象，它的一线天也有逼仄之趣，但不会让你的灵魂感受到压迫，它的白云泉清洌淳厚，让你诗绪顿起。无论是在山顶远眺，在山腰品茗，在山麓散步，都给人无穷兴味，留连忘返。更不要说金秋红枫给人的惊喜了。我在无事乱翻书的时候常常会意外遭遇到一枚天平红叶，我知道，那是天平山又在召唤我了。

与天平山最亲密的接触是那年为天平山管理处筹办第一届天平红枫节，为了策划、举办好红枫节，文联把全部力量都扑上去了，大家一齐出主意、想办法，摄影比赛、学生征文、昆曲评弹演出、美展、书法展、民间艺术展示、灯谜会……活动丰富，人气高涨。那段日子里，中午休息时我总是要么爬一会儿山，要么在红叶道上散一会儿步，要么坐在那一鉴方塘边，看两三只鸭子浮在白云上。恍惚间觉得自己曾经在这儿生活过，也许是今世，也许是前身。第二届红枫节文联大约也参与的，第三届人家就自己玩儿，不

需要我们搅和了。

当然这并不影响我爱天平、爬天平，因为心里早已认定天平山是我们自己的山了。古人喜欢用家山这个词，天平山便是苏州人的家山了。这里套用一下辛弃疾的词比较有意思：我见天平多妩媚，料天平见我应如是，情与貌，略相似。

为谁开，茶花满路

——《拙政园花汛》之一

拙政园里的宝珠山茶从何而来？原先，我一直以为来自吴三桂的女婿王永宁，是他从云南平西王府里带回来的。后来一查资料，不对，在王永宁之前，清初大学士海宁陈之遴购得拙政园的时候，园子里就有三四株宝珠山茶，“交柯合理，得势增高。每花时，巨丽鲜妍，纷披照瞩，为江南所仅见。”很显然，在拙政园里，那几株宝珠山茶的资格比陈大学士还老。令人叹惜的是陈大学士只当了个拙政园的名誉园主，他在京城做官十年不曾回家，后因结党营私的罪名被贬谪到遥远的辽东，客死他乡，一生未能见到园中一草一木，更不要说一睹宝珠山茶的风采了。对此，陈之遴的亲家吴梅村十分感慨，作长诗《咏拙政园山茶花》以寄情。这首七言长诗是所有吟咏拙政园山茶的诗文中名气最响的，不仅因为诗人的名头大，还由于诗里寄寓了沉着含蓄、复杂难言的人生苍凉之慨。于是吴梅村就成了宝珠山茶最大的粉丝，连《清稗类抄》的“宝珠山茶”条也记了一笔：“山茶之千叶深红花大心繁者，花簇如珠，名宝珠山茶。吴梅村有咏拙政园宝珠山茶诗，园在苏州。”

我为什么总是觉得拙政园的宝珠山茶与王永宁有关呢？细究起来，是因为山茶出自云南，也是因为那几株名花目睹了许多荒谬人生吧？王永宁真像是从冯梦龙的《拍案惊奇》里跑出来的人物：昔日官宦子弟因其父官场遭诛而沦落街头，靠乞讨度日。忽然有一天被一位长者认出来了，拉到一边说，公子如此不堪，何不到云南投靠你的岳父平西王吴三桂大人，当有出头之日。原来这位老者是王家的老仆，知道王父曾经与同朝为官的吴三桂指腹为婚。王永宁果然在家里找到当年的庚帖，便怀揣庚帖直奔昆明。吴三桂是个烈性汉子，决不赖账，却拒绝见这个突然冒出来的女婿，只是为女儿准备了丰厚的嫁妆，还托江苏巡抚在苏州为其购下拙政园，于是王永宁一下子从乞儿变为花天酒地的名园园主。然而好景不长，吴三桂起兵叛清，王永宁闻讯吓死，不久吴三桂也兵败身亡，真是其兴也勃焉其亡也忽焉。想来九泉之下平西王也不会见吓死的女婿，太没出息。

宝珠山茶不问这一段人间俗事，自顾自按部就班地开，春风一起，她就浓妆赴约。她是什么时候因为什么机缘落户拙政园的呢？在王永宁之前，她还看过多少人间喜剧？永远不可考了。金庸也思忖过此类情事，他在《天龙八部》里借大理国风流王子段誉之口，先是诧异山茶花怎么会来到江南，其后又发感慨：为谁开，茶花满路？好像就是面对拙政园里的宝珠山茶有感而发似的。

因为宝珠山茶，想到陈之遴，想到王永宁，想到吴三桂，又想到陈圆圆的传奇身世，红颜名花，颇为相似。

比起吴三桂冲冠一怒为红颜的大动干戈来，张履谦为山茶而兴土木，不仅搜罗了状元红、十八学士、六角大红、小红莲、芙蓉等十八株名贵山茶，还为其建十八曼陀罗花馆，虽然动静小了点，也可以算作大手笔了。尤其是把北半厅名为三十六鸳鸯馆作为花馆陪衬，花鸟相对，一动一静，十分有趣。遥想当年，张紫东、俞粟庐等中兴昆曲之辈，对着山茶，咿咿呀呀地唱些感伤兴亡的曲子，情境交融，风雅中颇有意味呢。

这意味吴梅村说得最为深切了：花留金谷迟难落，花到朱门分外红。一去沈辽归未得，百花深锁月明中。看园剩有灌花老，为道此花吴地少……于今忽作无主花，满地飘残竟谁归！咏的是宝珠山茶，念的是亲家，内心深处又何尝不是叹自己呢？这位崇祯四年的榜眼，明亡后绝意仕途，却因亲家陈之遴之荐北上为官，由此留下终生隐痛。据清人刘献庭《广阳杂记》记载："顺治间，吴梅村被召，三吴士大夫集虎丘会饯。忽有少年投一函，启之，得绝句云'千人石上坐千人，一半清朝一半明，寄语娄东吴学士，两朝天子一朝臣'，举座为之默然。"谁能想到诗人赴京时亲家陈相国已然充军东北，诗人赴水不得，有苦难言，直到数年后在拙政园见到宝珠山茶，才将内心悲苦一吐为快。无主花呀无主花，命运颠倒，造化弄人啊。

不知诗人的亲家母徐灿获赦回到苏州老家后，有没有到园子里寻访过宝珠山茶？读到吴梅村的山茶诗后又是何等心情？我们能够知道的只是这位姑苏才女、清代有名的女词人再也没有写过一句诗，而是发愿写了近万卷大士像。

为谁开，茶花满路？开在名园的宝珠山茶，也开在历史走过的路上，不再凋谢。

碗莲传奇

——《拙政园花汛》之二

夏日案头，青花瓷盆里的碗莲开了，娇小洁白的莲花如二八年华的女孩，亭亭玉立，楚楚动人，花瓣尖尖处的一晕淡紫，如同女孩眉梢间的浅红，五七张圆圆的绿叶高下顾盼，微微颤动。凝视碗莲，忽然想起观音大士的眼眸，那圣洁里的妩媚，是吹入人心的一缕清风——妩媚而圣洁的碗莲，造物主额外馈赠给我们的圣物啊。

碗莲从何而来？已经不可考了。世人所知的碗莲却是和苏州连在一起的，似乎碗莲就产自这座古城。不过，碗莲这个名字的降世，确实与一位苏州人有关，他叫卢彬士，是一位读书人，清末拔贡。拔贡，是选拔人才贡献给皇帝的意思，都是由地方学政选入国子监读书的，朝考合格后就可以充任七品京官，或者到地方上做一位县太爷了。卢彬士也真是一位人才，他没去做官，做官太委屈他了，他对这个世界最大的贡献就是碗莲。

在他之前碗莲不叫碗莲，叫钵莲。据说钵莲是安庆迎江寺和尚的世代秘传绝技，已经拥有上千年历史，每逢夏天钵莲花发，和尚们就会将其供奉于佛前。这样的佛前清供，迎江寺僧人从来不肯轻易赠人，至于钵莲的培育方法更是讳莫如深。在常人眼里，迎江寺最与众不同的是寺门两边的两支数吨重的大铁锚，传说安庆地形如船，塔为桅杆，若不以锚镇固，安庆城将随江东去。可能在迎江寺和尚心中，钵莲才是锚吧？能镇得住心旌的锚。

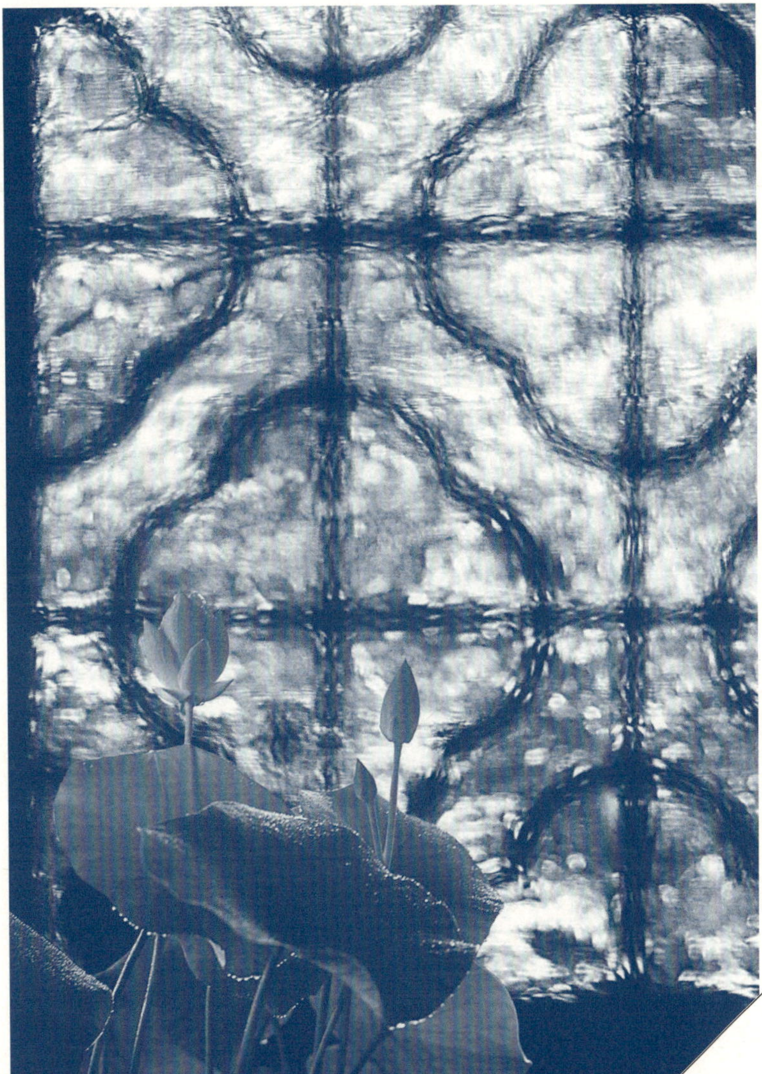

可是锚也是可以移动的，有位叫曾影浩的善男子得到了钵莲的种子，也细细打听到培育钵莲的方法，后来辗转传授给了卢彬士。如获至宝的卢彬士经过数十年的反复试验，不但小藕培育成功，陈年莲子也能培育。于是他的好友们也都有幸得到这种传说中的微型莲花了，周瘦鹃就是其中一位。园艺名家周瘦鹃自称对钵莲完全外行，不得其门而入，对卢彬士只有推崇的份儿。卢彬士不仅给好友送钵莲，还外加自作的诗词："花样君家补别裁，红莲今亦入盆栽。案头清供搜罗广，敢为先生费手培。"卢彬士的好友们对他最深的印象自然也和钵莲有关：他总是在家里把小小碗钵搬进搬出，小心翼翼，摇摇晃晃，就像托儿所里的保姆一样。

只有卢彬士这样的人物才有资格为钵莲改名。不过他把钵莲改名为碗莲似乎是在不经意之间。他曾经把自己为钵莲写的《君子吟》二十一首汇为一册《俦庐文稿》，在为其作注的时候，他淡淡地写道："钵莲，亦名碗莲"，他肯定一直在心里把钵莲称为碗莲的。这一字改得真好，改得亲切可爱，改得平易近人，这一改，所有的人都跟着改过来，好像原本就是叫碗莲似的。

如果碗莲有个小传，那么从卢彬士往回读，就要读到另一位苏州才子沈三白了。

沈三白以《浮生六记》名世，正是在《浮生六记》里，他记下了自己莳弄碗莲的经历："以老莲子磨薄两头，入蛋壳使鸡翼之，俟雏成取出，用久年燕巢泥加天门冬十分之二，捣烂拌匀，植于小器中，灌以河水，晒以朝阳；花发大如酒杯，叶缩如碗口，亭亭可爱。"沈三白是一位深谙生活之趣的人物，他莳弄碗莲的方法也十分有意思，请老母鸡孵，用燕巢泥作肥，还要加一味中药，灌以河水晒以朝阳我懂，碗莲也是莲，喜水喜阳，可是为什么要用天门冬呢？这位才子大约看过医书《月华于本草》，那本书在介绍天门冬的功效时说："镇心，润五脏，益皮肤，悦颜色"，这些正是沈三白对碗莲的精神期待吧？

卢彬士住在仓米巷,沈三白也曾住在仓米巷,怎么这样巧呢?俗话说不是一家人不进一家门,在我心目中,卢彬士与沈三白是同一类人,可惜他俩不同时代。试想,如果他俩同为街坊邻居,那是多么有趣的事情啊。忽然又想到辞世不久的百岁老人瓦翁,他也是住在仓米巷。假如碗莲也可以作为属相的话,他们三人都是属碗莲的——从容脱俗,清幽自在,宁静淡泊之中透出缕缕禅意。

碗莲最早被人视为缸荷的一种,沈三白的同时代人杨钟宝撰写的《缸荷谱》就是这样说的,那可是我国第一部荷花专著。现在看来,《缸荷谱》里所说的"花如脂盒""藕才指大",不就是碗莲吗?再往前面找,最早的碗莲记载在明代钱塘人高濂所著的《遵生八笺》上:"高不盈尺""花大著钱",据此我们大约只能推测碗莲起于明代了。

记得有一年我问拙政园方主任,既然能从缸荷培育出碗莲,那么能不能再培育出杯莲来呢?他笑了,说那就拜托你们文人了。听说现在拙政园已经培育出数十个碗莲品种,苏州人真是福气。

待霜亭读秋

——《拙政园花汛》之三

远香堂前面的大露台是个检阅台，它检阅四季。当第一阵秋风吹进拙政园的时候，在露台上凝望季节的人们一齐把目光转向秋天的仪仗兵——待霜亭。

六角攒尖的待霜亭简洁而轻灵，周遭景色静爽而开朗，小亭前后皆水，水之北竹影摇动，清气生发；亭南则与远香堂、绣绮亭隔池相望；西面也有雪香云蔚亭隔溪相伴。近坡柑橘联袂，数枫染红，岸边藤萝垂挂，秋气勃郁。

待霜亭得名于唐代诗人韦应物的诗句："书后欲题三百颗，洞庭须待满林霜。"拙政园的设计师文徵明曾经在《拙政园图咏》中写道："倚亭嘉树玉离离，照眼黄金子满枝。千里勤王苞贡后，一年好景雨霜时。向来屈傅曾留诵，老去韦郎更有诗。珍重主人偏赏识，风情原许右军知。"文徵明此处提到王羲之，是因为书圣非常有名的《黄柑帖》中也曾说过柑桔"霜未降，未可多得"。秋天的精彩在霜降之后，于是我们一起待霜。

待霜亭有一副翁同龢的旧联："葛巾羽扇红尘静，紫李黄瓜村路香。"说的是对秋天的另一种感受与向往。那是一种深入骨髓的静谧，更是一种难以深究的人生况味。这副对联透露出的气韵倒是和他晚年的书法相仿，秋意苍茫这当然是和他的遭际分不开的。翁同龢是晚清高人，两代帝师，历任刑部、工部、户部、吏部尚书，军机大臣兼总理各国事务衙门大臣，最后授协办大学士，是帝党里揽着实权的高官。戊戌变法事起，他奏对的时候说“康有为才识胜臣十倍”，慈禧记仇，择日把他放归常熟故里“削籍编管”。起初翁同龢还没有认识到事情的严重程度，离京还家未几，还到江西探亲，在南昌他听到光绪帝被囚，谭嗣同、林旭等六君子被斩首于京城菜市口的消息，立刻“心悸头眩，几至投地”。在荣禄的撺掇下，慈禧下谕旨，指责翁氏“授读以来，辅导无方，至甲午一战，信口侈陈，任意怂恿，办理诸务，种种乖谬，今春又陈变法，居心险恶，已属罪不可逭，前令开缺回籍，实不足以蔽辜，翁同龢着即革职，永不录用。交地方官严加管束，不准滋生事端，以为大臣居心险恶者戒”。

翁同龢深知慈禧心狠手毒，威怒不测，不能不作最坏的打算，于是他去当地有名的周九林刀铺买了一把锋利快刀，准备情况危急时自裁。仓皇回到常熟故里后，翁同龢幸亏得到县令许淮祥的关照，形势一变，许县令立刻派人密告催他离城，搬到守墓的“瓶庐”杜门谢客。那是一间简陋的小院落，四周围以竹篱，他从此在山中“惟农与鱼鸟相亲”，过起了“寂寞似孤僧”的生活。据说那阵子他偶尔回城小住，天不亮到得意楼茶馆啜茗，天大亮立即离去，真有些刀风霜剑严相逼的意思。就是在这样阴郁的心境里，翁同龢度过了他生命中的最后时光。

翁同龢的人生似乎一下子就从喧嚣鼎沸的夏天跨进了寒风刺骨的冬天。他的秋天呢？他向往的那种“葛巾羽扇红尘静，紫李黄瓜村路香”的秋天呢？只能寄寓在他的笔下诗文中了。他在担任刑部右侍郎的时候曾经主持了杨乃武与小白菜冤案的平反昭雪，却不可能有人来扭转他的命运。

于是我们可以感同身受地理解翁同龢的秋天了：安闲，平静，适意，从容。

这样的秋天不仅是翁同龢所向往的，也是苏州古典园林的历代园主们所向往的。当我们漫步在拙政园、漫步在留园、漫步在沧浪亭,其实也是漫步在他们精心营造的那种秋意之中啊。

从待霜亭西望,有个留听阁,留得残荷听雨声的意思,也是秋景。留听阁三个篆字是吴大澂写的。说来有趣,吴大澂也是苏州人,也是书法家,也是晚清名臣,也是被慈禧革职回家的。当年他与翁同龢同朝为官,那可是风光得很啊。翁同龢家养鹤,有一次一只鹤跑了,翁同龢写了告示贴在城墙上,请看到的人告知。他写一张被人家揭一张,刚贴好就有人揭走——大书法家的字啊。吴大澂呢,他喜欢给人写信札,隔三差五就给同乡翁同龢送一封信,没多长时间就积了一大沓。见面时翁同龢抱怨说,这些日子我花在你那些信札上的装裱银子,可是不少哇。吴大澂是在当湖南巡抚时主动请缨北上与日军作战失败被革职的,好在他朝中有人,亲家袁世凯帮了他的忙,于是他就优哉游哉地当上了怡园画集的盟主。现在我书房里挂着一幅吴大澂那时画的扇面《梁溪归棹图》,秋山如抹,秋水苍茫,是他眼中之秋,也是他心中之秋吧?

待霜亭与留听阁,翁同龢与吴大澂,一场关于秋天的讨论,欲说还休。

梦入拙政园

——《拙政园花汛》之四

总想在拙政园里做一个梦，一个冬天的梦。这个念头是怎么来的？我也搞不清楚。

也许与一张照片有关，在那张照片里，拙政园里一片白雪映照的夜，寥落，纯净，画面深处，好像是在拜文揖沈之斋吧，有一盏暖暖的灯，暖得拙政园成了童话世界。

也许与阅读有关，拙政园旧主张家后人写过一些回忆文章，特别是《补园旧事》，这些回忆就像稀薄的灯光从三十六鸳鸯馆的棉门帘里漏出来，带着幽幽的笛声和咿咿呀呀的昆曲……

这一切都因为拙政园有一部分曾经叫补园，因为补园里曾经有俞粟庐、张紫东、俞振飞。

说这些人要从张紫东的祖父说起。

祖父是补园的第一代主人张履谦，两淮大盐商，花十多年时间建成补园，他酷爱昆曲，不仅自己唱，还为孩子们请了一位家教俞粟庐，这位俞先生可称得上是天下第一家教，那是江南曲圣啊！有这样的先生，张紫东前世修来的福分可谓大矣。

张紫东自小就是读书种子，聪慧加上勤奋，传统文化根基深厚，更难得的是他辛亥革命前曾在北京做过小京官，交游广，见识广，思想活跃，接受当时的新潮流、新思想，欣赏梁启超的《饮冰室文集》，喜欢鲁迅的作品，还订阅邹韬奋的《生活》周刊。和他一起优游于京城的还有比他小一岁的画家冯超然，他俩几乎每晚都去戏院或堂会观看名角演出的京剧、昆剧，如痴如醉，播下了日后使他成为昆剧票友名家的种子。辛亥革命后，紫东剪了辫子，换了西装，回到苏州，继续向俞粟庐先生深入学习和研究昆曲。他嗓音高朗圆润，念字清晰纯正，台风稳重大方，扮相儒雅飘逸。只唱不演的俞粟庐还授意他延请全福班名艺人沈锡卿、沈月泉、吴义生等来补园指点身段、台步，研究表演艺术。在俞门弟子中，张紫东是第一大弟子，素有吴中第一老生、苏州曲坛一正梁的美誉。

在补园陪张紫东拍曲的还有一位厉害角色俞振飞。俞振飞当时还不厉害，因为还小，他是俞粟庐 55 岁老来得子得来的。俞振飞三岁丧母，俞粟庐就把他带在身边，住在补园。张家人至今难忘的是，俞粟庐常唱着昆曲《邯郸梦 · 三醉》中的《红绣鞋》为俞振飞催眠。俞振飞的回忆也很有趣："说也奇怪，只要一听父亲唱曲，我就不哭不闹了，一对小眼睛瞪得大大的，听父亲唱，唱着唱着，一曲未完，我就睡熟了。头一年天天如此，第二年、第三年总要听父亲唱完才睡。父亲唱的这支曲，就是《邯郸梦 · 三醉》中的《红绣鞋》。三年中，他一共给我唱了这支曲有一千多遍。我六岁那年，父亲有个学生到我家来学唱，唱的正是这支《红绣鞋》，但他老是唱不准确，惹得我父亲很生气，他别的事情很马虎，唯独教曲子特别认真。当时我正在院子里玩，听到这里，我就进屋去对父亲说，你吹笛，我来唱！父亲以为小孩子说大话，说你怎么会唱？我还未教你呢！我说让我试试嘛。父亲将信将疑地吹起笛来，我随着笛声唱，居然一字不错，腔、板完全正确。父亲大为高兴，认为我有唱曲的天赋。因此，从我六岁起，每天晚上就教我唱曲。"

我到网上找到这段《红绣鞋》唱词，真是美啊："趁江乡落霞孤鹜，弄潇湘云影苍梧。残暮雨，响菰蒲。晴岚山市语，烟水捕鱼图。把世人心闲看取。”试想，自幼浸润在补园的清音雅韵中长大，俞振飞岂能不厉害？

遥想当年，补园里的俞粟庐老先生一定非常得意，有张紫东和俞振飞这两个弟子，他得意得有道理。

论年纪张紫东和俞振飞是叔侄辈，俞振飞比张紫东小 21 岁，与张紫东的儿子同岁。但是他们同在俞老先生门下学戏，就是铁定的师兄弟了。大师兄十分照顾小师弟，俞振飞 14 岁第一次登台，就是由大师兄带着在补园里合作演出《牧羊记·望乡》，张紫东饰苏武，俞振飞饰李陵，博得行家好评。1922 年春上海江浙名人大会串上，大师兄和小师弟合作了《狮吼记·跪池》，张紫东饰苏东坡，俞振飞饰陈季常，再加上名家陈镜清饰演的柳氏，得到一片喝彩："出字则无不清也，举步无不工也，丝丝入扣，无愧鼎足。美矣至矣！"

这无疑是拙政园的华彩乐段。园林与昆曲珠联璧合，如同金风玉露一相逢，便胜却人间无数。

补园的冬天当然属于三十六鸳鸯馆。这个奇妙建筑的铺地金砖之下，有着能够传递暖气的地龙，冬天厅外升火，厅里便温暖如春，其乐融融。周边四个暖亭便可以充当更换戏衣的后台，十分方便。这本来是北方满洲贵族的做法，移至补园却成就了一段梨园佳话。再加上鸳鸯馆采用了卷棚顶的建筑样式，声音的混响效果使整个大厅成了一个精致而硕大的音箱，鸳鸯馆里拍曲的师徒们更加兴致盎然了。

试想，当初雪开始在补园的夜空里飘飞的时候，还有什么比去鸳鸯馆拍曲听戏更激动人心的事情吗？

然而俞粟庐老先生更多的时候不在鸳鸯馆，为什么呢？老人家认真，对音韵之阴阳清浊、旋律之停顿起伏、声音之轻重虚实、节奏之松紧快慢都十分讲究，对谁都不讲情面。在鸳鸯馆里拍曲的后辈唱得好，他便心情愉悦，亲自弹起有名的三弦"清点子"伴奏。如没唱好，老人家先是打开折扇，看扇面上的字画，接着便立起身来在厅里来回踱步，后辈们就更紧张了。

后来大家想出了请老人家去馆北留听阁隔池听曲的办法，以避免师徒间难免的尴尬。

留听阁啊留听阁，原来还有留住老人家隔池听曲这一层含义，真是有趣得很。

我经常掩卷遐想张紫东在补园里的行状。他是怎样练出一口婉转动人的竹笛，他是怎样慨然出资在桃花坞创办了昆曲传习所、培育出名满天下的传字辈，他是怎样在日伪时期闭门读书、深居简出，他是怎样组织义演赈灾，在传承昆曲的同时也为灾荒尽一份绵薄之力……现在除了一张他老年时的照片之外，竟没有留下任何剧照，我们只能从文字记载中想象他的风采了：穿一身衣料考究的长袍，戴一副墨晶眼镜，手执一根英国手杖，不喜言笑，堂堂正正，神情肃穆而蔼然。

让我感慨万分而又思量不已的是张紫东的离去。1951 年 1 月他撒手人寰，家人在他众多的优美戏装里挑选出一套蓝色绣金的苏东坡员外装为他穿上、伴他离去，这当然是符合他的意愿的；1951 年 1 月 11 日张家将补园捐赠政府，这也是张紫东作出的决定吗？他为什么要作出这样的决定？

生得其所，死得其时。张紫东完美无憾。

我相信张紫东是不会离开鸳鸯馆的，特别是在雪夜，鸳鸯馆的暖灯亮起，他一定会在附近踯躅徘徊，耳朵好的人一定会听到不绝如缕的呢喃——

不到园林，怎知春色如许？

于是与谁同坐轩刷一声打开了写满戏文的折扇，波形水廊抖出一条风情万种的水袖，留听阁侧着耳朵凝神倾听，浮翠阁也远远地踮起脚尖……

闲说留园

君到留园看什么？一看石头二看墙。

石头是留园的强项：冠云峰大名鼎鼎，刘恕题名的一十二峰有名有姓，还有许多形态各异的太湖石在留园里各露其姿、各献其巧，说留园是一个太湖石博物馆一点也不过分。即使有一阵风将留园的建筑、花树一股脑儿吹去，只留下一地太湖石，留园也自有其存在的价值。

墙头也是留园可以引以为自豪的。最通俗的是嵌有可以移步换景的漏窗的那堵墙。从某种意义上说，建筑的艺术就是砌墙的艺术，留园建筑空间的奇妙就是砌墙头砌出来的。有位细心的游客感叹说，从五峰仙馆到揖峰轩近在咫尺，但小径曲折五次，从小轩到对面的石林小屋只六七米，游廊也要转折四五次。这一区域长仅 29 米，宽只 17 米，却包容了八个形状、大小均不同的天井和院落。所以一位朋友评论说苏州人干什么都精致得很，弄得砌墙头也跟雕镂檀香扇似的。

是的，精致无疑是苏州文化最明显的特征。但她又不是一味地精雕细琢，她还注重从大自然里寻求一种粗疏和旷达，追求巧趣天成。在这方面，苏州园林对石头的重用便是极好的例证。按理说，大自然里最冥顽不化、羁骜不驯的就数石头了，可是一旦苏州人把它们放进深院大宅里的庭院，安置到亭榭台阁之间，立即像野狼变成了家犬，雄奇的依然雄奇，诡谲的依然诡谲，但都浸润上温驯的气息，变得精致典雅起来。那石头还是石头，却成了最精致的石头，天成的精致与人为的精致融合到一起就厉害了，真个是“金风玉露一相逢，便胜却人间无数”。苏州人有一杆奇怪的鞭子，他们拿着那鞭子到太湖西山一赶，那些太湖石就像失散多年重逢主人的宠物一样，被赶起来，成群结队来到苏州，每走到一个园林门口，便分配一些进去，守望那儿的风景。苏州人不大喜欢把自己放养到大自然中去，而是习惯于把大自然圈养到自己家里来。圈养的结果是雄浑不见了，野性不见了，最后只能剩下精致。苏州人对此似乎并不感到遗憾。他们想 :拥有精致还不够吗？苏州人的心平得很。

谁能找到苏州人的那杆鞭子，谁就能打开苏州文化的奥秘。

不知道太湖石们是不是同意我这种说法，但我想它们至少在一点上与苏州人心有灵犀，这一点可以套用一句辛词 :我见苏州人多妩媚，料苏州人见我亦如是，情与貌，略相似。

这话不是随便说说的。踯躅在留园一十二峰之间，作漫无边际的胡思乱想，越想越觉得苏州人像太湖石，或者说太湖石像苏州人。你看太湖石那形状、那姿态，婀娜多姿，七窍流韵，糯是糯得来，嗲是嗲得来，苏州评弹分明是从那孔窍里飞出来的，高雅无比的昆曲分明是从那纹理里流出来的。太湖石又叫花石，是石头中的花 ;但如果想把这朵花玩弄于股掌之上，她又会变成花中的石头。苏州人也不止是糯和嗲，就像太湖石不仅有线条，还有硬度。太湖石是一朵沉甸甸的云。两千多年来苏州人的历史是从尚武过渡到崇文的历史，是从醉心于削铁如泥、于百万军中取上将首级的三尺宝剑到神往金榜题名、状元及第的历史，但这并不等于说苏州人真的是面团、是云。有一出京戏叫《五人义》，作者是明末清初的苏州人李玉，这是一出反映明末时以“五义士”为首的苏州市民与魏忠贤阉党斗争的历史剧。这出“事俱按实”的戏还有一个名字，叫《我们苏州人》，听听，多么响亮，多么自豪！现在，苏州人的硬度似乎表现在他们软绵绵的固执上，让人乐于接受。都说宁听苏州人吵架，不听宁波人讲话，这话是讲苏州人说话好听，其实还有一层意思，即苏州人极少吵架，物以稀为贵，于是都想听听。苏州人很少吵架并非没有矛盾，而是他们深知有矛盾吵也没用，不如和气生财。事实上我也从来没有看到一个苏州人被真正说服过，除非他自己说服了自己。“江阴强盗苏州佛”，佛是不吵的，佛等别人悟。

太湖石的窍眼多也像苏州人的心眼多。有些人说京派一门心思想升官，海派一门心思想发财，这话不无道理。一门心思是死心眼，死心眼做人太累。苏州人不，苏州人官也做得，钱也赚得，书也读得，曲也唱得。天生我材必有用，能玩啥就玩啥。太湖石沉重，苏州人的心理历程也挺沉重。吴越征战时吃了瘪，休养了一段时候又被朱元璋揿着头不放，清朝皇帝对苏州人也不怎么待见。也好，自己过自己的日子吧。冷遇有时也是一种成全，苏州人的心灵没被种种诱惑所壅塞，小日子还过得有滋有味。苏州人喜欢谈论这样一则金圣叹轶事：有位老和尚给金圣叹出了个“半夜二更半”的上联，这位吴中才子没对上，直到他因抗粮哭庙案而判死刑，临刑正值中秋，于是他突然想起应该对“中秋八月中”，急忙要儿子去找老和尚把下联对上。是不是真有其事苏州人不管，苏州人神往的是那种风致，这才是性情的真潇洒，这才是心灵的大自由。

石库门与金刚腿

石库门是苏州小巷中基本的建筑要素，同时它也是重要的文化符号。

门，是建筑物的封面；石库门，是苏州文化的封面。

书的封面如同人的脸，脸如其人，一个人的内容——性格、善恶、巧拙等等——都要在脸上或直截了当、或曲曲折折地表露出来。有时也有表里不一致甚至相反的例子，脸成了内容的一种阻隔，但那阻隔其实是一种更为深刻的表露。门与脸在这一点上有异曲同工之妙，所以有些地方干脆将门称之为“门脸”，这是很有道理的。想登堂入室探求苏州小巷文化之奥义的人，如果竟对身边的石库门视而不见，那真是太可惜了。

一色水磨青砖，一览无余，绝对没有花里胡哨的东西。平淡简洁、谦和内敛，这是石库门留给人们的一般印象。

平淡，是绚烂之极后的平和淡泊，譬如山珍海味之后的一道清汤，其色寡寡，其味无穷。简洁，是繁复之后的简单雅洁，是对天然去雕饰的追求。往深一层里说，平淡简洁其实是一种生存智慧在美学上的表达。平淡的苏州人也曾轰轰烈烈过，两千多年前尚武的吴国人出过风头，打得中原诸侯均不敢小觑，以一柄鱼肠刺杀王僚的铁血英雄专诸更是名垂青史。简洁的苏州人也大富大贵过，明朝“富可敌国”的沈万三简直比皇帝老儿还要有钱，结果吃了大亏。历史的教训太值得注意了，平淡简洁才能不引人注目，那是阅尽沧桑的结晶。苏州人懂得自我保护、学会用心计了，明朝时的苏州府已是闻名遐迩的鱼米之乡，同时也以赖粮著名，在朝廷做大官的吴人申时行对此自然司空见惯，而首辅张居正不懂其中奥妙，只能气急败坏地骂什么“其乡人最无赖”、其地可称“鬼国”。由此可见苏州人的心计是怎样用得人无可奈何，用得人心悦诚服。

是的，苏州也曾经做过老大，是政治中心。后来不了，这没有什么，成不了政治中心，还可以成艺术中心。让他们去玩权力去，咱就在苏州小巷里玩艺术，玩明四家，玩吴门画派，也蛮好。现在艺术品拍卖会上卖得好价钱的，很多与苏州有不解之缘。忽然艺坛上除了京派海派的声音嘹亮之外，其他声音矮下去了，这也无所谓，如同政治中心转移了并不影响人们玩权力一样，艺术中心转移了，并不影响苏州人玩艺术。再说了，苏州还可以成为休闲中心嘛。石库门一关，吟吟诗，作作画，搞点刺绣，弹弹古琴，唱唱昆曲，听听评弹，假山假水城中园，真山真水园中城，你瞧，现在一直玩成世界文化遗产了。改革开放后人们生活水平日益提高，似乎开始全民有闲了，到处风风火火赶时髦搞起度假村休闲中心来，其实，苏州是最早、也是最大的休闲中心，那历史“老鼻子”了！江南休闲甲天下，苏州休闲甲江南，如此种种，不亦悦乎？

苏州有句老话，叫“七石缸，门里大”。苏州人心里大都有一只“七石缸”尊着，要苏州人服气是不容易的，你要拿出真货色来。拿不出八石九石，起码也要七石吧？苏州人觉得能达到这个水平的不多。因此，苏州人到外地旅游很少有动不动就一惊一乍的。

于是石库门就谦和内敛起来。谦和，是一种谦谦君子的接近，又是一种颇有礼貌的婉拒。拒人于千里之外不好，而拒人于一缕微笑之间就显得很人情味了，这很难，没有点道行是做不到的，需要一种至柔的太极轻功。内敛，那是一种自信，一种“家里有粮、心中不慌”式的自信。那自信的背面正与你较着劲儿呢。不服吗？不妨进门看看，那真是“曲径通幽处，禅房花木深”，其精美之处无与伦比。你甚至不必往深处走，你就看看石库门背面的砖雕门楼吧，那就足够了。其实苏州人不会真的请你进去，他不希罕别人的夸奖，心里早就自我评定了。苏州文化的进取心是向内的。石库门的两面有点像苏州文化发展进程中内敛和进取的两面。石库门为苏州文化挡住了一些乱世纷扰，守护了苏州人自足的精神世界，但也缠住了苏州人的脚踵，使得苏州人一般不肯外出乱撞。《水浒传》里那种说走就走的游侠精神，苏州文化中多少有一点才好。

对一座门的打量总是带有几分猜度的意思，这就有点冒险。老话说“出门看天色，进门看脸色”，对“门脸”多熟悉几分，进了门会少迷点路吧？

进得门来，请将目光放低，打量一下石库门下面那高高的门槛，那门槛有个响亮的名字——金钢腿，也是深巷大宅之一绝。

金刚腿是负责建造天安门的苏州人蒯祥发明的。据说缘于他建造一座官宅，主人要求他将正门造得特别高，但又不能妨碍住宅里的人正常出入。这道两难命题没有难住蒯侍朗，他灵机一动，在高门槛的两侧设计了两只靴腿形的斜形凹榫与高门槛相配，若要在正门迎进高贵客人，可以随时将高门槛从那凹榫中卸出，非常方便。就因为金刚腿高大威严，官宦人家、金玉府第可以籍此显示其门庭显赫，非同凡响，所以苏州进去的大户人家门槛大都是金刚腿。现在一些大户人家的后代回忆起过去在老宅里的情景，还对那高门槛有印象，小时候玩捉人游戏，往往就是因为高门槛一下子跨不过才被捉住的。无人进出的时候，小孩子们把高门槛当木马骑，还可以跨在上面，面对面地“拍大麦”，玩“洋画张”。从老宅走出来的人自然会对那高大的门槛留下深刻的记忆，细心的外地游客进出网师园、留园等苏州园林大门时也会注意到那高门槛的独特之处。

想了解苏州的人注意到金刚腿就对了。都说细节传神，金刚腿就是能够传递苏州神韵的一个经典细节。

高大和精巧是金刚腿的两大特点。

“噱头噱在头上，蹩脚蹩在脚上”，特爱面子的苏州人连脚上都不肯马虎，就是要在千脚踏万脚踩的门槛上搞出一番气象来。但苏州人又不是只凭蛮力一味硬干，他们还有足够的才智表现出威严气象下氤氲着的通融温和来。苏州人希望人家对他们敬而亲之，而不是远之避之。在金刚腿面前，你不能不钦佩苏州人门槛精。

精，是生活艺术使然；而门槛透出的内容则更多地关乎于人生态度了。

金刚腿是苏州人的一种姿态，它无疑是为别人进门而设置的。你可以不来我家，但如果你执意要来，首先要做的就是必须端正态度，起码来点儿肃然起敬也好。当然，如果你面对金刚腿心里乱嘀咕我也拿你没方法，由你嘀咕去吧。假如你暗笑“这金刚腿别人跨进去难、你主人迈出来也不会容易到哪儿去啊”你就大错特错了。告诉你，这金刚腿就是为外面的人设置的，里面的人根本就没想跨出去那回事儿！你想想，里面的生活那么美妙精致，万物早已皆备于我了，我还要出去干甚？——都说苏州人恋家，是因为苏州家里着实招人恋哪。

于是，金刚腿成了苏州人的疆界，一道透着自信和矜持的生活疆界。除了有几次被朱元璋赶了一些到江北、到南京，除了上山下乡时赖不住只好在船到长江一起号淘大哭，苏州人一般是轻易不肯离乡背井的。久而久之，苏州门槛没有加高，而苏州人的腿却一代代地短下来了——腿长的苏州人早已跨出去了。

是的，金刚腿早已成为苏州的一种精神象征物。

那气度雍容的冷水盘门不也是一道金刚腿？那若隐若现蜿蜒在苏州古城边和苏州人心理历程上的古城墙不正是一条见首不见尾的苏州门槛？

呆在里面往外瞧，苏州门槛真高，高得外面热辣辣的阳光强劲的风进来照例要打一个折扣，于是里面的花呀草呀弄得豆芽菜似的；站在外面朝里看，苏州门槛不过如此，只要你腿足够长，想跨就可以跨进来，而且，既然跨进来了，你苏州人还不能不认账。

孵孵爬爬

从一个人的口头禅可以猜到他的性格特点，顺着一种方言里的高频词也能理出使用这些方言的人们的基本性格来。

苏州话里使用频率最高、也最传神的词莫过于“孵”与“爬”。

孵茶馆、孵混堂是老苏州最常见、最典型的世俗生活图景，即所谓皮包水与水包皮。它说的是一种相对静止的生活状态，如同孵蛋的母鸡——老母鸡和小母鸡。“孵”并不是老苏州的专利，小苏州也很精于此道。老苏州天不亮就孵到茶馆里，嘴里品着香茗，耳朵上缠绕着评弹那婀娜多姿的旋律，与老伙伴们随意聊些天南海北的事情，到时候再来一些久享不厌的苏州小吃。孵茶馆实际上是孵的三只蛋：吃茶、听书、品小吃。茶味、书味、小吃味三味一体，识得其中滋味，才知“孵”之真趣。小苏州也不赖，老的孵茶馆，他们孵茶坊茶楼，他们还会玩茶艺，比老的还要孵得一本正经、像模像样。他们也会孵混堂，仨俩小朋友桑拿一番、芬兰一番，然后惬意地躺着聊天，边上也有小吃侍候，上头有彩电转播足球，如此之孵，既富现代色彩，又颇有经典意味。

笔画繁多的“孵”字每一笔都是由享受生活的愿望和技巧写成的，浑身洋溢着安逸、富足、慵懒而乐不思蜀的气息，就像孵蛋的母鸡沐浴着安详的辉光。他们也像孵蛋的母鸡一样拥有警觉，那是一种来自全身心感官的警觉，那昆曲名段《思凡》的唱腔从字头到字尾是否婉转圆润、《珍珠塔》中陈翠莲取出塔心事满怀地下楼时那复杂的心理表白是否妥帖到位创出新意、那蟹壳黄的配料和火工对舌上味蕾的刺激是不是恰到好处……听觉、触觉、味觉等方面的妙处和瑕疵全都休想蒙混过关。

“孵”字的每一笔都是一条苏州小巷，“孵”成了氤氲在苏州城上空的集体无意识，成了人生信念的一部分。在苏州常常听到这样的话：“礼拜日伲勿出去格，屋里厢孵孵。”“单位里厢蛮好，孵孵算哉。”“我勿会得到外头工作格，孵勒苏州蛮好！”苏州确实是个好地方，好处之一是不仅让你想孵，而且总能让你找到孵的位置。

如果说“孵”是苏州方言里的老资格，那么“爬”则是一位后来者了。上世纪 80 年代开始“爬”文凭，接着是“爬”职称，目下大家又都或前或后“爬”房子，其间还夹杂有“爬”家具、“爬”邮票、“爬”画、“爬”格子、“爬”盆景，等等。“爬”在苏州方言里大行其道，其实才有一二十年的历史，但是其使用率之高、含义之丰富、表达之传神，都足以与老资格的“孵”相提并论、分庭抗礼。

“爬”以“爪”作傍，但一点儿也不张牙舞爪，浸润着苏州人传统的谦和内敛的性格，一派“小弄弄”的意思，没有大名堂，与惊天动地的大事业没有关系，丝毫也说不上要与谁争个高低。但你千万不要小看苏州人的“爬”，他们能“爬”出令人眼花缭乱的世界来。苏州人要么不“爬”，要“爬”终归能“爬”得你赞叹不已、要你相信。我有位文友前些时候在“爬”房子，电话里说实力有限，“没啥花头”。等他“爬”好跑去一看，让人不得不服气，就说那小小的院子里吧，有石笋，有太湖石，有鹅卵石铺就的甬道，荷花池里游弋着金鱼，绿草地上婀娜着芭蕉，简直就是一角小园林，主人还连声自谦“瞎爬爬”。往细里想想，“爬”字还有踏踏实实的韧劲，还有精致细腻的追求。以为“爬”是出自小家子气就大错特错了，稍有动作就一惊一乍的，那是沉不住气的暴发户，“爬”字笼罩着苏州人的一派大家风范呢。

其实，名播全球的苏州园林、乃至苏州两千多年的文明史，不都是苏州人“爬”出来的？

当然，“爬”字还折射着一个苏州人回避不了的事实、一种逐渐明晰的危机心态，那就是苏州人赖以“孵”的物质基础已经呈示出疲软之相，从上世纪上半叶开始苏州人的老本开始捉襟见肘，苏州人心理深处的不安慢慢浮上来，不“爬”不行了。就这样，“爬”终于从“孵”里破壳而出。

“孵”“爬”二字，动静相生，形成苏州人性格的两个主要方面。把这两个字连起来往深里一想，真是意味无穷。

“孵”透着一个“守”字，“爬”闪着一个“创”字。“孵”不住了，起来“爬爬”；“爬”出点名堂了，再窝下去“孵孵”。孵孵爬爬、爬爬孵孵，便是苏州人的写照？恐怕真的是这样。从容而罗嗦的苏州话竟然造出这样简洁传神的两个字来，绝了。

地球村越来越小，苏州人的眼界也越来越宽，他们似乎不再那么悠然自得，他们开始卷袖子了。从“孵”到“爬”，勾勒出上世纪苏州人心理发展变化的大致轨迹。

“孵”“爬”之后，将出现一个什么样的字呢？

城市的理由
——《苏州民间工艺美术》后记

对于一个城市来说,手艺和手艺人有多重要呢?

手艺和手艺人是城市诞生的理由,这句话已经由历史学家和经济学家一遍遍讲解给我们听了。城市的出现是由于第二次社会大分工,也就是农业和手工业的分工之后才产生了市镇。许多手艺人聚住在一起,叮叮当当、窸窸窣窣地做出些日用品,让四野里的农人、牧人带着小米和羊肉赶过来挑挑拣拣、择善而换。几千年过去了,从集市到城市,那个"市"的基本精义没变。

然而,那个"艺"变了。其实也不是"艺"变了,而是"市"的一部分变了,现代工业、后现代工业的疯狂发展,把手工业的生存空间挤压得越来越小,越来越透不过气来。手艺还是那样,手艺人的地位却来了个乾坤大挪移。"市"看不起"艺"了,"市"不需要"艺"了,他们的作品没有人光顾,他们的徒弟总想着改换门庭,他们生活往往没有其他人好,连他们的儿子都不屑一顾了,他们就像一些散落在棋盘边缘的棋子,随时都有掉下去的危险,他们似乎就要被这场旷日持久的社会发展游戏驱逐出局了!

也许是因为物极必反,手艺的辉煌终将成为过去,这大约是免不了的。要知道,手艺已经辉煌几千年了。就在这苏州城里,神气活现的手艺人在一家挨一家的作坊里炫耀着技艺,徒弟们虔诚得大气不敢出。还有什么人可以活得比他们滋润呢？只有读书人，读得好可以做官。但那还得运气，没运气的读书人比乞丐好不了多少。手艺人就保险得多了，种瓜得瓜，种豆得豆，艺不压身，艺火人红，养家糊口那自然是没话说的。有的一不当心还会搞进艺术家的行列，比如漆工出身的仇英。手艺人只要有花头，那是谁都得尊重的。还是说书画吧，哪位大画家没有一两位要好的装裱师朋友呢。

苏州是手艺人的天堂。苏州的荣耀在某种意义上说就是苏州手艺人的荣耀。不是吗？小到锅碗瓢盆，大到亭台楼阁，我们的日常生活哪能离开手艺人的那双手呢？苏州手艺人的功夫更是十分了得，掰着手指数数吧：苏绣、苏裱、苏灯、苏扇、苏式家具、苏州金砖、苏州缂丝、苏州戏衣、桃花坞木刻年画……三百六十行手艺，苏州手艺人独占了多少魁首呢？遥想当年，大运河上南来北往，阊门码头进进出出的人们，有许多人就是直奔苏州手艺而来的！

俱往矣，许多曾领风骚的手艺风光不再、风雨飘摇，手艺人的好日子和历史的车轮一样拉不回头。手艺人一年比一年少，一些手艺濒临失传的危险，世事总是在一些东西取代另一些东西的过程中向前挪步的。但这世间也总有另一些东西难以抹去，比如手艺的精神。

我总觉得苏州的手艺精神和我们一直在探寻的苏州城市精神是一致的，比如精致、典雅，比如内敛、务实，这样的手艺精神已经融进市民生活，无迹可寻而无处不在。苏州人说起手艺总是眉飞色舞，是往日的辉煌，也是今天的自豪。也许这种自豪中有一丝“无可奈何花落去”的憾意，这也是没有办法的事情。所幸的是我们这个时代还需要一些手艺，比如苏绣，这些能够继往开来的手艺肩负着光宗耀祖的使命，也继承了苏州手艺的全部光荣。就让那行将辞世的手艺们安安心心地款款走进苏州地方志的章章节节吧，在那儿留下自己永恒的微笑。

上海亲戚

苏州是上海的乡下亲戚。在上海人眼里,非上海人很少不是来自乡下,而苏州人的情况则不太一样,“阿拉是亲眷呀”,相互间都觉得颇为亲切,尽管来自城里的亲戚难免有点居高临下。让苏州人对上海人打分,搞不好会被作为最高分减去的。

苏州是上海人的点心店。黄天源采芝斋陆稿荐这些老店他们都熟得很,三天两头都会成群结队地来温习一番消受一番。苏州是上海人的大超市。苏州的物价比上海便宜,货色却并不推扳,以上海人的精明,近在咫尺的苏州确实是极为理想的采购中心。苏州是上海人的度假村。苏州要山有山要水有水,好吃的好穿的好看的好玩的都有,还有天下独一份的私家园林,于是腿一伸就来了,回娘家一般随意而惬意。现在长三角有不少地方在争做上海的后花园,唯独上海和苏州对此话题不感兴趣。说白了,苏州就是上海的点心,什么时候都可以咬一口,哪一口都是“糯是糯得来甜是甜得来”。

上海是城市阿姐,是苏州人永远的时尚布道者。头发该怎么做?家具该怎么买?洋泾浜该如何说?衣服该如何裁?上海是苏州小妹的一本翻不烂的百科全书。苏州也有强项,苏州有花样繁多的精致小吃,有天然鲜美的太湖船菜,有好多年代久远可以勾起童真的记忆、让浮躁的心宁静一会儿的物事。这么说吧，上海是苏州的阿姐，苏州是上海的外婆。

上海人有一种大姐大的性格特征：热心、有责任感、乐于助人。记得有一年应氏杯围棋赛在上海举办，我受一家杂志委托去采访马晓春。马晓春躲在新锦江的房间里就是不开门，《新民围棋》的曹志林老师借楼层服务员的电话和马晓春苦口婆心了整整一刻钟，尽管没成功，但曹老师的古道热肠还是令我十分感动。我还得到过国手曹大元、著名教练邱百瑞、围棋史专家赵之云的无私帮助，这些都成为我记忆中上海人的闪光之处。

我把上海人分为两类，一类是我认识的上海人，这类人中的大部分都有很好的人际关系，无论是否事业有成，都能得到周围人们的尊敬。另一类人是我不认识的上海人，他们在酒店大堂、在旅游景点大呼小叫、指颐气使、自以为是、盛气凌人，令其他人侧目而视。这样分类使我很疑惑，是不是有许多上海人在上海活得很压抑，必须不时离开上海放纵一下？我不知道。

听说上海在提倡“做可爱的上海人”，我觉得，如果做到对待不认识的与对待认识的一个样，上海人无疑是最可爱的。

满城茶意

七八十年前苏州城内大街小巷的茶馆很多，稍有规模的就不下百家。仅以临顿路而言，北起跨塘桥，南至顾家桥，就有富春楼、龙泉、壶中天、方园、群贤居、同羽春、五凤楼、九如、顺兴园、锦阁等茶馆，家家门面都是坐东朝西。还有一家叫息庐的茶馆门面朝东，就在群贤居附近，它的东大门正中放一只大锡炉，长柄巨嘴，有四尺高，只要轻轻地将炉柄一提，沸水就轻而易举流到茶吊子里了。息庐是锡炉的谐音，令人一过难忘。另外还有更多的小茶馆，许多老虎灶都备有几张茶桌，以招徕茶客。近郊的农民和附近的老人往往更喜欢到这种小茶馆吃茶，在那里一孵就是大半天，谈天说地，论古道今。如果把这种小茶馆也算进去，那么苏州的茶馆不下数百家。茶馆规模大小的差距很大，大的茶馆可同时容纳数百人吃茶，例如玄妙观中的"三万昌"茶馆，可以说是苏州茶馆中的重量级了。它的大门在玄妙观里，后门却开在大成坊巷，还有一个很大的评弹书场，单是茶桌就有一百多张，当年众多茶客聚在三万昌茶馆里品茶论道，各个茶室均是济济一堂，那阵势真是蔚为壮观。有句老话叫"吃茶三万昌，撒尿牛角浜"，这话不是说着玩的，不少年过半百的人都记得，三万昌后门附近的小街牛角浜，当年的确有一长排尿桶沿街靠墙放着，尿桶上盖着毡布。试想，过足了茶瘾的老茶客从三万昌神清气爽地走出来，一边走一边与老茶友继续聊着刚才的话题，聊到开心处，还得意地相互戏谑着，没走多远，便意涌上来了，正好走到牛角浜，大家一齐站定，对着尿桶畅快淋漓一通，临了扎上裤子，打个尿噤，那简直快要接近羽化登仙的境界了。现在想来，那一长排尿桶大约是乡下农民安排的，每天都能运回一船上好的肥料，又有利于苏州的城市环境卫生，倒也是一桩义举。一句民谚往往凝聚着丰富的历史内容，有时竟必须经过众多茶客和农民长期的集体努力共同协作才能创作成功、流传下来。

玄妙观有了这一家大茶馆却并不就此罢休，它还拥有一家比三万昌小不了多少的“品芳”。“品芳”之外，在现在玄妙观茶场西侧还有“春茂”茶馆，观前还有“茂苑”茶室，观东还有“乐安”茶馆，大成坊口还有“丹凤茶室”，与“丹凤茶室”遥遥对应的还有店大堂深的“玉露春”茶馆，有趣的是“玉露春”正好与“三万昌”相反，把后门直通到玄妙观了。

苏州茶馆中规模比“三万昌”大，名声比“三万昌”响的是太监弄里的“吴苑深处”。“吴苑深处”占地颇广，前门在太监弄，后门开在第一天门，茶馆里分别辟出许多茶室，分为前楼、方厅、四面厅、书场、爱竹居、话雨楼等处。人以类聚，物以群分，这些不同的茶室里的茶客也是不同的，文化人与文化人在一起，车夫脚夫们在一起，如果不小心走串了门，彼此间都会觉得尴尬，当然，老茶客也绝对不会走错门的，否则就不叫老茶客了。吴苑深处周围也有一些茶馆活跃着，比如它的后门对过，就是一度也比较红火的“红星茶馆”，颇有点对本行大哥大叫板的意思。松鹤楼旁的“蓬莱茶馆”、碧凤坊口的“桂舫阁”等茶馆，也都有自己的特色、自己的众多老茶客。

苏州茶馆临街枕河遍布街巷是因为古城里有许多嗜好吃花的老茶客。这座典型的消费古城有一个出名的生活习俗，这个出名的生活习俗可以用一句同样有名的话一语道破：“早上皮包水，下午水包皮。”苏州的有闲市民们早晨爱上茶馆慢慢吃茶，让皮囊里包上一肚子茶水，下午则到澡堂里让水来包“皮”。这句话说得真有水平，简明扼要，形象而又透彻。

老茶客没有睡懒觉的。每当晨光微熹的时候，苏州小巷里就早早响起了清幽的脚步声，小巷吐出的第一批早行者，十有八九是老茶客。老茶客泡茶馆是从早上开始的，叫吃早茶。一壶茶下肚，心定，再消消停停吃早点，惬意。而且这还不仅仅是生理需要，还是心理上的需要，老茶客都有固定的老茶馆，都有固定的老朋友。这些老朋友中，有些是数十年如一日的。老朋友在茶馆里相聚吃茶，人手一壶，浅斟慢呷，时饮时沏，边吃边聊，东家长，西家短，新内容，旧话题，都能聊得有滋有味，都能说上大半天。特别是一些年长老翁，天天聚首，漫话世道，闲谈沧桑，唯有在茶馆里才不会感到孤独，此中真意，难于为外人道。所谓"孵茶馆"，是因为茶馆里有值得"孵"的"蛋"。"孵"什么呢？无非是怀旧、交际、消遣这一类东西，以及老茶客们像蛋一样光洁的心情吧。

茶馆作为难以替代的消闲场所，笼罩着一种亲切、适意、喧闹中透出清静的氛围。旧式茶馆里总是一派热闹嘈杂，然而，茶客们的心是静的；现在的茶艺楼里那些衣冠楚楚窃窃私语的红男绿女，要么是一方漫天要钱一方着地还价的生意人，要么是慢条斯理地啜着茶其实恨不得一口水把对方吞下去的求爱者，别看他们一个个娴雅得很，内心里头杂七杂八的欲望蠢蠢地此起彼伏着哩。

服务到位是茶馆的无穷魅力之一。老茶客一跨进茶馆大门，号称茶博士的堂倌就会亲热地与他打个招呼，把你迎到你的老位置上去。老茶客一般都有自己坐惯的座位，不然怎么叫老茶客呢？听说有茶馆里为特别尊贵的茶客备有专用座椅，平时挂在墙上，主人来了，才从墙上取下来，那才真叫宾至如归哩。如果你的老位子上已经坐了茶客，堂倌会在你来之前想办法叫他愉快地把位子让出来。等你坐下来，堂倌转眼间就把你的茶具取出来摆在你面前，泡好茶，泡的茶当然是你吃惯的那种，有的茶客备有专用的茶叶，堂倌也决不会搞错。过去茶馆里时兴"响堂"，茶客要红茶或绿茶，茶博士就喊"红眉"几壶或"绿眉"几壶，如要加菊花，就喊"绿眉加菊"，口齿清楚伶俐。如果你是抽烟的，那么茶博士会取出为你准备的香烟，香烟还未盛行时，他递过来的就是水烟筒了，那水烟筒必然是装好烟丝的，一起递过来的还有纸捻子。你接过来，只要在纸捻子上“呼秃”吹一口气，就可以神气十足地吞云吐雾了。

茶博士不仅嘴上敷衍功夫好，手脚也十分勤快。茶客欲买香烟等什物，茶博士会掏钱代购。到了老茶客用早点的时辰，不用开口关照，堂倌早已将点心端到你面前，你爱吃面条、不爱吃馄饨，他决不会搞错，而且面条的硬软、咸淡、重青或免青、什么浇头、汤多汤少，他都能令你称心如意，你的种种习惯，堂倌心里清清爽爽一本账，那么多老茶客，吃早点的时辰大差不离，只见堂倌一碗一碗端上来，焖肉面、白汤面、鳝丝面、虾仁面、素浇面，还有蟹壳黄、生煎馒头、大方糕，等等，放到谁的面前从来不会搞错，那端碗的技术更是堂倌的看家本领，一碗碗摞在臂膀上，决不会把汤汤水水的泼到茶客身上。堂倌那儿还有另外一本账，你应付的茶资，以及你的早点费用，都不必现用现付，他身上有个手折一笔一笔记着，每月或逢节一起付清，茶客绝对信任，结账时还会赏给一笔小费。有时候老茶客在茶馆里与朋友一起吃茶吃早点，而那朋友客气，抢着会钞了，这时候，老茶客会假装看不见，堂倌也就心安理得地作为小费塞到自己口袋里了。苏州茶馆还有一个风俗，新年正月里去茶馆吃茶，茶博士会在你的茶壶里放两枚橄榄，叫橄榄茶，又叫元宝茶。与元宝茶一起奉上的还有茶博士的“恭喜发财”，此时，即使平时吝啬得一钱如命的茶客，也得忍痛解囊，摸出赏钱红包，人称“打秋风”。

吃饱了，喝足了，该聊的也聊得差不多了，老茶客起身准备离去。或者赶赴饭局，或者走访老友，或者准备进入下午“水包皮”的某种前奏曲，或者回家，路远的早有黄包车等着，那是茶倌喊的；有时下雨了，茶博士会将你的雨伞、套鞋递到你的手上，那是他从你家取来的。

做个受茶客欢迎的茶博士实在不容易，茶馆是个“百口衙门”，没有一套特殊技术不行。做得好也可以有较好的收入，有的茶馆老板将堂口包给茶博士，以营业收入的一至两成与其分成，茶博士忙不过来，也可以请帮佣，由老板出面雇用。但帮佣的收入是很低的。

是的，在如今，这样的茶博士十个有九个会被评为最佳服务员，评为精神文明标兵。可惜那个时候没有这么多的光荣头衔，就像那时没有现在这么多满街跑的高级职称获得者。但那个时候有名的茶博士也有可以引以为豪的报偿，那就是他和他的老茶客们之间的深厚友谊。有的茶倌从一个茶馆跳槽到另一个茶馆，就会有一批老茶客跟着他每天到新茶馆里吃茶，有的老茶客会跟着茶倌转移好几个茶馆，人与人之间的关系到了这个份儿上，你还能说这仅仅是服务员与顾客上帝之间的关系吗？

茶馆里的形式美也是让老茶客们觉得趣味无穷的地方。

就说那让老茶客们称道不已的“凤凰三点头”和“朝天一炷香”吧。那是茶博士在倒茶时为了显示茶倌技艺娴熟、取悦于茶客而搞出来的花样：堂倌手提一把巨大的铜吊子，把开水倾注到茶壶里、茶杯里，忙忙碌碌中能做到滴水不溢，而且整个注水过程舒展大方，那形似凤凰的铜吊子三起三伏，显得洒脱而利落，是为“凤凰三点头”。“朝天一炷香”也是形容冲水的技巧：堂倌为茶客续水，左手拿起茶壶，顺便用一根手指灵巧地勾起壶盖，将铜吊子凑近壶口，一条冒着热气的水柱便从铜吊子里窜出来，说时迟，那时快，堂倌右手将铜吊子从壶口拉开，就看到一条水柱从一尺多高的半空里飞进茶壶，随后铜吊子又向茶壶靠拢，接近壶口里猛地刹住，再看茶壶里的水，正好到达壶口，壶外不漏一滴水，那从上直冲下来的水柱就是所谓“朝天一炷香”了。茶博士若没有这样的看家功夫，老茶客们是看不上眼的。

茶馆里一些约定俗成的无声语言也颇有趣：你把茶壶的盖子斜放在壶口，跑堂的马上就会过来为你续上水，那斜放着的壶盖是在呼唤他“快来加水呀！”你离开茶馆了，但你的茶壶盖子反盖着，那么，这壶茶是没有人来动的，那反扣着的茶壶盖在不停在宣读声明，“我的主人下午还要来吃茶，请不要碰我”。有的茶客喜欢在茶馆里下棋，上午没下完，约好下午来继续下，那么你把壶盖反扣着就可以放心走了，别人不仅不会动你的茶壶，连同你棋枰上的棋局，一个子都不会挪动位置。下午续饮也不用另外付费。这就是茶馆里的规矩，虽然没有明文张贴在墙上，茶倌也没有口头宣讲，但是在茶馆里人人心里都明白。这些大约都可以列入茶文化对人的熏陶影响。同时期，苏州的一些酒馆里也有个类似的习惯：楼上雅座酒客壶里的酒光了，可以把锡酒壶扔在楼板上，作为添酒的信号。跑堂的听到声音就会上来给酒壶加满酒。这种“规矩”酒客们扔得热闹，酒馆也不反对，因为锡酒壶是掼不碎的，掼扁了些，酒壶的容积小了，还可以少装些酒，而酒钱则是照算的。茶馆和酒馆的类似规矩一比，何雅何俗、何清何浊一目了然了。

最令老茶客们梦绕魂牵的还是茶本身，他们自备茶具里厚厚的茶垢是决不允许勤劳的伙计洗掉的，当然，茶馆里的堂倌闲得手发痒也不会有谁多这个事，那厚厚的茶垢是老茶客的资本，洗去茶垢如同你抹掉了他档案袋里记载着的战功，如同你丢掉了他排列了一长条名誉职称的名片。那茶垢不仅是虚荣，也有它的实际功效，有它在，即使不加茶叶，白开水冲进去，也能让你吃出清香沁脾的茶味来。

苏州人吃茶是很讲究的，许多老茶客都是自备茶叶。茶馆里供应的茶叶一般有红绿两种，都以本地产的茶叶为主。吃茶以绿茶为正宗，苏州茶客一般不爱吃非常浓的茶，有的茶瘾特别重的茶客则喜爱吃红茶。泡茶时，先冲半壶开水，过一会儿再冲满。苏州虎丘产的茉莉花茶也是不少茶客所青睐的，茉莉花茶经窨花、提花，所用毛茶也经过精制达到规定等级，外观整齐匀称，汤色清澈泛黄，叶色柔和，幽香扑鼻，爽冽不浊，回味无穷，又经久耐泡。这些茶叶大都价格不贵，“小洋”一二角即可。不像现在的茶艺楼，一杯茶往往需要付费数十元。过去名贵的茶叶需茶客自备，比如苏州东山名茶碧螺春，那是茶中上品，据《太湖备考》记载，大约在一千三百多年前，东山人朱元正在碧螺峰的石壁缝里发现几株野茶树，采回制茶时发出阵阵异香，引起人们注意，后来经过陆羽栽培，后人一代代繁育，逐渐变为连片的家茶树，清初发展成为贡茶，定名为吓煞人香。它条索紧结，蜷曲似螺，白毫毕露，银绿隐翠。冲泡时无须沸水，也不用加盖后捂闷，所用茶具一般为瓷茶碗，先放开水，后放茶叶，茶叶迅速下沉伸卷犹如白云翻滚，雪片飞舞，汤色碧绿，香气袭人，喝来清香可口，回味醇甜。清康熙帝南游太湖时认为此名不雅，便以茶色碧绿，形曲如螺，采于早春为依据，赐名为碧螺春。现在的茶客们往往对“碧螺姑娘”发现“吓煞人香”的民间传说津津乐道，却忽视了碧螺春与陆羽的渊源关系。陆羽是唐代人，对茶文化的发展有着巨大贡献，为后代人誉为茶圣。唐代贞元年间，陆羽寓居苏州虎丘，曾仔细研究了苏州的水质和茶叶，他在虎丘山上挖了一泉井，以此泉为标准，参照各地多种水质，总结出“其水，用山水上、江水中、井水下。其山水拣乳泉石池慢流者上”的饮茶用水规律，并且用此泉水来栽培朱元正发现的散茶，摸索出苏州散茶“只采春茶不采夏茶、秋茶”的做法。由于陆羽的提倡，苏州人饮茶成为大众习俗，“百姓营生，种茶亦为一业”，而开茶馆也成为一业了。后来苏州人为了纪念茶圣陆羽，许多茶馆以及一些茶农的茶灶上，都供着陆羽的瓷像。

茶馆除了以上说的种种好处，它最大、最实际的功用在于它长期以来一直扮演着信息交换中心的角色，无论茶馆规模大小都是如此，哪怕是最小的老虎灶茶馆。

数十年前苏州的老虎灶很多，1956 年公私合营时达 295 户。“十步之内，必有芳草”，百丈之内，必有老虎灶。设在东北街石皮弄的水炉公所有行业规定，新开老虎灶与左右前后已开业的老虎灶必须相距 60 丈。老虎灶卖热水、熟水，兼售生水。老虎灶因为其水灶状似蹲虎而得名，多为七星炉灶，一般都是夫妻老婆店，燃料采用廉价的砻糠。老虎灶多是因为苏州人习惯到老虎灶冲开水，省得开锅烧水。店家开门的第一件事，也是先到老虎灶打足开水。冬季老虎灶的生意更加好，到老虎灶“长牙齿了”，就是说老虎灶搁板旁挂下长长的冰柱了，生意就格外火爆，特别是晚上，搁板上挤满了各种盛开水的容器，其中以“汤婆子”居多，搁板上排满了，后来者只好拎着水瓶之类的东西在外面等。外地人立足苏州，做其他的行当说不定前途难卜，做老虎灶这一行总是可以解决生计问题的。老虎灶生意兴隆还有一个原因，它的水清冽甘甜，比普通人家的河水和井水要好。老虎灶水好是因为它用的水都来自胥江。当时的胥江水是绝对没有工业污染和生活污染的，水好便可以生财，有人专门做水生意，有专门的撑水船到胥江取水，然后沿河向各茶馆和老虎灶送水。讲究用水的茶馆也多标榜“本馆用胥江水”。老虎灶都有一名挑水工，专事到水船上挑水。吴苑深处的派头最大，它常年雇用十几名挑水夫，每天从胥门外汲水，一路接力传递直到店中，这些挑水夫都身着一件标有“吴苑”的马甲，每天挑水的同时，顺便做着效果显著的活广告，以此招徕茶客。老虎灶当然不肯只卖开水，能招来些茶客每天增加些额外进账岂不更好？于是老虎灶旁边加几张方桌和凳子，备些茶具就可以开茶馆了，开水是现成的，茶价也就格外便宜，这一点特别对一些收入微薄的劳动者的胃口。乡下上街卖菜的农民收市后到这儿歇歇脚，听听城里的新闻；车夫小贩之类的汉子在这里解解乏，听老人说点老黄历，或者发发牢骚，没有比这儿更合适的地方。这么一来，开茶馆的有意见了，于是有的茶馆也兼售热水，水灶业与茶馆业相互指责，产生矛盾了，后来两业合并建立了茶馆水灶同业公会，这才化解矛盾，皆大欢喜。

许多老虎灶门口还挂着一块牌子，上书两个大字：“盆汤”——也就是说这里还提供沐浴服务。反正这里热水冷水都有，再隔出一小间来，放一只大木盆，就可以营业了。价格当然是极为低廉，劳累了一天的引车卖浆者之流在此泡泡疲乏的身子，也是很惬意的事情。有人说在苏州能够过上

“早上皮包水，下午水包皮”的人都是有钱人，其实，只能在老虎灶茶馆吃茶、在老虎灶混堂“忽浴”的穷人，同样可以“皮包水”“水包皮”。

还有个引人注目的现象应该顺便提一提：往往在老虎灶的对过，会有一家小酒馆，这也是囊中羞涩却又爱好杯中之物的人流连忘返的地方。在那种小酒馆里，酒菜都相当便宜，而且都挺不错。炒螺蛳、马兰头、炝毛豆、油氽臭豆腐、熏烧猪头肉等都是价廉物美的下酒菜。猪头肉中有一部分叫“脑角”，特别便宜，只要一毛钱便可以吃一顿酒，再不济五分钱花生米也能对付一下。小酒馆里还常有手拎圆形竹编提篮的中青年妇女来卖小菜，抗战之后，从事这种小卖的不少是中小汉奸的家属、富商政客的弃妇，她们曾经养尊处优过，又能亲自掌勺，烧得一手苏式小菜，同样一只虾仁跑蛋，一经她们烹调，就不同凡响，洁白晶莹如珍珠般的虾仁镶嵌在金黄色的蛋糊面上，鲜红的蕃茄片加上生青的辣椒条，色香味俱臻上乘。另外如香醋拌黄瓜、笋片拌莴苣等，都是以色诱人，葱姜加香料烧的酱油螺蛳，加上胡椒粉，也是一味极好的风味酒肴。与她们交谈，都说是出身大户人家，显示有别于一般的寒门妇女，与她们熟了，她们中的有些人有时会推说家中有急事，问你借些小钱，并留下住址，欢迎你去坐坐。如果你真的去了，她们家倒也妆台纱帐，房闱整洁，可不见再有别人在家，于是往往便有艳闻传出。这种艳遇，苏州人叫做“私门头”。这种事弄不好也是小酒馆里的热门话题。在小酒馆里，三四老友把盏相聚，漫天“讲张”，天南海北乱扯一气，从中午一直吃到下午四五点钟也不会有人来催你走。这种小酒馆遍布苏州小巷也是有着悠远历史的，至少在明代时就是这样，唐寅有诗为证：“小巷十家三酒店，豪门五日一尝新。市河到处堪摇橹，街巷通宵不绝人。”

苏州一碗面

人在苏州，当然希望融入这座古城的社会氛围，于是你就必须做些功课。

第一要务是学会吃面。相信大多数人来到苏州之前都有过吃面条的经历，面对苏州的面也不乏把它整进肚皮的能力和自信，问题是你只能把苏面整进肚皮是远远不够的，你还得把它整上眉头——比如喜上眉梢、或者皱起眉头，总之一句话，你得有感受，你得给它打分，还得用百分制而不是五分制，五分制过于粗疏了，精确的百分制才说得清苏面中良莠高下的细微差别。于是你就在这双棋盘格局的大街小巷中左顾右盼、不懈地流窜吧，你就把大大小小的面店一网打尽吧，对苏面的寻访就是对苏州的寻访，对苏面的品味就是对苏州的品味，好在这种寻访和品味成本不高、经济实惠，说不上是多苦的差事。

你终于可以把你对于苏面的感受和评价表述出来了：某店的面还可以，某店的汤一塌糊涂，某店换了师傅，焖肉浇头做得好，隔壁那家店的焖肉大不如前，问题出在其中某一环节上……成了名副其实的苏面地图和苏面鉴赏家，你就可以在苏州开声发言了。管他多么富丽堂皇的饭店、多么豪华精美的酒宴，总要上点主食吧？只要面条端来，你便可以抓住机遇发表你的苏面专论，千万别胆怯，谁再富再雅也不敢蔑视那碗面，评说苏面并不掉价，凭你的苏面功底完全可以大摇大摆吃遍苏城。如果你能把那些老苏州也说得一愣一愣的，他们不把你引为知己才怪呢。

苏州是一座特别讲究生活品位的城市，在苏州人眼里，对生活的品味上不上档次，一碗面便是试金石。有的人据说能一尝就道出鱼翅盅的优劣，一看就能辨出大闸蟹的真伪，苏州人对此并不以为然，有钱和有品位绝对是两回事。什么东西都可以买到，唯独品位铜钿换不来，更不要说那些钱包鼓鼓的牛吃蟹们的笑谈了。要说吃蟹的技巧，恐怕苏州人鲜有对手，但苏州人并不因此而自矜。他们最看重的不是吃什么，而是吃出了什么。一碗面条，平平常常，味浓了味淡了、面硬了面软了、汤宽了汤紧了、青重了青免了，从庸常的生活中寻求享受的乐趣，见惯了风起云涌花开花落的苏州人，从一碗面中吃出生活那清风明月般的本真滋味。

是的，历史在苏州上演过无数颠倒乾坤的故事，贵贵贱贱贫贫富富的事情苏州人经历得多了，即使遇上再蹩脚的事也不会沮丧得昏了头，忘了自己的生活操守。苏州人的生活操守就是哪怕只能吃一碗面，也得从中吃出美好的滋味来，绝不可以把自己的味蕾随随便便打发了，这种惜福的生活姿态真是令人心折。有这样的操守，苏面怎能不令人口舌生津呢？我常想，全国以面为主食的地方太多了，唯有苏州能把一碗面吃出一段风流来，这与苏州的烹调技艺当然有关，但这风流的底蕴一定是苏州人的生活操守。

研究一下苏州人对面浇头的态度也挺有意思，苏州的面浇头荤的素的甜的咸的五花八门蔚为大观，但老苏州最在意的还是面和汤，那是他们朝夕相处不离不弃的，浇头的丰寡有无无关宏旨，只要那碗面在。如同人生，顺逆贵贱贫富毁誉就是那碗面上的单浇双浇三浇乃至*N*浇或者干脆就没浇头，但只要面在，生活就得有滋有味地继续。套用《红灯记》里的一句台词：有这碗面垫底，什么样的浇头全能对付！平实中透着豁达，巧慧里藏着坚韧，你看，这不正是苏州人的人生态度吗？

要想真正走进苏州，要想找读懂苏州的捷径，千万别小看那一根细长的面条，那是一条隐秘的小路，顺着它，可以走进这座古城文化的深处。细细打量那盈盈动人的面汤，那里面可以分辨出苏州人灵魂的倒影呢。

藏书羊肉

西风响,蟹脚痒。西风一起,阳澄湖底的螃蟹们早就按捺不住地蠢动起来,成群结队爬向食蟹人的餐桌。

比蟹脚还要痒的是羊脚。岂止是痒,远在北方的年轻山羊简直是急不可耐,塞北的西风刚刚探出头来,它们就勇不可当地匆匆南下了,它们要远赴江南的一个约会。

我在深秋的藏书,看着从四面八方慕名而来的食客们在这里的羊肉美食城进进出出,红光满面,吃饱喝足了还要大包小包地把各种羊肉羊羹带走,眼前就会出现这样一幅画面 :数以百万计的羊群从北方冲来,蹄声震地,撼天蔽日,目标 :江南木渎藏书镇,势不可挡。藏书有一口其大无比的老木桶铁镬接锅,那是羊们的终极圣地。长三角地区的爱羊人士们眼巴巴地等了一年啦,这些馋态可掬的羊肉粉丝哦。整个冬天,食客们的藏书分明就是一锅沸腾着的羊肉粉丝汤。

每一次想都感到震撼 :百万山羊扑过来,千万食客扑过来,就为了藏书冬天深处的那一声幸福的叹息。

金风玉露一相逢,便胜却人间无数。

什么叫传统,什么叫时尚,什么叫满足,什么叫幸福,藏书羊肉都可以给出令人信服的答案。

这些年来过藏书多少次？吃过多少顿藏书羊肉？记不清了，只记得如果哪一年来得迟了，来得少了，从秋天开始就不爽，就担心这个冬天白活了，少喝一口羊汤都亏。

要抵达藏书这个冬天的诱惑，现在越发方便了。我在百度地图上寻找去藏书的线路，忽然觉得，藏书周围那些横七竖八的沪宁高速、苏嘉杭高速、沪苏浙高速、环城高速……都是为藏书羊肉的万千粉丝而建，都是为藏书而建，都是为藏书那一口始于光绪年间的老木桶铁镬接锅而建的啊。

一个人的香雪海

进了香雪海园门,忽然觉得身上热起来——那么多人都穿着春装呢,我还是老棉袄,是得感到热。再说人那么多,人多热气高一点也是自然的。

当然这里的地气也是旺一些的,集中发布春消息的地方嘛。但面对这么多踏春寻梅的人,今年的香雪海似乎有点尴尬:已开的虽未谢幕却早已花褪残红,将开的还养在深闺含羞未发,现在正好是她们这个梅花集团青黄不接的时候。突然奇冷的冬天,持续来袭的大雪,让梅花先头部队中了伏击,后续者蒙了,回过神来继续赶路时已经误了时辰,而赏梅人的性子又委实急了点,这是个急性子的时代。

不过香雪海的功架还是端着的,架不住这么多粉丝捧场啊,底气足着呢。你看,爱梅者一队队从四面八方赶来,将山上山下的梅树们团团围定,然后分割穿插,各个击破,拍照的,写生的,跟着那喋喋不休的电喇叭频频点头的,还有梅下陌边殷勤叫卖金花菜香椿头黄连头甚至荠菜青菜的,直把香雪海弄得像热闹非凡的嘉年华。

于是我们到司徒庙吃茶去。那儿人少,清净得很,大家把小桌子搬出来,就在梅边吃茶嗑瓜子聊天。不远处也有人这样,两下里相互瞧瞧,也不打话,心照不宣。

回来后总觉得有不尽兴处,正好摄影家陈健行来聊天,就扯将起来。

这一扯，扯出我的无限艳羡。

他说，上个世纪60年代的时候，他骑一辆自行车带着女朋友去光福看梅，一路上都是弹石路面，颠颠簸簸，年轻人，又是热恋中，也不介意。春光那么美，梅花那么美，爱情那么美，颠一点算啥？颠一颠还更有趣呢。一路上左边是太湖，右边是山，山上梅树都是老树，千姿百态，一著新花，就格外娇艳。等到爬上山顶，向下一望，整个窑上村只看到三三两两的屋顶在花海里漂浮着，漂亮极了。

哦，那才是真正的香雪海呢。

别急，听我说下去。拍了一会儿照，忽然变天了，一阵风刮过来，挺大的风，近处远处的梅枝儿都摇动起来了，只见一下子红的白的梅花瓣儿漫天飞舞，潇潇洒洒，确确实实就是一场梅花瓣儿的香雪，我俩都看得呆了，真是到了仙境里，那一刻那一场景永世难忘。

整个香雪海就你们俩？就我们俩。下山后到司徒庙休息，庙里的当家和尚是老朋友，烧饭招待我们，也没有什么好菜，庙后长的青菜现拔现炒，还有满满两大碗青蚕豆，也是刚从地里摘下来的，味道那个鲜美啊。

陈健行神侃结束飘然而去，我还沉浸在那个场景里不能自拔。

那满山梅花，那场奇异的大风，那只有一对恋人的香雪海啊。

可羡而不可及。那老梅是岁月所存，我们现在只有等待；那奇风是上帝所赐，我们不必心存幻想；那一个人的香雪海呢？那是更吸引我的，但同样不可得。

我总觉得寻梅赏梅，其实寻的是一种心境，赏的是一种品格。那种心灵的默默交流最宜一个人或二三知己。

以后再去寻梅赏梅，当避开人多的地方人多的时候，比如傍晚，比如清晨，微雨时也挺好，人迹罕至的地方就更妙——谈论梅花的时候，我们又一次发现，这个时代给予了我们很多，也剥夺了我们很多。

桃花坞

春日，从北寺塔向西入桃花坞大街，正好是实行机动车单向通行的第一天，一辆辆汽车由西向东雁行有序，久阴乍晴，走路的行人一个个都精神饱满的样子，路边店里的老板眼光笑眯眯地左右扫来扫去。一会儿就走到单家桥，倚在桥边向西北一望：哇，桃花开了，漫天遍野地开了，熏风里满眼都是颤微微粉嘟嘟的粉红，忽然桃花林深处窜起一股风来，便有桃红色的风旋直往天上转，再调头往行人身上扑来，真一片活泼泼童话世界……

——当然，你看到的是整整一千年之前的景象了，《五亩园小志》里就是这样说的，这个名气不小的小小志书里说的就是桃花坞从宋代开始发生的许多事情。公元 2010 年的初春，我在桃花坞走了半天，竟然没有看到一棵桃树，也许是因为倒春寒桃花开得迟，没开花也就不显眼；也许是因为桃树确实少，而且藏在那巷子深处，反正我没看到。倒是在双荷花池畔看到两株盛开着的樱花，如今的桃花坞桃花难觅。

由桃花坞大街一直向西，就要到头了，右转入廖家巷，访准提庵。再由前新街经唐寅坟到唐寅故居双荷花池，然后从西大营门北上入校场桥路，沿着河西巷的河边向南走，不一会儿就又回到单家桥——这就是桃花坞了。在这里走一圈就会想起周瘦鹃说过的一句话：自古画家谁有名？说来说去唐伯虎。在桃花坞里走也是这样，你总是走不出唐伯虎的影子。

先到准提庵。廖家巷前新街 10 号准提庵是寻访唐伯虎的游人必访之地，因为准提庵还有一个名字：唐寅祠。准提庵刚建时也在明代，万历十年吧，但与唐寅无关，只是一名叫旭小的和尚搭了几间禅房。过了三十多年，这里的主人换了一位叫杨大濛的人，“创精舍于此”，供奉准提佛像，得名为准提庵。这位注定了要和唐寅发生某种关系的杨大濛，在建房期间偶然发现了唐寅书写的《桃花庵歌》碑和祝允明书写的庵额，于是认为这里就是唐寅的桃花庵，“乃立唐寅像祀之”。清康熙时江苏巡抚宋荦重修，清嘉庆五年，吴县知县唐仲冕又拓准庵东别室辟为唐解元祠，祀唐伯虎、祝允明、文徵明三君像，题额“桃花仙馆”。

我不知道杨大濛是何许人，但我对他的推断有疑问：发现了《桃花庵歌》碑和庵额的地方就是唐寅故居桃花庵吗？从准提庵从廖家巷经前新街北上唐寅坟，在红木雕刻厂再向东才能到双荷花池，唐寅的住宅会占地这么大吗？那也太夸张了。那么会不会是唐寅的两处宅子呢？从来也没有这种说法啊。所以我觉得杨大濛的推断不真，双荷花池不好移动，而碑是可以移动的，也许那碑额是因为某种我们不知道的原因遗落到此地，也许，那碑和额本来就是子虚乌有？杨大濛营造准提庵是 1626 年，唐寅去世是 1523 年，相隔一百年出头了。虽然比起我们来，杨大濛离唐寅近得多，但是一百年前的事情也不一定就能搞清楚。而杨大濛没搞清楚的事，今人当然会被杨大濛搞得更糊涂了，所以，几乎所有写桃花坞写唐寅的文章写到这一点都只好蒙着眼睛虚晃一枪。

苏州方志中我最信王謇的《宋平江城坊考》，此书中只有“桃花坞街”条，此条下洋洋近千言里绝口未提唐寅故居、准提庵，我想他一定在这一带走过，在双荷花池驻足过，乘小船在单家河上漂过，这些说法他当然知道，然而思虑下来还是决定不予采信，史家秉笔如法官判牍啊。

过去多次来过准提庵，因为苏州版画院就设在里面，曾来探望过版画家潘裕钰，后来版画家顾志军的工作室也在此开张，我也多次来玩过。现在版画院院长是版画家凌君武，但这次造访凌老师不在，看门的阿姨放我进来拍了几张照。我一直很喜欢这里的安静，无人打扰。准提庵大殿面阔五间，构筑高敞，前为鹤胫轩廊，后作船篷轩廊，前廊梁枋木构几乎无处不加雕饰，雕工甚精。两壁挂满版画作品，琳琅满目，殿里画案上堆着作画的各种工具。门边的一几二椅空着，茶几上随意放置着茶壶茶盅，似乎喝茶人刚刚离去，话题还在茶几上空缭绕。

殿东唐寅祠屋不甚高，开间颇小，东壁嵌有唐寅撰书《桃花庵歌》，原刻已漫漶，后人摹刻一石嵌于原刻之左。另有《六如居士画大士像》、蒋和《般若波罗密多心经》和《竹石图》、僧莲峰撰书《准提庵八咏》等碑。因为唐寅祠实在简陋，久而久之，人们就把准提庵统称为唐寅祠。因房屋破旧，这些碑刻现暂迁横塘唐寅墓保存。

双荷花池不仅是池塘名，现在还成了路名，不过这个名字名存实亡，只有单池，还有一池不知何时被时光老人跑丢了。唐寅在此造屋之前好久好久，双荷花池还是双鱼池的一半。那是宋熙宁年间，梅宣义在此筑台治园，柳堤花坞，风物一新，称五亩园，又名梅园，《五亩园小志》就是从这时说起的。绍圣年间，枢密章楶在五亩园南筑桃花坞别墅，占地七百亩。章氏子弟在此基础上又广辟池沼，建成章园。《吴门表隐》誉其“园林第宅，卓冠一时”。梅、章两家为世交，他俩的儿子梅采南、章咏华也是趣人，仿效曲水流觞典故将两园池塘打通，建双鱼放生池，一端通梅园的双荷花池，一端通章园的千尺潭，当时的老百姓春游看花都是往这里跑，就像现在我们蜂拥着去西山看梅花一样。

我在双荷花池边徘徊的时候，远远看到池那边四五个小女生正围着一位老妇，老妇手指着池塘说着，小姑娘们听得入神，我听不见老妇说的什么，也许正说双花池与双鱼池的事吧？这样的故事是老少咸宜的。更何况与唐寅有关，在这里，与唐寅这位江南第一风流才子有关的事情都是卖座的。

“桃花坞里桃花庵，桃花庵下桃花仙；桃花仙人种桃树，又折桃花当酒钱。酒醒只在花前坐，酒醉还须花下眠；花前花后日复日，酒醉酒醒年复年。不愿鞠躬车马前，但愿老死花酒间；车尘马足富者趣，酒盏花枝贫者缘。若将富贵比贫贱，一在平地一在天；若将贫贱比车马，他得驱驰我得闲。世人笑我忒疯癫，我笑世人看不穿；记得五陵豪杰墓，无花无酒锄做田。”一首《桃花庵歌》读得多少人心往神驰啊。唐寅睿智潇洒的人生态度令无数后世粉丝赞叹不已，“千载下读唐伯虎之文者皆其友，何必时与并乎！”欣赏唐寅的粉丝都是他精神上的朋友。

据《艺圃撷余》记载：“唐子畏居桃花庵，轩前庭半亩，多种牡丹花，开时邀文征仲，祝枝山赋诗浮白其下，弥朝浃夕。有时大叫恸哭，至花落，遣小仆一一细拾，盛以锦囊，葬于药栏东畔，作落花诗送之。”经历了人间冷暖、大喜大悲的大才子唐寅当年踯躅在双荷花池边，读书，吟诗，或者在临水的窗下作画卖钱。祝允明、文徵明这些知心好友们来了，一起在池边对着飘落的桃花喝酒作诗，一人作了，大家都来和，唐寅一下子就和了三十首，在心头勃郁着的太多，一吐为快吧。凝视柳丝下深绿色的池水，似乎当年的吟诵声还未完全逝去，而那几位令后人百世景仰的才子早散了，连池边的桃树们也散了。

双荷花池除了池西建了些亭、廊之外，其他都没有大动干戈，倒也显得十分亲切随和。临池的水边墙边树着一块苏州市政府立的市级文物保护单位石碑，墙上钉着一块苏州市文物局的木牌，上面都写着“唐寅故居遗址”。池北住着人家，宅边一株樱花开得正好，树上还挂着一大块腊肉，树下有一老太坐着，正默默地折着锡箔，一只一只慢慢折，哦，清明快要到了，宠辱不惊的百姓生活又沉入一年一度的怀想。因为唐寅，双荷花池注定了永远沉浸在无尽的怀想之中。

想起横塘唐寅墓的一副对联：问唐衢痛哭何为，纵使青云无望，却赢得才子高名，在将相王侯以上；继宋玉招魂之后，此番苍墓重修，更装点横塘美景，替湖山花月增妍。

说得好——才子高名在将相王侯以上！

在我们这个古老的国度，才子是一种非常奇特有趣的文化现象。每一时代都会出几位这样的人物，他们聪明智慧，文才撼古，诗词书画俱通，经史六艺皆佳。他们任情使性，出口成章，风流倜傥，语出惊人。他们怜香惜玉，蔑视王侯，进可笑傲仕途，退可隐匿山林。他们站在儒教正统的对面，是精神领域里的陈胜吴广。他们背负着古老文化奔向自由的愿望一路呼啸前行，在封建儒教的一统天下荡起一阵阵清新的风。面对世俗社会的丑陋，他们用自己独特的方式对抗，或针锋相对，或调侃戏弄，或转身远离。于是，他们闪光，他们碰壁，他们一路笑骂走进中国文化史。从某种意义上说，我们的文化史几乎就是一部才子史，每一章节，都有才子们的身影在字里行间衣袂飘飘、潇洒穿行。

没有才子，我们的文化还有什么精彩可言？

不可否认的是，目下的文化界不仅面临着没有大师泰斗的窘境，连真正意义上的才子，也寥落星散了。联想起现在数以万计的学士硕士博士正在拼命往公务员队伍里挤，更让人无言以对，怅惘莫名。

比起苏州自古多状元来，苏州自古出才子更为可贵。前几年苏州有一个小型聚会评出了苏州历史上的十大才子，有唐寅和他的朋友祝允明、文徵明，有冯梦龙、高启、金圣叹、钱谦益、吴梅村、王韬，直到《浮生六记》的作者沈三白。他们每一位才子的分量都重于一打状元。地灵人杰，苏州是幸运的。

忽然想起不远处的官宰弄，里面曾经有一家桃坞职校，几位苏州当代才子才女在这里度过他们的青春岁月：车前子、陶文瑜、颜燕华。特别是车前子，早已成为江南才子的不争代表，为国内文学界、文学爱好者所喜爱、敬重，互联网上也是“车迷”众多，作品到处转贴，粉丝津津乐道。其实车前子早在上世纪 80 年代初就获得当时的文学重镇《青春》杂志小说奖，紧接着又以《三原色》《城市雕塑》等诗作蜚声诗坛，奠定了他在国内的文学地位。近年来他的散文又持续热销，更有趣的是这两年他在画坛异军突起，在苏州举办的几次个人画展上，美术界好评如潮，画作一销而空，其具有广泛影响的才子形象更令苏人印象深刻。不久前有机会和他偶然聊起晚清和尚画家虚谷，他从虚谷的画风、用笔特点、生平等方面如数家珍，娓娓而谈，其间有对当代画坛的深刻剖析，有对苏州文化的独特见解，令我耳目一新，钦佩不已。车前子已定居京城十年，虽然经常往还京苏二地，但毕竟在苏时少，在为建文化强市而大揽人才的今天，车前子这样才识无双的苏州才子却不能更多地为苏州文化建功，令人扼腕叹息。

由双荷花池向东向北，便是曾为昆曲中兴立下汗马功劳的昆曲传习所。与昆曲传习所一墙之隔的是一处新开盘的高档别墅楼盘，巨大的影壁上刻着四个金光闪闪的大字：桃坞才苑。他们也知道桃坞才子的无形价值和潜在的巨大影响力啊。

昆曲传习所是一座小园林，也是一处很幽静的地方。上个世纪初，这里培养出好几十位传字辈的昆曲艺术家，其功臣穆藕初、张紫东的铜像就立在正门两边。往里走有三进，有陈列图片资料的地方，有吃茶的地方，还有可作小型演出的地方，后面还有一个小花园，假山荷池，景色颇佳。传习所对面就是江苏昆剧院，向里张望了一下，时间不早了，不去打扰院里的朋友们了。

归程中于河西巷西侧看到朴园，还是桃花坞木刻年画博物馆，赶紧进去看一看，哇，里面是一座像模像样的园林呢，据说是汪伪时期上海一个蛋商建的。在一间工作室里我与两位正在刻着木版的老师匆匆聊了几句便撤了，一路想，在这里上班的人真是好福气。桃花坞木刻年画的鼎盛时期是在山塘街，太平天国一把火烧了，才有几家撤到桃花坞来发展，那时石印技术已成气候，桃花坞木刻年画已是强弩之末了。

总结一下这个下午，关于桃花坞有两个关键词，一是才子，一是民间。

两者又是紧密联系的。才子出于民间，受宠爱于民间，才子的天地在江湖而不在庙堂。才子也会向庙堂里张望，或者穿堂而过，但决不会皈依庙堂——才子真的入了庙堂，才就没了，只剩下子——臣子。这样的事从古至今多了去，不说也罢。

用俞曲园的两句诗煞尾吧："后人来往桃花坞，底事惟知唐解元"——唐寅是桃花坞的荣幸。

皇家玉枕

也许是因为那年的承德之游带回了一对玉枕的缘故吧，在我的记忆里，避暑山庄总是和那玉枕的感觉相互叠印着。

那印象当然和盛夏有关。你想，酷暑中有玉枕伴入梦境那是多惬意的事情。三伏天游避暑山庄就如同夏夜玉枕伴眠。不知道大清的皇帝们有没有这样的感受？避暑山庄这只玉枕是他们家弄出来的，也只有皇帝才能弄出这么大的玉枕。

进入避暑山庄，极目四顾，习惯于在拙政园、网师园吃茶的苏州人一时不知如何表达感受，只听见有人喃喃道：大是大得来！直到第二天登上返程的车子，人们觉得还是这句评论较为妥帖。

是大。那湖，当得辽阔二字；那山，也都是真家伙。听说那烟雨楼等建筑都是从江南照抄而来的，可是安家在这儿虽然不失秀美，却平添了几分大气。最难得的是皇帝并没有把这儿的楼宇弄得金碧辉煌大红大绿，而是十分淡雅简朴返璞归真。倒是那条不到十米的热河会凑趣，其实它和网师园里的引静桥倒是挺好的一对。

游避暑山庄最好用目光来爱抚，玩苏州园林适宜用腿脚来把玩。两者倒置，那就要么太累而苦不堪言，要么太憨而莫名其妙。游避暑山庄体味的是帝王心态，玩苏州园林体味的是隐士乐趣。前者踌躇着的是国，后者把玩着的是家。

如果皇帝也觉得避暑山庄就像是他的玉枕的话，那么他会觉得苏州园林像什么呢？我想，他可能觉得像首饰盒子吧。

灵岩山寺一日

上灵岩山有三种方式：一，跟大队人马一起前去。这种方式通体是一个“闹”字，大呼小叫、前呼后应，似野鬼放生、宿鸟归林，热闹是热闹了，可惜除了热闹别的也就难以领略到一点什么。作为机关单位组织职工郊游暂时解脱一下案牍劳形之苦，最好采用这种方式，但难免有一点类似“猪八戒吃人生果”的遗憾；二，与两三老友结伴而行。寻访吴越旧址，凭吊千年古迹，盘桓山林，尽享野趣，登高作赋，发思古之幽情，这种方式沁着一个“趣”字，如雨后品茶，于闲情逸趣中细论其中妙谛，最为相宜；三，孤身独往。漫步佛殿，思接广宇，庄严梵音之中，滤尽人间俗念，袅袅香烟之前，追问生命本源。这种方式，最要紧的是一个“诚”字。一个曾经游历江南的人如果没能以这样的心境游一次灵岩山，那实在是一种人生的遗憾。

我上过好多次灵岩山了，跟许多同学一起去过，与几位亲友或文友一起去过，唯独没有独自上过山。因此，这些年来一直想补上这一课。

初秋的一个双休日，我提着行囊，跳上16路公共汽车，径直驶出熙熙攘攘的姑苏城，向灵岩山而去。

奔走在碌碌尘事中的现代人往往觉得有些东西离自己很远很远，比如空气清新的大自然，比如天真烂漫的情绪，比如一尘不染的心境。其实，这些似乎可望而不可及的东西一直在我们的身后等待着、守候着，好像守着一个前世的约定，只是我们忘记了、我们的本性迷失了，我们被一些流行的欲念支使得昏头胀脑、团团打转，而浑然不知自己这么多年来不知误了多少觉悟的佳期。多少次挣扎于烦恼的迷宫里自叹苦海无边，殊不知离那内心羡慕的境界并不遥远，甚至很近很近，近得只隔一层纸，那纸上写着一个古老的汉字 :缘。

你瞧，只是时间安排上的一念之差，只是在闹市里往公共车上轻轻一跳，我便挣脱了数不清的俗务，悠然一身。身还是那身，心却不是那心了。

盘门三景。明唐寅墓。唐宋诗词里走进走出的横塘。因春秋时吴王大修宫殿巨木充塞沟渠而得名的木渎……车窗外站牌频闪，仅半小时，我好像走过了一条时间隧道 ;仅半小时，灵岩山就兀然耸立在我的面前。

上灵岩山有两条路可以选择 :一是由山东南麓的稍东处登山，此路线山路陡峭，无现成石阶可走。但沿此路线奋力攀援，有几处十分险要，须手脚并用，攀树揪草，纵跳腾挪，还要来一个“鹞子大翻身”，颇具探险之趣。可惜，有关部门在这里设了“关卡”，要由此上山必须留下“买路钱”，让人先自扫了兴。还有一条路是在西边二百米处，从由姑岭上去。这是一条现成的铺砖山路，比从东边的那条路上山远了不少。远道而来的香客都是从这条路上去，大约是因为不须东张西望纵跳腾挪、一步步向上一步步心静，能很好地一步踩着一个“诚”字走近佛祖吧？后来在山上听月慧师傅介绍，从东麓上山更近 :骑一单车到山脚下一路口，锁了扔那儿，沿一条小路径直上来，很快。

我这次上山的心情类似香客，自然从由姑岭上山。

这条路颇陡，每走一步都有点吃力。这条路也颇有来头，我起码踩着两个大人物的脚印，一个是吴王阖闾，一个是乾隆弘历。春秋时阖闾每年都要经由此岭到清明山主峰皋峰山的姑苏台祭天、祈求上苍，据说由姑岭便是由此得名。乾隆也从这条路上走过多次，他老人家南巡六次，曾经有三次在这里一逞文才留下御诗，因此可以推断他至少在这条路上走过三次。我脚下的砖铺路有好长一段都是由砖块侧竖排成人字形，这是当时的地方官为求得龙颜大悦而特意铺设的。你想，皇帝漫步道上，放眼山青树翠，正高兴时，地方官不失时机地上来凑趣了："陛下请留意，此道上砖铺成无数人字，这是意味着您的双脚如同踏在万人之上呀！"皇帝一得意，"嗯，爱卿善体朕意。"说不定那官就升上去了。如今做官的做皇帝的都已灰飞烟灭，只留下这许许多多"人"字继续承受着世纪风雨。

一步步向上，青松翠竹愈见茂密苍郁，顿觉空气清新了许多，山风吹来，汗流浃背的我为之一爽。正好来到一座名曰继庐的凉亭，便坐下小憩。这座亭子是为了纪念印光大师而建立的，因为大师别号继庐行者。关于印光大师，我在后面还要谈到，暂不细说。在这里我们首先必须有所认识的，便是在灵岩山，你处处都会仿佛感受到印光大师的气息，时时都似乎沐浴着印光大师的关注。此处是灵岩山寺的头山门遗址，所以其正面采用山门式，两侧石柱上镌刻着叶恭绰书写的对联：

大路一条到此齐心向上；

好山四面归来另眼相看。

字好，内容也好，使人精神一振。玩赏一番后向上再行，未已，飞檐翘角的迎笑亭又出现在视野里。

迎笑亭建在半山腰，俗称半山亭。那么为什么叫迎笑亭呢？相传此亭始筑于宋，东坡居士曾在此笑迎释友，适逢此亭尚未题额，又"偶窥残碑，旧有迎笑亭，遂以颜之"（见《灵岩山志》）。当时建成的亭早已倒圮，如今的亭子建于清初，四根方形石柱直立向上，亭尖用宝葫芦结顶，精巧而古朴。乾隆十五年弘历南巡至此，见山风吹来，松涛震耳，腾踏如江潮夜吼，即赐名"松啸亭"，后又恢复旧名。

一亭放过一亭拦。由迎笑亭顺道盘折而上约二百步，又有落红亭出于林杪。其亭因灵岩山一名象山，其势右旋，似象王回顾状，旧有"象王回顾落花红"之句而得名。这里是观日落的好去处，斜阳古道，落日衔山，最是秋日傍晚的景色令人难忘，其时树林里交错呈现红、蓝、青、紫的绚丽光彩，山上古寺梵音缭绕，林中倦鸟盘旋归巢，活脱脱一幅灵岩秋兴图卷。再看亭柱上的联句："观大海者难为水，悟自心时不见山"，便油然觉得胸中禅机发动，慧心顿生。

左折向上三百步便是俗称鸟道的百步阶，向东是印光法师塔院，往西是西施洞。我将行囊换了个肩便径直向上，因为我必须尽快上山在晚斋前进寺见到灵岩山寺方丈明学大和尚。离寺院不远了，山道渐宽渐平坦，游人和香客也逐渐多起来，道边小贩的叫卖声也愈加殷切了。道平脚便轻，我一个小冲刺就来到山门大殿前的平台上。抬头望去，只见满山参天松柏拥出一带黄墙，中央是灵岩山寺巍峨的正门，上方寺额是赵朴初先生书写的几个镏金大字：灵岩山寺。两侧是印光法师撰写的对联：

净土法门普被三根实如来成始成终之妙道；

弥陀誓愿全收九界示众生心作心是之洪猷。

默默心仪毕，我便与寺门的和尚打个问讯，一路入天王殿、过东侧庑廊，穿过客堂、库房，来到方丈室，见到了灵岩山寺方丈明学大和尚。

我早就听说过明学法师的大名了，他是江南佛教界著名的"三明"之一——上海龙华寺方丈明法师、苏州名刹西园寺方丈明开法师、灵岩山寺方丈明学法师。特别是他80年代在宁夏某地成功地解决了当地佛教界的矛盾一事给我留下了深刻的印象。那是一桩不易调解的麻烦事，中国佛教协会都没能解决，在当地僧人和宗教管理部门来人坚邀下，明学法师去了，受到了当地佛教界的隆重欢迎，虔诚的信徒们奔走相告俯伏路边长跪不起，以见到明学法师为幸为荣。法师在那里讲了三天，人们非常信服，原本对立的双方都表示"明学法师怎么说我们就怎么做"，矛盾圆满解决，最终团结起来成立了当地的佛教协会，中国佛教协会的人连称这是法师的"一个大功德"。我曾想，法师的威仪大约近于活佛吧？心里难免有点敬畏。

然而一见到大和尚我的心便放松了一半。大和尚身著灰色僧服，神情淡泊，戴眼镜，眼中透出一种长者特有的慈祥，中等身材，稍瘦，虽年高却给人以精干之感。他静静地听我说明来意，略微点点头，说："对，宗教局昨天打过电话。"便领我穿廊过户来到客房外的香光厅大法堂。途中碰到一位来自无锡铁山寺的中年居士，那人一见明学大和尚便扑通一声五体投地跪在地上，大和尚也和蔼地致以问候。我们在香光厅坐定，马上有人跟过来打水泡茶。大和尚关切地看着满头大汗的我，"天热煞，揩揩。"然后他走出去，等我擦洗完毕又过来与我随便聊起来。大和尚告诉我，他是湖州人，祖母是虔诚的佛教徒，他自小便喜欢亲近佛寺，还记得七岁时在杭州灵隐寺做数罗汉的游戏，他全家除了一个弟弟没有出家外，其余人都皈依佛教了。他是 1947 年来到灵岩山的，当时他身体不好，师傅真达法师要他来此生活一段时间，养养病。1948 年他在灵岩山寺正式出家，至今已历时半个世纪了。我提起他在宁夏极受信徒崇拜的事，他笑了，认真地告诉我，那不是他个人的威望高，而是由于灵岩山寺的威望，由于印光大师的巨大影响。

服务员进来提醒大和尚，四点了，晚斋时间到了。大和尚让我在小饭厅用餐，他要去斋堂和僧众一起晚斋。

小饭厅饭桌上已经摆好了饭菜，四菜一汤：烧臭豆腐、炒长豇豆、香菇青菜、木耳笋丝、丝瓜汤，我与那位铁山寺来的居士和他的女儿一起边聊边吃。

小饭厅朝南正面供着灵岩三老的画像：中间是印光大师，上书"中兴本寺莲宗十三祖印光大师"，左右是真达法师和妙真法师，上书"中兴本寺真达老和尚"和"中兴本寺妙真老和尚"。我知道这三位已故老和尚都是灵岩山寺的大功臣，灵岩山寺之所以能成为名播东南、影响广泛的十方专修净土道场，是与三位名僧的共同努力分不开的，这一点，第二天明学大和尚对我作了详尽的说明。

饭后，我坐在房间里浏览大和尚送我的《苏州灵岩山志》。我住的是位于大雄宝殿东侧、离方丈室很近的一号客房。这是一间老房子，四张床铺，绿色尼龙蚊帐，床上铺草席，一条叠得方方的毛巾被，一切都显得简朴而洁净。

大和尚关照我休息一下，可以在寺里到处走走，看看僧人做晚课。我向大和尚提出两点要求，一是想向他请教几个问题，二是明天请他派人陪我到藏经楼等处参观参观。他都答应了，“你把要问的问题记在纸上给我，明天我们再谈。”

暮色慢慢地在天空中渗透开来，寺院里更静了。忽然，“笃，笃”，一个声音渐传渐近，我走出门外一看，是一位和尚拎着一块木板，边走边敲，走过我旁边的走廊，走进另一处僧舍。我想，大约是提醒僧众，做晚课的时间快到了，请做好准备的意思吧。

我合上书，掩门踱出来，看见宝塔下、花圃间、走廊里和大雄宝殿前都有三三两两散步的和尚。大雄宝殿前平台的石栏杆上下，聚集着五六个和尚在大声谈论着什么，我不知道出家人是否在意外人参与他们的聊天，正踌躇着，见其中一位有点络腮胡子的年轻和尚挥起一支塑料枪，我听到“我们排长……”的话，莫非那和尚曾经当过兵？

晚课还没开始，我先到其他地方转转吧。灵岩山上我来过多次，对山上的建筑还比较熟悉：山门进来，中轴线上的次序是天王殿、大雄宝殿、藏经楼。东面一带有多宝塔、智积殿、钟楼、斋堂等建筑，西面是对游客营业的素面馆，以及上客堂、西客堂、中国佛学院灵岩分院等处所，再向西便是吴王馆娃宫遗址，也是乾隆行宫遗址，现在的山顶花园了。

我从大雄宝殿前走过，从“吴中胜迹”四个大字下的园门走过，沿着宽敞的石阶走上花园。

山顶花园正面南端是一呈正方形的池塘，四周短墙围绕，南墙西端有一缺口，立着铁栅，打开铁栅，可从石阶进入池中。北墙上镌刻着“玩花池”三个大字。玩花池里绿水盈盈，水面上莲花逶迤不绝，碧叶之上，几枝红莲亭亭玉立，开得正好。莲花下不时看到鱼儿结队来去，冷不丁弄出泼刺一声水响来。水池中央立着一座无量寿幢，这是后人所建，借阿弥陀经意，此幢取名“妙香”。相传这方池塘是吴王夫差为了与西施荡舟采莲、避暑取乐而凿，称为山顶行舟。据说当年池水旱不竭、涝不盈，每逢仲夏，池荷盛开，花红叶绿，清馨远逸，吴王常伴西施于池内荡舟采莲，戏鱼玩花，极娱游之乐。池中还生长一种类似莼菜的葵莼，夏能解热，秋可驱寒，且入口而化，西施非常爱吃。屈指数来，那都是两千多年以前的事了，如今是“春来剩有游鱼乐，不见宫人更玩花”了。我在玩花池畔沉吟时，一中年和尚也独倚池壁，沉默不语，他也在玩味这段历史吗？

玩花池北分列着两口井，是当年馆娃宫旧物。东面的那口井环径三米余，用以象天，称日池，水稍微有些混浊，但据说当年井中泉水清碧，吴王每偕西施至此，临清泉而试新妆，理云鬓而修偃眉，故后人呼其为吴王井。吴亡宫毁，此井亦被埋于瓦砾之中，至明代，有人淘井时发现刻有“敕”字的玉钗一支，还有人为此写下“拾得玉钗镌敕字，当时恩泽赐谁来”的诗句，因此认定此井确为西施照泉晓妆之用。吴王井西边的一口井为八角形，象地，一称月池，相传同为吴王宫井。后来人们为了纪念灵岩开山祖智积菩萨，称其为智积井。智积井水甘清洌，不竭不溢，供寺中饮用。这两口井虽然高踞山巅，却不盈不涸，水面离井口只有数尺，令人称奇。

绕双井漫步一圈后再向北踱去，是一带盘桓曲折的假山，假山之上有亭翼然，名曰长寿亭，此亭是后建的，据说原址是西施的梳妆台。于长寿亭内向东而立，暮色苍茫、视野开阔。如果是在清晨，迎旭日而临风梳妆，实在是十分惬意的事。更妙的是此亭西边十数步还有一个好去处——玩月池，池为圆形，四周绕以湖石假山。传说西施爱月成癖，每逢月夜，吴王常伴其在此赏月。我探头进去一望，见湖石丛中露出一泓池水，小巧玲珑、晶莹剔透，墨绿色的池水里堆满暮霭，哦，月亮还未出来哩。遥想当年，天上银光皎洁，池中月影如镜，西施临池对月，一会儿伸出纤手遮住一角月影，戏称“一手遮月”，一会儿掬起一捧池水，捕捉那掌中忽圆忽碎的月亮，笑谓“水中捞月”，惹得夫差如痴如醉、乐不可支。不知他亡国伏剑之前，有没有回悟到西施游戏时悠悠道出的双关之意呢？

暮色已很浓重，猛然间听到东面传来一阵悦耳的声音，哦，晚课开始了，我这才发现原来在园中散步的一些和尚都早已离去，便也匆匆向大雄宝殿赶去。

大雄宝殿里灯火通明，急促的念经声和着檀香的气味在夜空里不断弥漫荡漾。高大的金色佛像之下，百余和尚分东西站成横排面对中央整齐地双手合十站着诵经。此刻的和尚除了一位站在佛像正前方身披红色金线袈裟的老和尚外，都身穿日间不大看到的宽大飘逸的黑色海青，这种服装是除了袈裟以外最圣洁的僧服，大都在礼诵、听经、会宾、议事以及晋见长老等重要场合大都穿着海青，使人更感到僧侣的仪容整肃、道风庄严。

我在大殿前的夜色中向大殿里凝望片刻，便轻轻地从一侧走进大殿，肃立在一列僧人的队后，静静聆听那满殿回旋的诵经声。经的内容自然是听不明白的，而那急促的声音却如夏日正午骤然而降的密集而肥大的雨点敲击在芭蕉叶上，如一万把质实的三弦正在低音部一齐演奏轮指，那声音以其不可抗拒的力量逼近我、摇荡我、淹没我，直抵我的心胸肺腑。后来小师傅心谛告诉我，这是念的弥陀经，“火烧楞严、流水弥陀”，念弥陀经讲究的就是节奏快、急促、密，密得水泼不入、针插不进，这样，杂念才难以在虔诚的心里获得立锥之地。

忽地，那急促的声音戛然停止，偌大的殿堂在一两个节拍里竟无一点声息，接着，一个略带苍老的嗓音似乎从大殿深处传来悠远的吟哦，如广阔的海面上有一缕青烟凌波而来、飘然而上。那是一种宣讲、一种昭示，于是众僧一齐以比较舒缓的声调应和起来，那已经不是念，而是近乎唱的礼诵了。几位手执呗器的年轻和尚的动作也变得舒缓，纯净的诵经声因圆磬、木鱼、铃铎、铙钹在起腔、收腔、合掌、放掌以及称佛号等处的敲击而更显得博大而明亮，一时间，我觉得身处的世界也博大而明亮起来。

在自空降临的圣洁感觉里，我抬头仰望大佛的塑像，只见大殿正中用磨细洁白矾石建造的万年台上供奉着娑婆世界的佛祖释迦牟尼佛坐像，这座清光绪年间用香樟木精工雕成、高约六米的佛像神情慈祥，鼻高、唇厚、目长、颊丰、肩宽，气概雄健，是美的理想化身，造型上有北魏风格和唐代崇尚丰腴的特点。立于释迦牟尼佛东侧的年老侍者，是佛祖十大著名弟子之一的迦叶，因其常修头陀行，而称“头陀第一”，是佛祖传法的第一代祖师，名列西天二十八祖之首。佛祖去世后，第一次会诵佛教总集《三藏》时，他是召集人。立于西侧的年轻侍者是佛祖十大著名弟子之一的阿难，他是佛祖的堂弟，长于记忆，称“多闻第一”。当时佛教经籍没有手写本，只凭口诵记忆，佛祖去世后，他凭记忆把佛祖的话写在贝多罗树叶片上，成为最早的贝叶经。他是第一次会诵佛教总集《三藏》的主诵人，对佛教的传播有很大贡献。佛祖身边，二像虔诚恭敬、拱手而立，把佛祖像烘托得高大庄严，表现出“佛光普照”的肃穆气氛。

大殿北壁东面专司智慧的文殊菩萨顶结五髻，手持宝剑表示智慧锐利，骑着青狮表示智慧勇猛，称为“大智”。西面是专司理德的普贤菩萨，骑白象，表示理德庄重稳健，称为“大行”。二菩萨为佛祖的左右胁侍，合称“华严三圣”。大殿背后供奉的是高为五米的脱纱飘海观音像，有匾额“普渡众生”。由于观音菩萨不分贵贱贤愚，对一切人救苦救难，是世俗信徒最感亲切的菩萨，称为“大悲”。像为长发汉装，不披袈裟，慈祥可亲的妇女形象，传说鳌鱼翻身就会发生地震，所以观音菩萨脚踩鳌鱼头以镇住鳌鱼。大殿东西两侧是十六罗汉立像。罗汉是阿罗汉的简称，是信奉小乘佛教的教徒，在修行中可能获得的四种果中的最高果位无生果（音译阿罗汉），届时诸漏已尽、万行圆成，所作已作，应办已办，永不遭受生死轮回之苦，而获自身解脱，得到最终归宿——涅。而大乘佛教以自身解脱为小，众生解脱为大，主张以佛法成就众生。于是释迦牟尼佛在“声闻”阿罗汉中遴选十六位“住世不涅，流通我法”，所以在大寺院中多供奉十六罗汉像以弘扬佛法。这些塑像的造型都异常生动活泼，呼之欲出，可谓雕塑艺术的精品。

放眼大殿，释迦牟尼佛居中，双目流露着对人间的关注和洞察一切的智慧光芒，仿佛坐在莲台上说法；诸菩萨分列两旁，虔诚笃信，普贤沉静安详，文殊顾盼注目，观音慈祥端庄，罗汉各呈法相，形成一个肃穆庄严而又生动的整体，加之充盈大殿的礼赞声、钟鼓声，以及缭绕的香烟、自殿顶垂下的幢幡仪仗，给人以身离凡界、神接天国的强烈感受。

诵经声中，左右顾盼的我不免在殿内来回走动，一位中年僧值走过来对我双手合十道：“请不要随意走动分散别人的注意力。”我连忙轻致歉意，站到一队僧人队尾，心，也再次沉入诵经声的无边柔波中。

忽见一青年僧值从僧队中走出，合着节拍来到佛前合十鞠躬行礼，再前行几步，长跪礼拜，又从香案上拿起一小钵，另一手做沾水状，然后反复向上向右作洒水状，其动作舒展美观，有一种舞蹈美，令人赏心悦目。礼毕，他再向大佛行礼、向僧众行礼后踩着钟鼓节奏回到原来位置。一切都如仪而行、有板有眼，平静而和谐。

一会儿，又有一中年僧人引导一女居士来到佛前，行礼、拈香、跪拜，再在僧人示意下归入原队。

没有导演，或者说那神秘的导演始终隐身于冥冥之中，不然，这晚课怎如此井然有序？

宛若艺术表演，那忽徐忽疾的念祷，那抑扬顿挫的唱诵，那呗器圣洁的伴奏，那如诗如乐的礼仪，都成功地将我导引至超凡入圣的艺术境界。我知道，佛教文化是博大精深的，这令我惊奇的晚课，不过是佛教文化在我面前显露的一小角，却足以使我叹为观止了。

可以肯定的是，这些虔诚的信徒都不是献身艺术的人，他们是用这宗教仪轨形成的圣洁氛围来滤净内心、专诚修行，来抵御来自世俗的名利财色的诱惑的。

其实，我们每一个人都有一种戒心：千万不能任凭欲念统治自己的内心，要适可而止，见好就收。这如同一道模模糊糊标着一些警戒线的堤坝，让它守卫内心的一点安宁，不同的是那些堤坝上标出的警戒线有的很高有的很低而已。也许这是人们在长期的生存斗争中培养出的一种自觉、一种生存的必需吧？出家人则是把这种自觉衍化为一种职责、强化成一种极致，他们是以整个身心、整个青春乃至整个生命来筑成那一道堤坝的。他们的追求是人类崇高精神的一部分，他们的存在本身，就是对我们所有人的一种警示、一种慰藉。

是的，尽管我们已经进入科学极其发达的时代，科学的成果越来越多地进入我们的日常生活，但是我们也必须看到，科学对人们生活的影响不是在心智层面上的，科学还没有足够的能力来解决一些人类内心的凄惶。也许有人会说宗教已经渐渐被逐出人们的意识领域，但我们能认定宗教空出的地盘已被理性的科学思想所占领了吗？爱因斯坦曾说过："没有科学的宗教是盲目的，没有宗教的科学是跛足的。"这句名言的内涵比它简洁的语言表达要丰富得多。众多的佛教徒以毕生的精力来探求生命更深的意义，这种探求理应受到尊重而不是嘲弄，因为"科学家们自己也在寻求一种意义"（英国理论物理学家保罗·戴维斯《上帝与新物理学》）。人们面向宗教，"并不是为了求得心智上的启蒙，而是为了在一个艰难无常的世界中获得精神的安慰"（同上）。

我忽然觉得思绪袭来、杂念丛生，那悦耳的诵经声似乎退向了遥远。正好站在殿门前的那位披红袈裟的老和尚在礼赞声中向佛像跪拜后便飘然离去，那位年轻僧值将老和尚用的黄色坐具叠好后亦随之而去。晚课并不因此中断，看来还要有一段时间，我便也退出来，想找一个地方独自呆一会儿整理一下自己的思绪。

夜色中我又来到山顶花园，坐在玩花池一旁，边听池中偶尔传出的鱼儿弄出的泼刺声边想心思。

大约是在公元前六世纪到公元前五世纪之交吧，在这山下曾有一场旷日持久的战争——吴越争霸。先是在公元前 494 年，吴越夫椒一战，越国大败，被迫求和，越王勾践和大夫范蠡入吴充当人质，居住在石室之中，为吴王养马驾车，极尽卑躬屈膝之事，赢得吴王信赖，三年后终被赦归。为了报此大仇，勾践卧薪尝胆，制定破吴九术，其第四术就是“遗美女以惑其心而乱其谋”，于是经过精心训练的美女郑旦和西施“三年学服而献于吴”。吴王果然心花怒放，不能自持，不久郑旦病逝，夫差便专宠西施一人，在这山顶上耗费巨资大建宫殿，宫中奢华之状无以复加，珠玉镶嵌，金银雕镂。四时有不谢之花，八节有长春之景。早已把国事政事忘在脑后的夫差哪里听得进忠臣伍子胥的逆耳忠言，整日与西施坐卧其间，日则饱览山色，夜则酒宴歌舞，如此这般，吴国岂有不亡之理？公元前 476 年，经过“十年生聚，十年教训”的越国终于东山再起，大举伐吴，国力已是强弩之末的吴国再也不是越国的对手了，兵败如山倒的夫差悔之晚矣，走投无路而伏剑自尽。一代雄主，转瞬间灰飞烟灭，只留下这玩花池作为千古见证。

我想起了《灵岩山志 · 序》开头的一段话 :“娑婆为众生业报之土，亦为我佛变化之土。土一也，而秽净不同。语云，人杰地灵，良有以哉。木渎之有灵岩山也，在昔为吴宫荒淫之域，在今为净业修道之场。地不改辟，而秽净攸分。”确实，前后两千多年，竟是净秽分野、清浊两端，真是历史的大制作、大幽默。

几乎是在吴越争霸的同时，在被喜马拉雅山脉所阻断的东亚大陆和南亚次大陆发生了什么呢？人类文化发展史告诉我们，那时有三位世界级的文化名人也几乎同时诞生了 :老子、孔子、释迦牟尼。前两位与夫差和西施一样，也是土生土长的中国人，他们所建立的道家与儒家学说，不用说是中国彻头彻尾的国粹，两千多年间一直如日月经天，璀璨夺目，至今还令中国人乃至东方人受益无穷。后一位则是异国人，他所建立的佛教——佛学思想，也如江河行地，纵横跌宕，且以滴水穿石之力，最终汇入中国文化以及东方文化的雄阔大江中，使中国文化和东方文化耀射出更加迷人而辉煌的光彩。

佛教入华，始于何时？一般的看法是在东汉明帝永平年间。东汉《四十二章经序》说，永平七年汉明帝刘庄做了一个梦，梦见了一位躯体高大、头上放射出日光的金色大神，第二天便向群臣询问，有个“通人”回答说，“西方有位号称佛的天神，陛下看到的大约就是他吧。”汉明帝于是派人去西域求取佛法，并与天竺僧人一起回到洛阳，还带回了一些佛像和佛教经卷。由于这些东西是用白马驮回来的，后人就把佛教东渐称为“白马东来”。此后，佛教在中国经历了无数风风雨雨，时盛时衰，由于佛教在中国的扎根过程中，以一种灵活的姿态与中国传统文化进行互补和交融，终于形成儒、释、道三教会通圆融的局面，成功地进入了中国的主流文化。

隋唐是佛教的兴盛时期，佛的分宗立派即从隋唐始，三论宗、天台宗、贤首宗、慈恩宗、律宗、净土宗、禅宗、密宗，一时繁花纷呈、气象开新。然而，在历史大浪的冲刷下洗礼下，到了近代以来，影响最大的，则莫过于禅宗和净土宗了。

在佛门各宗中，净土宗以一句“阿弥陀佛”的方便法门，就可使广大修习者共趋西方极乐世界，所以千百年来，在广大劳苦大众和非知识界，流传极广，即使是知识界，也不乏皈依此宗的善信大德。为什么净土宗的修持能够持久不衰地获得广大善信的青睐呢？答案在于“方便”“稳当”“究竟”。在既方又便中让修持者在生前死后，直达西方极乐世界，谁不乐意？所以印光大师一以净土为归，灵岩山寺也因和印光大师的缘分，而成为广大净土宗信徒心目里的一个重要大道场，灵岩山也才能在东南名胜的盛誉中更透出一圈圈神圣的灵光。

夜风渐凉，我欲起身离去，忽听附近有人低语。循声走去，在吴王井西的一条石凳上正影影绰绰坐着两位和尚。我好奇地走过去问他们，“你们怎么不去做晚课？”因为我知道，无论是寺内的和尚还是外来挂单的和尚都是必须参加早晚功课的。那两位和尚回答说：“我们身体不大好，请过假了。”这时我看出这是两位小和尚，操北方口音，就问他们“聊一会儿好吗”，他俩欣然同意，于是我又在一边的石凳上坐下来。

他俩果然是河南人，一名心谛、一名心平。心平 20 岁了，出家还不到半年。心谛 17 岁，却是心平的师兄，就是因为比心平早几个月出家，真是应了“先进庙门为师傅”这句俗话。这师兄弟俩同乡，家里弟兄都比较多，心谛家里竟有弟兄姐妹七人！我问他们是不是因为受了什么挫折、刺激才出家的，俩人连连摇头，都称与佛寺有缘，读书时三天两头往庙里跑，一天不去心里就得慌。他俩都认为做个和尚是很了不起的，于是就缠住师傅收他出家。他俩都经受了师傅对他们的考验，心平短些，心谛被考验了六个月。考验什么呢？据说就是看你心是不是笃诚，是不是能够本分地为寺里做些杂务事，等等。考验合格了，父母的保证书也交来了，这才正式收其为徒。家里人一开始也都不同意，可是架不住他俩死心塌地要出家呀！问他俩出家后感受如何，后不后悔，这师兄弟俩齐声说：“出家好，出家自由。”心谛还补充说，“在家烦恼多，就说读书吧，读不好老师还要找你麻烦。”出家后，师傅送他俩到灵岩山上的中国佛学院灵岩山分院读书，明年夏天入学考试。我说你们出家了不是还要读书考试吗？心平回答：“那不一样，这个我们感兴趣，情愿的。”心谛也心直口快地说：“在这里毕业了再回去做和尚就不一样了。”我祝愿他俩珍惜这样的机会，好好学习迎考，如愿以偿。俩人连声致谢。

回到客房，洗澡，漱口，看一看表，表却停了，探头看天，只见宝塔就在墙那边黑黑地指向夜空。也好，失去时间概念了，却多了一种情趣。于是往杯子里续满水，上床细心地放下蚊帐，把略有酸意的腰腿安置舒服，打开枕边的《苏州灵岩山志》读下去。

《苏州灵岩山志》为苏州老居士张一留受灵岩山寺方丈妙真法师委托，

于1944年编定、1948年初版的。我手上的这本是1994年重版本。说起张一留居士我并不陌生，我曾于前年在史料里与这位大居士邂逅过。那年我应《警方》杂志社之邀，到苏州的狮子口监狱采访，在一大堆故纸堆中见到当年报纸上有张一留居士入监弘法的报道，后来我还在文章中借那报道发挥了一下。这事说起来真不好意思。我在文章里写道：

民国三十五年佛教居士张一留入监宣扬佛法时，曾经在狮子口这个名字上做过文章。他在弘法前口占一偈说："末法罪人多，心悲狮子口，慢说狮子威，且学狮子吼。""心悲狮子口"这一句好理解，佛教居士嘛，应当慈悲为怀；后两句的意思就颇难捉摸，"威"系何指，"吼"又如何个吼法？这一偈显然没有他在弘法时说的"从前种种譬如昨日死，自后种种譬如今日生"这一句来得有意思。

洋相出在我不懂"狮子吼"的含义，在佛教里，狮子吼象征着佛说法，所以有些佛寺说法堂高大法座的板屏上画着勇猛的狮子。这个洋相是由于对于佛教知识的无知，且自以为是。尽管文章发表后还没有人指摘，但一想到便觉得脸红。今夜又在灵岩山上与张老居士相逢于文章，心里真是惭愧得紧。

读着《苏州灵岩山志》，灵岩山与佛教结缘的历史动画片似的在眼前一帧帧呈现出来。

魏晋南北朝时期，佛教在我国得到了极大的发展，随着统治阶级的提倡，佛寺的建造越来越兴盛，舍宅为寺亦成为当时贵族缙绅的时髦之举。晋朝的功臣司空陆玩在灵岩山建有别业，在那股风气下也将自己在灵岩山的园宅捐赠佛门。现在灵岩山寺里还建有陆玩祠，供其木主以纪念。今灵岩山下的陆家村、木渎南边的陆家场据说都与陆玩有关。

梁武帝时期，灵岩山寺得到进一步的扩建拓展。南朝历代帝王都信佛，而梁武帝萧衍是其中最突出的代表，他本人曾数次舍身入寺，亲受佛戒，严守戒规，每次都由群臣聚钱巨额将他赎回，寺院由此发了大财。帝王的倡导，使佛寺身价倍增，梁朝也就成为南朝佛教最盛行的时期。武帝天监二年，灵岩山寺进行了全面的整修，寺名秀峰，塔名永祚。天监中，有异僧负钵囊入憩殿庑下，长身面，梵相奇古，夜半索笔墨自绘其像于殿壁而去。有胡僧看见此画，惊叹道："此西土智积菩萨像，怎会在此?！"消息迅速传开，道俗奔走来观，稽首皈依者无数。此后，灵岩山寺屡显灵异，朝廷赐额"智积菩萨显化道场"。自此，灵岩山寺逐渐成为名闻全国的大丛林，智积亦被视为灵岩山寺的开山祖。

至唐代，秀峰寺改称灵岩寺，信奉律宗，后毁于会昌五年。北宋元丰年间辟为禅院，圆照禅师晚年曾在此住持。南宋绍兴二十七年时，此寺赐给蕲王韩世忠，改称显亲崇报禅寺。明洪武初赐额报国永祚禅寺。清弘治年间一场大火，寺院全毁，仅存建于南宋的一座宝塔。顺治六年弘储和尚逐步修建，赐名崇报禅寺，弘储和尚是参与"呈越义师"的爱国佛教徒，顾炎武等人纷纷至此共商抗清大事。咸丰十年，整个寺院除宝塔外全部毁于兵燹，后念诚法师苦守于塔身之中，幸得资助，造十余间小屋，以期逐步复兴。

寺之复兴始于宣统二年，木渎严良灿请普陀三圣堂的真达法师住持。民国十五年真达法师秉承印光大师创办十方专修净土道场的意旨，改禅宗为净土宗，寺名崇教。遵照印光大师订立的寺规，除打佛七外，不应酬一切佛事，只常年念佛。寺内本着"一日不作，一日不食"的精神，发扬百丈祖师的农禅家风，种田百余亩，粮食、蔬菜、柴草自给有余。于是四方净侣闻风云集，1932 年印光大师题额，恢复灵岩寺旧称。从此得到大规模发展，灵岩净土宗风为之一振，成为东南著名丛林。印光法师圆寂后，住持妙真法师以毕生精力使灵岩道风名播海内外，直至"文革"往生止。十年浩劫寺中佛像被砸，法器遭毁，僧人被逐，一时东南名刹仅存空寺。

1980 年元旦，寺由僧人接管，赵朴初题额，名灵岩山寺。自此，"梵呗断还续，慈鸟散复来"。1981 年冬，明学法师被推举为灵岩山寺方丈，建立健全了丛林组织的文丈制，以印光大师倡导的“一心念佛”为主要修持门径，继承净土家业，弘法利生。明学方丈率全寺僧众进行了历时四年的全面整修，一座辉煌的灵岩山寺终以大丛林面貌重新矗立山巅，还开办了中国佛学院灵岩山分院，历届毕业学僧遍布海内外。

千百年来，灵岩山经历了多少风风雨雨啊。

山上真比山下凉得多，我又加了一条毛巾被，迷迷糊糊进入梦乡。

不知过了多久，忽然听到远远的有“笃、笃”的声音传来，我一个激灵醒来，想到昨天晚课前的打板声，知道这是通知僧人们起床准备早课了。后来我了解到，打板时是四点半，上殿做早课的规定时间是五点四十五，六点半早课完毕。原本我是打算参加早课的，可是现在实在是太想睡了，我还从来没有这么起早过，而且，我想在外行看来，早课和晚课大概没有太大区别，于是我咕噜一句昨天客厅里的服务员说过的话，“其实当个和尚也蛮辛苦的”，继续翻身睡去。

一觉醒来，天亮了，不过太阳还没出。我起床洗漱，自来水龙头就在客房外，挺方便。完事了便信步走到房后塔院的宝塔下，仰头望上去，塔尖已经沐浴在早霞里了。这宝塔就是著名的灵岩塔，又名多宝塔、永祚塔。此塔始建于南朝梁天监二年，为七级八面、砖木结构的楼阁式宝塔，后毁。现在的塔建于南宋绍兴十七年，塔身全用砖砌，塔内空心，每层外壁嵌砌佛龛，每龛奉石佛一尊。明万历二十八年塔遭雷击起火，宝塔成了一道熊熊火柱，历时三昼夜，腰檐、回廊、楼梯均毁，仅剩高约 33 米的砖砌塔身，苍碧古朴，依旧巍然屹立，远近观者，无不称奇，名其为空心塔。后来因为灵岩山寺始为智积菩萨显化道场，而智积菩萨则是多宝佛侍者，故印光大师将塔名定为多宝佛塔。乾隆十五年时维修过此塔，此后便金碧剥落，野鸟作巢，杂草丛生，令人到此倍感苍凉。民国二十六年妙真老和尚发起重修古塔，并雕刻石佛经补充塔龛内所缺损的佛像，但宏愿随抗日战争而云散。记得 1982 年我刚到苏州，第一次来灵岩山游玩，多宝塔还是一副年久失修的破败模样，我还曾坐在一个没有了佛像的石龛里照过相。后来，明学方丈继妙真法师之遗愿，得国内外佛教信众布施乐助，于 1989 年 6 月动工兴修，重建了塔刹、塔基、平台及塔檐，至 1990 年 10 月竣工，使高耸入云的七级八面、黑瓦黄墙的多宝佛塔凝重端庄，铁刹铜铃，翼角似飞，石雕栏杆，巍峨壮观，宋塔古风得以重现，成为灵岩山风景区突出的标志。

塔南是智积殿，为供奉化念灵岩山寺的开山祖智积菩萨而建。此殿最初建于唐代，当时的尚书左丞相陆象先之弟陆景融身染顽疾，久治无效，经一游方僧索水含馔，病立即痊愈，那游方僧还与其相约："贫僧住苏州灵岩寺，郎君为官江表，望入寺相寻。"后来，陆景融果然改任桂州廉使，过苏州时登灵岩山入寺寻访，可是寺僧不知此事，亦无此僧。陆十分怅然，正待离寺，忽见壁上智积圣像，陆脱口道，"往年疗某者此僧出"，惊喜再拜。遂出资在今吴王井一带建智积殿，后毁。宋僧智纳重建，亦毁。今殿建于 1984 年，为仿明式木建筑，高 12 米，长 12 米，宽 10 米。殿中供奉智积菩萨画像，两旁是寺藏佛教文物展览橱柜，其中不乏珍贵文物。关于智积菩萨，明代高僧弘储法师曾写有一篇很有趣的《智积小像赞》："僧不僧，俗不俗，脸上没有三两肉。尽道是捉败文殊之智积，那知是灵岩山头开山之老秃。手里捏串数珠，两脚奔波碌碌。日中吃尽辛苦，夜来投身破屋。无端画影图形，看他什处逃逐。"语言通俗诙谐，貌似调侃之中饱含着对智积的敬重，这样的生动描摹使人想到另一位高僧济公。

智积殿东南是大钟楼，著名的"灵岩晚钟"就是从这里发出的。大钟楼高 15 米，为两层木结构。据《苏州灵岩山志》载，清顺治年间僧开化募铜铸钟，钟上镌刻《法华尊经》一部、《楞严神咒》一部，故名"法华钟"。康熙年间建法华钟殿，后毁。据说当年法华殿藏的那口大铜钟重达万斤，从募铜筹建到完工，整整用了 24 年。当时每至夜幕降临，法华钟声能飞越姑苏古城，传到外跨塘，还能穿过太湖水波传到洞庭山，"灵岩晚钟"成为著名的"木渎十景"之一。可惜这口大钟毁于咸丰年间。1894 年曾又募捐仿制一口古铜钟，不幸又毁于“文革”。如今高悬钟楼的大铜钟来自其他佛寺，为康熙六年所铸，亦不失古朴风貌。大钟楼底层为千佛殿，置身千佛殿，只见东南西三壁供奉着千尊佛像，据说这是释迦牟尼的一千化身，从一尊尊装金罩漆的佛像前看过去，果然神态不一、各不相同。

走出千佛殿，折向左面的平台，视野顿时为之一阔，它提醒人们，你们是漫步在山巅之上啊！凭栏远眺，姑苏远景和木渎近貌尽收眼底，阵阵晨风鼓荡胸襟，令人神清目爽。

望了片刻，肚子饿得慌，还是昨天四点多吃晚饭的，十四五个小时了，便走回小饭厅。一盆粥已经盛放在餐桌上，四碟酱菜，也没有点心什么的。于是一连喝了三碗，拍拍肚皮，“到琴台去！”那儿更高，望得更远。

出寺门，沿砖道北折而行，由一巨石处过数十米草树间的小径，便有一峰，从石阶石块上攀援而上，见石壁上有明代大名士王鏊题写的“吴中胜迹”四字，再向上，便是灵岩山绝顶处了，叉开双脚站在峰顶，只觉山风鼓荡，天低地阔。逞目四顾，西面烟波浩渺处是太湖，东面绿地平坦为古吴大地。俯瞰山下，田畴村舍历历在目，鸡犬之声清晰而悦耳。在我下面一块大石上也有一位汗衫挂在肩上的早锻炼的中年人在远眺，我们相互点头致意却都不讲话，他也怕打破这难得的广阔宁静？

美矣哉！壮矣哉！三万六千顷太湖周围，有许多海拔不很高的山峦，天平山、邓尉山、玄墓山、穹窿山、香山、清明山、皋峰山、七子山、上方山、狮子山……现在，它们就像一枚枚标点，散落在我的眺望之内，散落在诗意浓郁的古吴大地上，各献其姿、错落有致。灵岩山，是这群山峦中名气最大的一座，我知道，在我国以“灵岩”名山的，还有山东长清灵岩山、浙江淳安灵岩山、江苏六合灵岩山、安徽青阳灵岩山等，但在这些灵岩山中独占鳌头的，还数苏州灵岩山，无论是在风景中还是在历史里，它都是一枚惊叹号。

就像有些大作家有很多笔名一样，造化所独钟的苏州灵岩山也拥有许多别名。因山有石鼓而称石鼓山；因山石深紫可制砚而称砚石山；山南峭壁如城，相传吴王当年曾在山上筑有石头城，故又称石城山；还因为灵岩山中部突起，遥望恰似一头侧颈回顾的黛色巨象而名曰象山。根据最新考古发掘表明，一万九千年前吴中大地从海中升露而出时，灵岩山就开始了她突兀于平原的生命。它的山体由坚硬的花岗岩组成，岩石中除有一般的长石、石英、黑云母、角闪石等矿物质外，还含有多种放射性元素和稀有元素。特殊的地质结构经过长期的风化剥蚀和大自然鬼斧神工的雕凿，形成了灵岩山特殊的地貌。这里满山古木叠嶂，含碧蓄翠，怪岩奇石，峥嵘幽深，到处都似乎散落着大匠无迹的创作，到处都勃郁着一股充满生机的灵气。单说从由姑岭一路上山，道旁就有许多神奇的石头：石髻、石马、石牛、石射堋、石关门、袈裟石、罗汉石、槎头石、猫儿石、出洞龙、鲫鱼背、蟾蜍石、石城、石楼、石鼓、望佛来，等等，那“痴汉等老婆”更是名闻遐迩了。

脚下的一块石头上刻着“琴台”两个大字，西施鼓琴就在此处了。遥想当年，或是在旭日东升之际，琴声发而松涛起，或是在金星低悬之时，清风生而明月小。铮琮之声自七弦下的龙池凤沼之中回旋而出，山石之间到处都充满了那清新激越的和鸣，那是一位绝代美人的凄艳心音呵。我不禁轻轻吟诵起孟郊的《琴台》诗：“灵岩绝顶有琴台，人去台空花鸟猜。西子风流亡国恨，倩郎指点说从来。”

忽听峰下有人声渐近，一看，是三位年轻和尚跳跃上来，席地而坐，傍若无人地聊起来。

我真羡慕这些和尚。这羡慕昨天就有了：你看，他们饭前茶后清晨傍晚都可以随意到山顶花园、琴台古迹散步，闲聊，出会儿神、发会儿呆，没有谁来打扰你，一切就像在家里一样，不，这里就是他们的家。“天下名山僧人占”，舍弃了自己的小家，这可望而不可即的名胜古迹却成了他们新的家。在花园里他们像蓬莱仙境里的仙客，在山巅上他们像奥林匹斯山上的众神。诚然，苏州城里也有许多园林，但那里更有许多游客，人们挤啊挤啊，挤进去挤出来，像香肠里面的肉丁，谁个不是匆匆过客，谁有福分哪怕当一分钟的园林主人，真正领略一会儿园林的真意。

“是呀，这儿真不错，我几乎每天早上都要来这儿坐一会儿，真好。”仨和尚中最为健谈的月慧很理解我的羡慕。他是佛学院的学僧，谈吐不俗。我们谈了一会寺院里的事，便一起步下琴台回寺。当他听说我还没有去过琴台下面的塔院时，便热心地陪我去，“反正今天寺里不劳动，我也没有什么事，”他说。

走出山径再折向北，没多远就到塔院了，这里又称普同塔，是存放佛门弟子骨灰的地方，院中还供奉着印光法师的白石坐像，月慧向印光大师的石像十分虔诚地行了礼。外殿里竖立着四塔，塔上分别有“比丘”“比丘尼”“优婆塞”“优婆夷”字样，佛门弟子的骨灰袋即分别由塔背洞口投入，特别者，则在中间西方三圣佛龛后供入塔者牌位，骨灰存放在下方的地室里。

出普同塔，我俩经过寺门向下去印光塔院。路上，我请教月慧，作为一个不信教、但对佛教心怀敬重的人，在他走进佛殿时，应作何礼仪表示自己的情感？月慧说，这很简单，不拘何种礼仪，只要在心里亲近佛祖就行。

从印光塔院边门进去，来到印公纪念室。室内陈列着印光大师的著作、手迹、遗物及照片，月慧为我详细介绍着。其实我对印光大师的生平已有较多的了解。印光的名字早就听说，他抗战前曾经闭关七年的报国寺与我所在的单位文联只有一墙之隔，这几年，从办公室的窗户里看到报国寺里的住户搬出去了，大雄宝殿修葺一新了，有做佛事的诵经声传来了，报国寺成了苏州佛教博物馆。馆长弘法法师陪我观看了当年印光大师的关房，关房与外界隔绝，只留一个洞口传递饭粥。为了摒除干扰，一心研佛，印光大师还在洞口上贴了一张纸，上书：“虚度七十，来日无几，如囚赴市，步步近死，谢绝一切，专修净土，倘鉴愚诚，是真莲友。释印光谨白”，其专其诚令人感动。我还看到报国寺里的人正在制作一块碑，碑文是印光大师写的，上面是一个大字“死”，下面是几行稍小的字：“学道之人念念不忘此字则道业自成。”这一段话使我想了好久好久，震撼之中有豁然开朗之感。我还没有看到有谁像这样从容地凝视死、理解死，力图从死里领悟生之意义的。过去我曾对一位作家说的一句话印象颇深，“经常想到死是对死的一种防范”，两者都在说不忘“死”字，但其境界之高下真不可以道里计。

还有一件事让我明了印光大师在佛学界的崇高地位。李叔同是我十分敬佩的艺术家，他出家后又成了一位高僧。上个世纪二三十年代是个十分特别的时期，这段时期里不仅出了一批其成就至今难以企及的文学家、大学者，还在佛门各宗出现了一批大师级的名僧，在一千多年来的佛学史上放射出一道道令人欣喜的绮丽姿彩：虚云为禅门翘楚，月霞为华严宗匠，谛闲为天台耆德，印光为莲宗泰斗，弘一为律苑大师，太虚为唯识法乳，一时人才峰起，蔚为大观，其中的弘一大师就是李叔同。我在《芳草碧连天·弘一大师传》中了解到弘一大师曾三拜印光大师的往事。

在同时代的僧人中，弘一大师最崇拜的是印光法师，他曾说：“朽人于当代善知识中，最服膺者，唯印光法师。”他又引述永嘉周孟由语说：“法雨老人，禀善导专修之旨，阐永明料简之微，中正似莲池，善巧如云谷，宪章灵峰（明益大师），步武资福（清彻悟禅师），弘扬净土，密护诸宗，明昌佛法，潜挽世风，折摄皆具慈悲，语默无非教化，三百年来，一人而已（因自明代莲池后，法化之广，未有如师者），诚不刊之论也。”早在1920年，弘一最初学佛就得到印光的指点。弘一从内心盼望能成为印光的弟子，但当时印光法师不畜剃度弟子，1922年弘一致书陈情，印光法师谦辞不收，1923年弘一于阿弥陀佛诞辰日在佛像前用香火在自己的臂膊上烧成戒记，以表示求师心诚的印迹，希望能借三宝的慈力征得印光法师的同意，结果印光仍是逊谢。一直到这年的年末，弘一法师再度竭诚哀恳，这才得到印光法师的同意，结成法缘。随后弘一法师曾在普陀法雨寺与印光大师一起生活了七天，他自晨至夕皆在大师身边接受熏染，观察大师的一言一行，作为日后人生的准则。后来弘一法师曾在泉州檀林福林寺作过一次题为《略述印光法师之盛德》的讲演，他说：印光法师"平生不求名誉，他人有作文赞扬师德者，辄痛斥之。不贪蓄财物，他人供养钱财者至多，师以印佛书流通，或救济灾难等。一生不畜剃度弟子，而全国僧众多钦服其教化。一生不任寺中住持监院等职，而全国寺院多蒙其护法。各处寺房或寺产有受人占夺者，师必为尽力设法保全之。故综观师之一生而言，在师自己绝不求名利恭敬，而于实际上能令一切众生皆受莫大之利益"。从这一番话中可知印光大师的盛德。印光大师舍利塔殿在纪念室北面，殿内安放着印光大师全身舍利塔，塔内有印光大师五色舍利、印光大师的衣钵具。1983年印光大师舍利入塔时诸山长老曾在这里举行了隆重的入塔法会。现在，塔前每天鲜花吐馨，香烛长燃。我随月慧在塔前崇敬地行礼致意。

从印光塔院回头，月慧又带我到御道西边的西施洞去看了看。这是一个山洞，洞外建了小院。传说勾践入吴作人质即居于此。西施入吴后很喜欢这里，常来此小憩，在洞前远眺故乡。40年代西施洞改称观音洞，为什么改名，这里据说还有个有趣的故事：有一天，僧众与请来的画师来到洞中，计划在洞壁描画胜境，可是洞壁顽石参差，无从下手，众皆面露难色，于是"虔诚同念观音圣号"，说来也怪，洞壁竟神奇般地现出观音菩萨圣容，若明若暗，若隐若现。画师登梯欲描之际，石上又现法相，且座下有鳌鱼一头，画师连忙循其像而勾画下来。月慧还让我细看院中一块石像不像牛背，果然像极。

回到寺里，我特意到月慧的寝室看了看。这里和一般大学里的学生宿舍无甚差别，四张楼铺，两张书桌，我把墙上的课程表抄了下来，共有教观纲宗、净土宗、唯识、佛史、菩提道广论、中国历史、时事政治等课程。

辞别月慧，我便按约去方丈室见明学大和尚。

明学法师先领我到位于大雄宝殿后面的藏经楼。这里庋藏着佛教经、律、论三藏典籍及其他法宝、法器，除了特许"阅藏"者外，一般僧人是不得随意上去的。明学法师打开门锁，推门进去，见楼内面阔五间，楼板上铺有方砖，既能隔音，又可防火。正中三大间奉三尊香樟木雕刻的立像，中间的阿弥陀佛是与娑婆世界相距 210 亿个诸佛国土的西方极乐世界的佛祖，这个极乐世界是他发 48 大愿、修福修慧修成的清净世界，由于接引一心念“阿弥陀佛”名号的信徒前往西方净土，又称接引佛。左边立像是观音菩萨，右边立像是大势至菩萨，合称“西方三圣”。三尊立像前为释迦牟尼的脱纱漆塑卧像，卧佛侧身曲膝，一臂直伸，一臂曲肱而枕，这是佛祖圆寂时的形象，后奉观音坐像一尊。

环顾四周，楼上整齐地排放着一道道藏经书橱。明学法师告诉我，这里珍藏着历代版本的经书 47000 余册，各种版本的大藏经计 10 种，有宋碛砂藏、元普宁藏、明嘉兴藏、南藏、北藏、清龙藏、日本弘教藏、大正藏、续藏、民国频伽藏，另外还有新印的中华大藏经。其中属国家级文物善本藏经 20000 多册，元普宁藏 1000 余册更是世界孤本。“文革”时这里的经书被造反的人悉数从窗户扔下去，楼下堆了数尺高，所幸其后半个月里没有下雨，风头过去了明学他们悄悄将经书拾上楼来重新整理珍藏起来，损失不是很大，大部分都保存下来了。

明学法师还特地颤巍巍地爬上梯子从橱上取下一本经书要我细看，这是寺内和尚常明和丰廉两位法师从 1933 年 7 月到翌年 12 月用破舌鲜血写成的 81 卷《华严经》中的一本。屏息打开，只见字字端正，一笔不苟，笔迹呈淡桔红色。我难以想象当时是怎样的具体情景，但我记得曾经在书中读到过宋时净土宗高僧省常刺舌血写《华严经 · 净行品》时的行状：写经开刺了，省常经案前放一支小笔，一个小碟子，省常恭敬端坐，口念阿弥陀佛，然后咬一咬牙，伸出舌头，用针猛一刺，殷红的血流下来，省常用碟盛血，不久血止，省常举笔醮血，在经纸上写下《净行品》第一字，“尔时智首菩萨问文殊师利菩萨言”的“尔”字。然后立起身来到阿弥陀佛像前虔心拜三拜，围佛像绕三圈，同时口诵阿弥陀佛三遍，又写第二个“时”字，再如此三拜三绕三念后写一字，舌血写完了再刺，经过几个月的艰难历程，以常人难以想象的誓愿和毅力写完了全部文字。我想,常明和丰廉两位法师也与此类似吧!明学法师说,经书写完不久两位法师就辞世了。我不禁为之黯然叹息。

忽然看到墙上有一幅风景图,图中风景秀丽的山上也有一所名为灵岩寺的寺庙。明学法师解释说那是日本福冈县八女市黑木町的灵岩寺,而且那座山也叫灵岩山,而且,那山与苏州灵岩山有很深的渊源关系。原来,大约 600 年前,日本的荣林周瑞禅师自印度、中国拜佛学经归去,至黑木町,见那里有一座山,虽不甚高,但松柏苍郁,幽篁青卓,更有岩石重叠,形态奇特,酷似苏州灵岩山,便发愿在此兴建寺庙。此愿得到当时黑木城主黑木氏胜正清的大力支持,庙建成后正式命名为灵岩寺。其后虽兵荒马乱,寺庙却一直保存下来,至今已传十七代了。

明学法师还指着一陈列橱里的一套日本茶具和一盒茶叶告诉我一段有趣的事。1984 年 4 月日本八女市长齐藤清美率团访苏,特地登山朝拜灵岩山寺,并赠送了日本名产八女茶。市长告诉明学法师,此茶源自苏州灵岩山,当年荣林周瑞来此学佛,将灵岩山上的茶叶茶籽带回日本栽种,成为日本名茶。每年立春后 88 天开始采摘,用第一批嫩芽制成的茶细如钢针,甚为名贵,它色泽乌黑透绿,苦中闪甜,味道醇厚,香气浓郁,八女茶因此成为八女市主要财政来源之一。齐藤清美市长对明学法师说 :“八女茶能有今天,是托灵岩山寺的福啊!”代表团还将携来的八女茶树苗亲手栽种在大雄宝殿旁和玩花池畔,以为纪念。

走下藏经楼,楼下是念佛堂,堂内供奉西方三圣,为大众六时念佛之所。明学法师解释说 :“在净土宗称念佛堂,在禅宗则称禅堂。”在外行人眼里,佛寺仪轨真是太复杂了,另一方面,我们对佛教常识的了解也委实少了些。

明学法师领我走上山顶花园,他告诉我乾隆行宫的大门是开在玩花池的正对面 ;又指给我看西面行宫的围墙,其中有一段是著名的冰梅墙,一块块不规则的石头巧妙地镶嵌在一起，中间不垫小石子，也不涂石灰之类的东西，如冰纹、似梅花，美轮美奂，浑如天成；他还说著名的响堞廊就是从这里通向琴台的。然而他在花园要我着重看、给我着重讲的，是这花园里的建筑都是在妙真法师一手操持下完成的。明学法师强调说，灵岩山寺能有今日的规模，全赖印光大师、真达法师、妙真法师这灵岩三老的努力，印光大师从理论上奠定了灵岩山寺作为净土宗弘法大道场的基础，真达法师从经济上倾全力捐助灵岩山寺的基本建设，妙真法师则是一位兢兢业业的实干家，将印光大师勾画的宏大构想从蓝图走进了现实。就说这花园里高低逶、秀丽壮观的假山吧，那都是用妙真和尚从山下蒋园废墟中买来的太湖石一块块垒成的，不容易呀！明学法师手抚假山石，感慨万千。

法师带我去念佛堂西面的中国佛学院灵岩分院，一路上都是讲妙真法师的事。他拍拍走廊墙壁上嵌着的一块块石碑，说这都是当年妙真法师留心找到并精心保存下来的，妙真法师曾关照在山上施工的民工们，凡是挖到有字的石块都要交上来，都可以得到报酬。于是灵岩山寺内至今保存着自宋元明清至近代共 72 种计 142 块石碑，其中有的完整、有的残缺，反映了灵岩山寺的历史沿革及历代名人事迹，都是佛教文化的瑰宝。

参观了佛学分院的教室“般若堂”，我们来到堂南的忆佛轩前，明学法师让我看东墙上的隋朝砖雕“古松影壁”，那遒劲而古朴的造型带着千百年前的气息静静地呼吸在这寂寥的庭院里。砖雕是 1983 年在院子的泥地里发现的，明学法师一有时间就来到这里拼凑砖雕碎块，砖雕上有“大业知事丁士英管造”字样，“大”字前还有一个残字，只存竖勾一笔。“大业”是年号名，前一字应为朝代名，而历朝中只有隋、明、清三字最后一笔是竖勾。经查，明、清两朝没有“大业”年号，因此，明学法师得出结论，此砖雕可能系隋朝遗物，最起码那是一块隋砖。这个结论得到了不少专家学者的认可。

明学法师还收集了七块宋代残碑，镶嵌在忆佛轩南的净念轩的南墙上。法师如数家珍地一块块对我介绍：有绍兴五年的观音像两块；有景定四年的治蝗虫事记载，那是法师在山下发现的，他叫农民抬上来，每人发了一元钱；有宣和年间的舍庄田记……还有两块碑是明万历年间和正德年间的。可以说，对文物的爱惜、对传统文化的呵护已经成为灵岩山寺的优良传统。

沿着走廊的石碑走过去，一直走到天王殿内侧的东墙根，法师要我细看一块石碑，那是《灵岩山启建大殿暨念佛堂等施资功德人名碑记》，法师说："你看，这是真达老和尚捐资里的一笔。" 顺着他的手指看过去，在人名"比丘部" 下的第一行，就刻着 "真达老和尚助洋叁万四千陆百元"，最后一行刻着 "共计四众收入功德洋四万八千零二十八元四角八分"，可知真达老和尚的捐资功莫大焉！

我们走进天王殿，我想起有本书上提到印光大师指示将弥勒佛像塑成戴五佛冠的庄严本相，而不是像许多庙宇里塑的布袋和尚相，韦陀像则塑成坐像而不是通常看到的站像，大师为什么这样做呢？书上都语焉不详，我便将其请教明学法师。法师说，布袋和尚是弥勒佛的化身，印光大师认为，既然知道是弥勒示现，就应该供其微妙庄严的本相，又因为弥勒现处兜率天，所以戴五佛冠为标识。法师还告诉我，一般人有时在庙宇里分不清弥勒、观音、地藏，其实有一处可以区别：观音手执净瓶，地藏手执火珠，而弥勒手里是一座楼阁。我抬头望去，弥勒果然是手托一座小小楼阁。至于为什么韦陀塑成坐像，明学法师风趣地解释说，一是因为韦陀护法有功，应该让他坐下歇歇；二是因为若塑成站像，则易显得小，威武不够，所以印光大师作如此更改。

这时一位僧人提醒法师早到午斋时间了，于是我们走到小饭厅，菜已经没有了，服务员端来两碗素面，用餐过程中有一个细节给我留下深刻印象：一点面条掉在桌子上，由于太小，明学法师捡了好几次才捡上来放在碗里，从这小小的事情中我看到了佛家 "惜福" 的传统风范。

饭后休息了一会儿，我将一天来的采访稍稍整理了一下，觉得原来想了解的都已经了解了，一些没想到的问题法师也为我讲解了。特别是原本我只希望明学法师委派一人带我到各处转转，没想到偌大年纪的大和尚亲自陪同，使我倍加感动。

背上行囊，我去向大和尚辞行。法师不在，有人讲大和尚可能去普同塔工地了，那里有点麻烦事，而大和尚总是事无巨细事必躬亲的。我在方丈室等了好一会儿，又跑到寺门等，果然等到了，于是又到方丈室与法师谈了一会儿。法师情绪很好，谈锋甚健，他说："现在党的政策英明，经济发展又快，佛教事业也很兴旺。几十年的历史证明，佛教的命运与国家的命运是息息相关的。"他回忆"文革"时在天平山农场劳动，曾与一起的僧人开玩笑，说"看来我们是末代和尚了"，没想到佛教还会有今天这般景象。他还谈到 50 年代去北京佛学院深造，"那也是党的培养。爱国爱教，走社会主义道路，这个思想在我头脑里是扎根的。现在勤勤恳恳为寺庙做事，也是为国家做事。今后的目标是把寺庙管理好，做到庙像个庙，相信祖国的佛教事业会越来越兴旺。"

我向明学大和尚致谢并辞行，法师送我出方丈室合十告别。走出寺门，踏上下山道，觉得浑身轻松，一路与几位面熟的僧人挥手作别，似乎告别了一个梦境，而自己则成了云游之人。

由姑岭下来，像走下一架梯子。

每一个生活在喧闹世界里的人都应该拥有一架通向精神家园的梯子。

漫步寒山寺

寺中寒山独有名。

正像嵩山少林寺是以其武——刚劲勇猛的少林武术——而威震四海一样，寒山寺则是以其文——张继那脍炙人口的《枫桥夜泊》诗——而名播天下的。

风流张继忆当年，一夜留题百世传。那是怎样的一首荡气回肠意境深远的千古绝唱啊：

月落乌啼霜满天，江枫渔火对愁眠；

姑苏城外寒山寺，夜半钟声到客船。

深秋破晓，繁霜满天，枫树婆娑，渔火明灭。旅愁满怀的游子正对景难寐时，猛然间传来寒山钟声，回旋激荡悠扬不息的钟声引出了诗人汩汩诗绪，于是，钟声诗韵一相逢，便胜却人间无数。

寺以人名，寺因诗传。张继的 28 个字造就了中国文化史上的奇观，实在是令人们津津乐道的快事。谁说百无一用是诗人？没有张继的这首诗，寒山寺绝不会是如今的气象，难怪学识渊博的光绪进士叶昌炽在其撰写的《寒山寺志》第一卷的开头便录下此诗，还斩钉截铁地说："无此诗，志虽不作可也。"

是的，千百年来，寒山寺就是呼吸在诗的意蕴里。

而今，我们前来寻访寒山寺，不也是因为冥冥之中诗神的召唤？

踏上通向寒山寺的路，就踏上了一条诗的甬道。一路上，撩拨着人的、牵惹着人的、使人跃跃欲试的、令人心往神追的，都是诗——古贤的诗、今人的诗，以及诗一样美妙的传说。

到了，城西十里枫桥镇。穿过熙熙攘攘的人群和古香古色的店铺，我们走上枫桥石阶。枫桥是一座月牙形单孔石拱桥，横卧于古运河的水波之上，河畔绿树逶迤，桥身藤蔓乱挂。桥下东首便屹立着雄伟的铁铃关，登上始建于明代的铁铃关敌楼，只见近处是枫桥和江村桥对映厮守，水风清佳；远处则是山峦毓秀，黛色苍茫。当年张继所见，也是如此景象吗？

如果说寒山寺是一首诗，那么这首诗的序应该从枫桥读起。

我们步下枫桥、走出铁铃关，沿着作千百年欢歌、千百年吟哦的运河，走向寒山寺，从诗人张继走向诗僧寒山，走向一首诗的首联、颔联、颈联……

寒山寺的山门就在大运河的东岸。迎面照壁上刻着“寒山寺”三个魏碑体大字，古朴而苍劲。转过照壁，便是山门，在一带黄墙绿树碧瓦绀宇中央，是“古寒山寺”四个大字。

进入山门，便见慈颜善目笑口常开的弥勒佛坐像，这座像已不是弥勒佛的本来面目，弥勒佛的本来面目应该是头戴宝冠，身披璎珞，手结成佛印，趺坐于莲台之上。这尊弥勒佛塑的是弥勒佛的化身——五代时的布袋和尚。他手持念珠，跷腿而坐，胸腹袒露，给人以一种亲切慈祥的宗教氛围。而弥勒佛背后的佛龛供奉的则是威武逼人怒目而视的护法韦驮立像，使人不由得心里一紧。这一弛一张，滤去了跨进山门的芸芸众生里的几许心浮气躁，胸臆间平添了一缕虔诚。这一慈一威，大约还是大乘佛教为信徒们设下的心理之门吧？

过了山门，见正中的大雄宝殿气宇轩昂，左右偏殿整齐肃穆，院内青松挺拔，回廊曲径通幽。首先跃入眼帘的，是山门左侧台垣上“妙利宗风”四个大字，那是晚清江苏巡抚程德全所书。另一面也有四个字赫然在目："寒拾遗踪"。这座名刹里并不很清静，人们或三三两两、或成群结队进入山门，络绎不绝。忙碌在各座佛像面前上香伏拜的是香客，漫步在殿廊内外的是游人。驻足沉吟中，好几位手持香炷的香客从我面前匆匆而过，见佛就敬，有一位老太太身背黄色的香袋，行色匆匆，手捧几大炷香，从刚进山门的弥佗佛、韦驮起，每一尊佛像都不肯放过，都要十分虔诚地敬上一炷高香、磕上几个头，且专心致意，有奇装异服的老外走过，她也全然视而不见，好像她的眼里只有佛祖。我静静地看着老人忙碌着，心里油然升起一种感动来，脚步，也就自然而然地跟着她移动了。

步上大雄宝殿，绕过香烟缭绕的丹池，跨入殿内，肃然伫立，仰首观看，正中供奉的是释迦牟尼佛木雕像，旁边是迦叶、阿难尊者侍立像，这就是常见的"一佛二弟子"格局了。经过两侧的罗汉坐像转到释迦牟尼佛像的背后，只见东壁上嵌有寒山、拾得像石刻。石像上寒山右手指地，拾得袒胸笑颜，全然蓬头赤足的两个眉开眼笑的胖子，寥寥数笔古拙若愚，逗人喜爱，活像传说中"和合二仙"的形象。我不由得想起了在虎丘半塘五人墓院中的石像，那是明代吴中名画家薛明益所作，薛画的寒山、拾得是两个高僧模样的人，闲坐在树下石上看经谈论，神情举止十分庄严凝重，与寒山寺的石像大相径庭。细看下去，那石像上的题词也颇有趣——《寒山、拾得二圣降乩》诗曰："呵，呵，呵！我若欢颜少烦恼，世间烦恼变欢颜。为人烦恼终无济，大道还生欢喜间。国能欢喜君臣合，欢喜庭中父子联。手足多欢荆树茂，夫妻能喜琴瑟贤。主宾何在堪无喜，上下情欢分愈严。呵，呵，呵！"考寒山、拾得为普贤、文殊化身。今称和圣合圣，为寒山、拾得变相也。花之寺僧罗聘书记——原来是那位善于画鬼的扬州八怪之一罗两峰画的，他这样演绎寒山、拾得，大约是由他的生活理想和他对寒山、拾得的理解所决定的吧？

大雄宝殿的后里就是寒拾殿，里面供奉着寒山、拾得的塑像。从赵朴初手书的红底金书的“寒拾殿”匾额下走进大殿，抬头便见在一座巨大莲花座盘上的两尊袒胸敞襟、蓬头赤足的金身塑像。寒山两手一上一下，捧持方棱圆口净瓶。拾得左手持腰带，右手执一枝荷莲。清明自在、旁若无人，纯朴浑厚，嬉笑见神。

大名鼎鼎的寒山、拾得究竟是两位什么样的人呢？

有关他们的传说可谓多矣。

宋代和尚赞宁在《宋高僧传》卷十九中谈到浙江天台山国清寺的丰干禅师外出云游，途中用咒水治愈赴任台州太守的闾邱的头痛病。闾邱心异，询问台州有哪些贤达，丰干对他说：“见之不识，识之不见。若欲见之，不得取相，乃可见之。到任谒文殊、普贤，即国清寺寒山、拾得也。”于是，闾邱到了台州就去国清寺，在厨房里见丰干所描述的两位“状如贫子，又似疯狂”的人，纳头便拜。寒山和拾得哈哈大笑，连声说：“丰干饶舌！丰干饶舌！弥佗不识，礼我何为？”二人携手而去。闾邱又至寒崖礼谒，二人曰“汝诸人各各努力”，便缩身入崖石缝中，其缝自合。因此相传寒山为文殊菩萨，拾得为普贤菩萨，丰干为弥陀佛化身。当时闾邱大约就傻了眼，没法继续追进去，顿足嗟叹之间，忽然看到山林中散落着不少他俩留下的文字，便于竹木石壁间收集他们的书诗偈词，携带回去纂编成卷，使《寒山子诗集》流传于世。在《四库全书》中收有《寒山子诗集》二卷，并附《拾得、丰干》诗一卷。这个说法是最奇妙、最令人心往神追的了。

看来，寒山、拾得被当时社会所发现，是由丰干对台州新太守闾邱的一番话始。而发现寒山、拾得的那一时刻，也就成了寒山、拾得离开这个社会的时刻。求贤心切的太守想将两位贤者迎进社会，殊不知恰恰是他将两位贤者逼出了这个世界。这真是令人啼笑皆非的事情。如果寒山、拾得真是文殊、普贤的化身，那么他们来到这个人世的目的是什么呢？是来此走一遭进行一次人生实践的游戏吗？而佛的游戏大约是不允许俗人参与的，即使是贵为太守如闾邱者也断断不行，想加入这个游戏的闾太守只能讨个没

寺

趣了。

而丰干禅师是可以参加那种游戏的,可惜“饶舌”了一点,不然这个游戏还可以继续下去。这位丰干也颇有来历,颇有神秘色彩。寒山寺大雄宝殿后侧南墙上还嵌有清代大鹤山人郑文焯于光绪六年在枫桥舟中所作的指画丰干像。陈文庄《无梦园集》里曾有关于丰干的记载。不过这记载也是有聊胜于无:“丰干禅师,不知何许人也。”对丰干的来历他听来一种说法,“或云邑人丰尚书之子”,这倒有点像,官宦子弟,世态炎凉看得自然多些,于是看破了红尘,出家为僧,一意修行,普度众生。这位“形貌寝恶”的和尚有点怪,爱骑着老虎在山里游玩,别的和尚就不大敢与他接近。但丰干一点不孤独,因为他与寒山、拾得相亲,“每邂逅,则长吟大笑,人莫测也”。似乎更像啸傲山林的三位隐士。

有趣的是寒山和拾得的来历都有点云里雾里的意思。寒山,“不言氏族,以其寒石山中居止得名”。他先是来到姑苏城外“缚茆以居”,这大概就是寒山寺的前身了。后又寻游天台,与拾得、丰干为友。还有一种说法,寒山在姑苏时拾得也在,但因年代久远,已“不可考也”。寒山“容貌枯瘁,布褚零落,以桦皮为冠,曳大木屐”,穿着很差。吃的呢,也很不可口,“就拾得取众僧残食及菜滓食之”,可见其生活是极为艰苦的。经常用众僧残食让寒山糊口的拾得,其来历又如何呢?宋朝的《五灯会元》里说:“拾得者,不言名氏,因丰干禅师山中经行,至赤城道侧,见儿孤啼,拾归国清,故名。”拾得来的孩子,这名字倒是信手拈来。在国清寺,拾得先是“食堂香灯”,后来别人发现他竟然登座与佛像对盘而餐,结果被罚去厨房里洗碗。也不知拾得是怎样与寒山结识的,这两人却很有些相濡以沫的意思,拾得总是收集一些“食滓”,“以筒盛之,寒山来即与负去”。寒山与拾得的友谊可谓情深意笃,很为后世所看重。在民间,寒山、拾得有时被误为和合二仙。和合在中国古代神话中是象征夫妻相爱的神名,原为一神,后衍为二象,蓬头笑面,身穿绿衣,一持荷花,一捧圆盒,取和谐合好之意。如今姑苏城中的民俗博物馆里就有他们的像。

还有一种说法，说寒山和拾得本是七世冤家，经丰干禅师点化，终于和好，朝夕相处，亲密无间。他们三人经常聚会谈禅，其关系似乎在师友之间。对此丰干曾有诗描述："余自来天台，曾经几万回，一身如云水，悠悠任去来。寒山特相访，拾得常往来，论心话明月，太虚廓无碍。"其知友境界令人韶羡。

寒山的诗是很有些名气的，有人称寒山为诗僧，也有人认为还没有寒山皈依佛门的凭据。但把寒山作为一位诗人看待是没有问题的。寒山传下来的诗有三百余首，用今天的观念看，其内容释道思想相杂，偏于说理，浅近自然，往往能够用明白如话的诗句将深奥的佛学玄理表达出来。寒山诗对后世有着很大的影响，宋朝的大儒朱熹曾多方寻求《寒山子诗》的好刻本，还说"寒山诗，有唐人道不到处"。陆游也很赞赏寒山诗，他曾在与友人的信中写道："'有人兮山径，云卷兮霞缨。秉芳兮欲寄，路漫兮难征。心惆怅兮狐疑，蹇独立兮忠贞。'此寒山子所作楚词也"，直捷将其与《离骚》相提并论，评价可谓高矣。王安石等人还曾摹仿寒山诗的风格写了不少诗，以表达对人生的看法。曾为寒山、拾得造像的明代画家薛明益也有一诗，尽写他读寒山诗的感受："家有寒山诗，胜人读经卷；书放屏风上，时时看几遍。"

漫步在大殿里，读着寒山的诗和一些与寒山、拾得有关的诗，我觉得自己好像置于禅意和机锋的包围之中。从寒山的苦口婆心、粲花妙舌中，我似乎看到一位大智慧人，正以雷音海潮唤醒一世。芸芸众生中有多少人正为着一己欲念四处奔走，争名于朝、争利于市，心灵壅塞，茫然而不知所返，对这些人，寒山诗真可以形容为"接迷津之宝筏，燃暗室之明灯"了。

读着读着，我忽然想起禅宗五祖弘忍在一千多年前的一个深夜将禅宗的顿法和衣钵秘密传授给六祖慧能时所说的"直指人心，见性成佛"八个字，寒山在诗里讲了很多，但从根本上说，其实只是要人们明心见性而已。

走出寒拾殿，盘旋在我脑际的是著名的“寒拾问答”：

寒山问拾得：世间谤我、欺我、辱我、笑我、戏我、贱我、恶我、骗我，如何处治乎？拾得云：只要忍他、让他、由他、避他、耐他、敬他、不要理他。再过几年，你且看他。

粗一看，这里面充满着忍让和因果报应的意思，似乎还有违于见义勇为的意旨，但是仔细品来，其间实在蕴藏着那种佛家的大慈悲、大胸怀、大智慧、大境界。对于目下亟待磨练心性的我们来说，“寒拾问答”无疑是菩提妙偈、金山晨钟。

边想边走向大雄宝殿西南的碑廊和钟房，来寒山寺不可不读这里的碑和钟。

钟房西向，碑廊东向，两间对峙，有情而无言。历史的风从这里吹过，留下了这些悄无声息的金石之韵。

碑廊里最引人注目、最有名的是清代俞樾书写的张继诗碑，这块被《寒山寺志》称为“张继诗第三石”的石碑书写于光绪三十二年（1906年），全幅章法稳帖，笔意圆浑，行书稳重端庄，用笔苍劲浑厚，字里行间虽无一字相连，但给人以挥洒淋漓、浑然一体之感。仔细揣摩，不难想见当年俞樾运笔时的饱满情绪。这幅作品写于当年九月，当时俞樾已是86岁高龄了，确是其晚年快意之作，故此碑一立，即名擅当时。枫桥古寺、张继绝唱、俞樾名书，可谓三美兼具、相得益彰。可叹的是同年十二月俞樾就病逝了。

“张继诗第二石”也被安放在碑廊里，这块碑又称“文碑”“待诏残碑”，是文徵明书写的。因年代久远，碑上字迹除了“落”“啼”“姑苏”，及末尾的“徵明”尚可读出外，其余均难以辨认了。

所谓“张继诗第一石”现在连碑也找不到了，那是宋朝时曾居苏州的郇国公王圭书写的，对此《吴郡图经续记》中有记载，程师孟诗“迩来寺好尤潇洒，张继留题内翰书”就是说的此事。

碑廊西墙上嵌有岳飞的“还我河山”题词和“三声马蹀阏氏血，五伐旗枭克汗头”手书一联。传说这是岳飞被十二道金牌召回时路过枫桥、暂住寺内时所书。据史料记载，公元1136年2月，张浚、岳飞等抗金将领在平江府会商北伐事宜，岳飞当时曾作有《送张紫岩北伐》诗一首：“号令风霆迅，天声动北陬；长驱渡河洛，直捣向燕幽。马蹀阏氏血，旗枭克汗头；归来报明主，恢复旧神州。”此碑上的诗联当是取于该诗中颈联诗意而书，以表示收复失土的决心。书法气势宏阔，如龙蛇飞舞，是岳飞传世书法中的佳作。

碑廊里还有两碑颇有名头，而且两碑均与寒山寺的钟有联系。一是明代才子唐寅撰文并书写的《姑苏寒山寺化钟疏》碑。《化钟疏》相当于现在的“募捐启事”，为重铸造寒山寺大钟而募。碑文云：“殿宇初备，铜钟未成。月落乌啼，负张继枫桥之句；雷霆鼓击，愧李白化城之铭。今将化洪炉以液金精，范土泥而铸大乐……”文末还有一诗：“姑苏城外古禅房，拟铸铜钟告四方；试看脱胎成器后，一声敲下满天霜。”为什么要重新铸钟呢？原来的钟，即张继诗里提到的唐钟，那口“炼冶超精，云雷奇古，波磔飞动，扪之有棱”的铜钟早已不知下落。而唐寅为之募捐的大钟现在何处，也有两种说法，一说见《百城烟水》记载：“后遇倭变，销为炮。”另一说认为已流失日本，如在碑廊里的康有为诗碑就持此说：“钟声已渡海云东，冷尽寒山古寺风；勿使丰干又饶舌，他人再到不空空。”康有为诗碑参用汉魏笔意，寓变化于整齐之中，藏奇崛于方正之内，变为书法珍品。关于那口钟，日本有一位与俞樾友善的石刻师山田寒山，曾经为此在国内多方搜索，结果一无所获，于是在明治三十八年四月重铸一口奶子钟相赠，这就是现在挂在寒山寺大雄宝殿之内的那口铜钟。

碑廊里的碑文读完了，关于钟的故事也了解了大半。

钟房里陈列着一排历代古钟，其实寒山寺里最有名的钟均不在此。除了上面提到大雄宝殿里的大钟，我们就不能不提到现在悬在钟楼里的那大铁钟。清光绪三十二年，江苏巡抚陈夔龙重修寒山寺时，为保存古迹，仿旧钟式样铸造了一口大铁钟，高约1.2米，直径也近1.2米，厚6厘米，重约2吨。还在大雄宝殿东南侧造了一座造型精巧的二层六角钟楼大觉楼，悬巨钟于楼上，古朴庄重，于是钟声自明嘉靖后重新复鸣，悠扬悲壮。据说因钟里含有乌金成分，故撞击时钟声洪亮、经久不息。

寒山寺有半夜敲钟的习俗，最早源于唐代。唐代大智禅师怀海创立的佛教典仪《百丈清规》规定，在昏晓二时鸣大钟108声，以“觉醒百八烦恼之迷梦”，所以每年除夕夜半，寒山寺僧敲此钟108下，最后一下钟声正是新年零开始。所谓敲钟，其实是撞钟，即以一段木头悬在钟边，由和尚用手推掷，碰撞庞大的钟体而发声。寒山寺里每天都要撞两次钟，一次是拂晓四时左右，一次是晚上九时左右，称之为早课和晚课，届时和尚们都要到禅堂诵经，每次撞钟108下，意思是人生有108个烦恼，每撞一下钟，即消除一个烦恼。所以，在撞钟时，全体同诵《击钟仪》：“闻钟声，烦恼净，智慧长，菩提增，离地狱，出火坑，愿成佛，度众生。”每诵到“洪钟初叩，宝谒高吟，上彻天堂，下通地府”，巨钟便应诵而响，连敲108下，然后再复诵：“洪钟二叩……”“洪钟三叩……”共108下。寒山寺夜钟声吸引了无数中外游客，自1978年寒山寺举办除夕听钟活动以来，每年除夕之夜，总有大批外国友人专程前来聆听108响寒山寺夜半钟声，一些来不了的日本友人，则静静地守候在收音机旁，等待无线电波送来那悠扬的108响，然后点燃爆竹、跨进新春。

过去我曾陪友人登上钟楼，心里暗暗许一个愿，然后撞钟，友人很虔诚地完成了一切动作，春风满面地走下楼来，我很是为他高兴。我觉得，在这人间，多一份希望，就会多一份美好。

正沉吟间，大觉楼的钟又响了，这世间又多了一份心愿了吧。也许是对爱人的祝愿，也许是为老母亲作的祈祷，也许是想在苏州找一份好的工作，也许是为了在生意场上更顺利一点，总之，是希冀生活更美满幸福一些吧。

听着钟声,忽而像听着芸芸众生的心音,忽而又像听着历史老人的倾诉,悠远而低沉。不知最初的唐钟是什么铸成的? 也许是一些刀枪兵器吧。铸剑为钟与铸剑为犁一样,都是值得人类庆幸的事,然而,我们有时也不得不熔钟为炮,比如唐寅写《化钟疏》铸成的那口钟,在倭寇入侵时就只能停下它那悠扬的嗓音,变作愤恨的怒吼。如果全世界的兵器都铸成了警世的铜钟,而不再变回去,我们这个星球将不再有战争,在蓝天上飞翔的不再是箭簇、子弹、导弹,只有为和平建设而奔忙的飞机、火箭,以及无忧无虑的风筝、白鸽,那该是多好的事情呵。

渴望和平,人同此心。在寺院里,我看到日本友人种植的五针松和樱花,最早的樱花是清末时就种下了的。现在樱花正是开得最盛的时候,粉红色的花瓣烂烂漫漫、如云如霞,在我看来,那如云如霞的颜色都是日本人民对和平的希望。在寒山寺,来此礼佛听钟的日本人最多,听说日本的一些地方也建有名为寒山拾得寺的寺庙,我还看到过一幅日本寒山寺山门的照片,与姑苏寒山寺的山门确有相仿之处。

按事先约定,我去拜访寒山寺住持性空法师。性空法师正在方丈书斋里接待日本客人,在客人们的要求下,性空法师铺纸挥毫,笔走龙蛇,得到法师墨宝的客人一个个连连鞠躬、笑逐颜开。见法师正忙,我向法师打个招呼便先退出方丈书斋,出去闲走一会儿再来。

经回廊,侧殿里五百罗汉,我漫步在寺西北面的霜钟阁和西南面的枫江第一楼。霜钟阁已毁130多年,如今的阁建于1982年,阁二层,重檐复宇,戗角飞翘。阁前后的小院里疏植松柏翠竹,幽美静雅。枫江第一楼原楼也早已毁去,今楼是1954年移自仙巷宋宅的花篮楼。花篮楼的名字有个来历,它的底层南部比一般厅堂少用两根楹柱,只有两根主柱如花篮的提手承受全楼重量,故此得名,在前檐接榫处还雕有两个精细的木质花篮。楼梯围绕中心柱盘旋而上,在古建筑中比较新奇。登楼远眺,前临枫江,远对狮子山,对此景色,可追寻张继《枫桥夜泊》的悠远意境。

下得楼来，蓦地又见程德全写的碑。这位晚清巡抚可谓是有功于寒山寺的官员，是他在此重修大殿，使寒山寺成为吴中名刹。在此之前，始建于梁天监年间、原名妙利普明塔院的寒山寺已经五次遭到火毁了。据明姚广孝《寒山寺重兴记略》，寒山子在此缚茆自居、终隐而去后，希迁禅师于此建伽蓝，遂额曰寒山寺。宋时平江军节度使孙承佑增建一座七层宝塔，元朝时寺与塔俱毁于战火；明洪武时僧惠贞重建，不久又毁于火；明知府况钟再建，万历四十六年大殿起火，次年修复；清康熙五十年大殿又一次起火；咸丰十年再次毁于兵燹。程德全在《重修寒山寺碑记》中说"备员斯土，不敢不以起衰振废为心"，不知史家对这位晚清老官僚作如何评价，但重修寒山寺这件事无疑是做对了。我对程德全印象颇深，因为这人颇有趣，有关他的事着实有几件可以记记。其一，俄修北满铁路，火车开入中国，竟然事先一声招呼也不打。程当时被派去交涉此事，只见他穿上朝衣朝冠，横卧轨道，火车只得停下。此事传遍京师，西太后亲笔提拔他，不久即升为巡抚。事后别人谈起黑龙江事，程却说"不过兴之所至耳"，也算潇洒得可以了。其二，辛亥革命时，程是江苏巡抚，为什么他能顺应革命呢？因为他信佛，他根据《牙牌神教》占卜满清王朝命运，认为"大概要"一败涂地了，但他也不敢十分冒险，于是将军政府前的巨幅白旗上"兴汉灭满"四个字改成"兴汉安民"，可见其老官僚面目。其三，因权力之争失败，他便只带一个马弁一匹马径赴常州天宁寺出家做和尚，后来在苏州木渎法云庵住了一些日子才去世，对他这样一个信佛的人来说，这是比较好的结局了。

随着最后一批游人在暮色里走出寒山寺，古寺前的许多贩摊仍然热闹着，古运河里的桨声则是自顾自地静静"欸乃"着。听着市声桨声，我独自伫立了好久，心里恍若隔世。

猛回头，寺门正缓缓关上，像恋恋不舍地合上了一本厚重的大书。

春节序曲

——《四季》之一

腊八粥的香味在小巷深处飘起来的时候,春节序曲就不知不觉地开始了。

不是李焕之的那首民乐合奏《春节序曲》,不是那种一开场就吹吹打打,鼓钹笙箫一起迫不及待地闹将起来,苏州城里的春节序曲不是这样玩的,她来得处处处心积虑却人人心照不宣。苏州的春节序曲就像小鸡出壳前那第一阵细羽微颤,接着那小嘴儿就在那早就酥脆了的蛋壳上开始轻轻地却是坚定不移地啄击。

其实苏州春节的第一个音符是掸檐尘。春节前的掸檐尘不单纯是一件谈清洁讲卫生的俗事,而带有一种庄重的形式感,所以,究竟在哪一天掸檐尘,苏州人是要把老黄历找出来翻一翻的,得找个黄道吉日来做才心安。为什么呢? 我想,除了表示对春节的高度重视以外,是不是还和"动土"有关? 尘是土的嫡亲本家,请它们动身不选个好日子会得罪人的。

掸过檐尘,喝了腊八,日子真的一天天庄重起来。

春节多幕剧的第一幕叫送灶神,这事儿一定要赶在腊月二十四之前做,迟了不行,灶王爷春节前上天言好事,也是例行公事,行程是早已定了的。"二十五送灶,七颠八倒",人家早已到达天庭,你才假痴假呆地跑到机场送行,这是不把乡长当干部啊,还想人家为你说好话吗? 再说,灶王爷还算神里的清官，人家要求不高，你只要用一盘用饴糖制成的元宝祭祀他一下就行了，好打发的。

接下来是谢年，一般在年二十五到除夕之前，这大约是苏州人家最庄严肃穆的一天了：客厅里高悬神轴，玉皇大帝、天神天将、各路神仙都要请到，香案两侧一边是“万年粮”大斗，上插松柏树枝，一边是黄白粮制成的大年糕与大元宝。中间香烟缭绕，红烛高烧，案上供着猪头一只，雄鸡一只，大青鱼一条，还有仙茶仙酒，干果鲜果，各式盆菜。厅堂正中还有一只烧着大炭团的铜盆，盆里炉火熊熊，热气融融，这也有个说道，叫做“欢喜团”。然后一家人由家长带头，依次向神像跪拜，此谓谢年。谢年与西方感恩节有神似之处，其实是苏州人的年终总结，总结的关键词是一个谢字，各路神仙都得谢一下，当然，神仙的认定得与时俱进，不同的时代也有不同的谢法。谢谢喔，红包奉上，至此今岁咱告一段落，明年弟兄们另起一行。

“过节”，也就是祭奠祖先，自是春节必走的程序，不可空白。大户人家动不动要十桌八桌，一般人家也要有一二桌，还要烧化锡箔纸锭，当然也少不了要跪拜一番。反正春节的主旋律铁定一“吃”字。吃的高潮无疑是大年夜的团圆饭，那是一家人最开心的事，菜无疑是最丰盛的，上每一道菜的时候都要说好口彩，比如荸荠称元宝，鱼和饭总是要剩的，叫“年年有余”，“吃剩有余”。饭后孩子们记着放鞭炮，大人则忙于封井、接灶、做圆子。守岁红烛照例高烧到天明，但天还似明未明的时候，人们就忙着出门往玄妙观赶，性子急的吃完年夜饭就急匆匆地走人，做啥？走喜神方去三清殿烧“星宿香”。

烧“星宿香”是富有苏州特色的过年习俗。三清殿两边排列着的神像都是些“星宿老爷”，这些平时不引人注目也并不高大的老爷的面前有块木牌，牌上的红纸写着与人们对应的年龄，烧“星宿香”的人必须对号入座，就能得到星宿老爷的保佑。而得到老天保佑是大家的共同愿望，大年夜的玄妙观就不可避免地热闹而繁忙。人们都朝着玄妙观涌，黄包车夫的生意也空前的火爆，但车子拉到东脚门或西脚门就再也拉不进去了，玄妙观里早已人满为患，水泄不通，里面的店铺大都不肯打烊，大家都要凑个热闹。三清殿的露台上人挨人，所有人不外乎两种身份：香客与乞丐。乞丐们对络绎不绝的香客群起而劝之："娘娘太太，做做好事，一钱勿落虚空地，明中去了暗中来。"在这特殊时辰，香客们没有不慷慨解囊"散福"的。

正月初五接路头财神是苏州人过春节的重头戏。财神即为五路神。所谓五路，指东西南北中，意为出门五路，皆可得财。清代顾禄《清嘉录》云："正月初五日，为路头神诞辰。金锣爆竹，牲醴毕陈，以争先为利市，必早起迎之，谓之接路头。"又说："今之路头，是五祀中之行神。所谓五路，当时东西南北中耳。"五祀即祭户神、灶神、土神、门神、行神。所谓"路头"，即五祀中之行神。财神菩萨的生日在正月初五，想发财的人对财神的生日不能无动于衷，谁都想把他老人家抢先接到家里来为其祝寿，好好孝敬一番，表一表心意，至少不能给财神老爷落下一个不恭敬的名声。苏州人有句俗话，"路头菩萨，得罪不起"。估计财神是个比较随和的神仙，谁接得早就跟谁回去，这就引进了竞争机制，一竞争，那事情就必然会增添几分热闹。有的人干脆把接财神的仪式提前到初四夜里进行，效果最好的当数半夜零时那千钧一发的时刻，所以人们对那一刻突如其来的一片爆竹声并不十分吃惊，人同此心，心同此理，那一刻的热闹只不过人们的某种急迫心情的共同流露罢了。这种心情也是由来已久，清代有位名叫蔡云的诗人对此有生动传神的描绘："五日财源五日求，一年心愿一时酬，提防别处迎神早，隔夜匆匆抢路头。"

抢路头菩萨无疑是民俗中最有活力的，至今是愈演愈烈，现代技术生产的鞭炮越来越厉害，岂止震耳欲聋，简直炸脑欲裂！有电视台好事记者采访一大妈，问如此扰民，"您怎么看？"大妈无可奈何，"咋看？受着呗。"记者姑娘一根筋，不问出个"看法"不甘心，坚持"您怎么看"，大妈没辙了："还能怎么看，趴在窗台上看呗。"

好吧，我们就趴在历史记忆的窗台上继续往下看。

鞭炮放过，家家都认为财神已经被自己请回来了，隆重的欢迎仪式早已拉开帷幕。客厅正中的神轴前加上了五路财神的纸马和赵玄坛的纸马，香案上供着“三牲”：中间一盘是一块带有三根或五根肋骨的肋条肉，烧得半生半熟，这样两头便会稍微翘起来，有点像元宝的模样。肋条肉上朝天放一只猪脚爪，用一条肚肠将它盘牢，再用一根削尖的毛竹筷将其插住。也有人家用猪头的，一条尾巴衔在嘴里，猪头上插两根筷子，肚肠盘在上面。右面是一盘鸡，一雌一雄，也是半熟，将鸡脚和翅膀弯好，夹住鸡头，也是要处心积虑弄成元宝的样子，好像不这样财神菩萨就不高兴似的。左面一盘是鱼，鲤鱼最好，同样烧得半熟，眼睛上还得贴上红纸，更有用活鱼上供的。怎么才能使鱼也能呈现元宝状呢？这难不倒虔诚的人们，用一根红头绳连起头尾，将其扳得翘起来，不就是元宝吗？如果是活鱼，供完之后赶紧将其放生，效果大约更好些。还有人家搞出新花样，在供品中多放一盘羊肉，据说赵公元帅爱吃羊肉，还爱喝上一盅白酒，而其他神仙都是吃黄酒的。

更有别出心裁的人家还要在供桌上放上一把刀，撒上一把盐，再加上供着的猪头，连起来不是盐、刀、首吗，把这三个字用苏州话一念，更能表现出人们渴望发财的心理：现到手。

仪式结束，又是一番鞭炮声大作，接下来人们便满怀希望地大喝路头酒、大吃路头面了。

接下来几天是所谓的“七人八谷九天十地”，这四天分别是人、谷、天、地的生日，苏州人喜欢以这四天的天气来占全年的灾祥。其中初七这一天是人的生日，苏州人这天晚上到船上去轧闹猛，集舟夜游，饮酒相庆。这时便有一位身怀特技的大汉表演节目，他站立船头，手持两只铁丝篓，篓内装着火力正旺的木炭，将其舞动如飞，只见夜色里两团火球上下翻滚，相互追逐，内行的人叫得出那特技的名堂，“猫捉鼠”“鸡斗斗”，变化莫测，煞是好看。

正月十五上元节，又称元宵节。这天的晚上，苏州城里大街小巷通宵击鼓鸣锣为乐，称为闹元宵。好事者三五成群，各执锣鼓铙钹之类，且行且奏，称之为走马锣鼓，总是有一群儿童围绕着他们，欢呼雀跃。闹元宵最吸引人的是上元灯市，街头巷尾，桥畔广场，都张灯成塔，列挂彩灯。不时有彩帛扎就的旱舡随着乐声的节奏缓缓通过，戏耍旱舡的人站在旱舡里表演各种动作，或而扶持而行，或而圆场打圈，以吸引观众。彩舡通过时，两旁人家不断放焰火相迎，光焰直蹿半空，散落时在天空幻成各种形状的图案，围观的人们便发出一阵阵喝彩。

苏州的彩灯历来有名，世称苏灯。宋朝以来便有苏灯甲天下的说法。元宵节实际上是从正月十三开始，那天夜里即将彩灯悬于厨下，称之为试灯，一直到正月十八落灯。上元灯市期间，苏州城里一派节日景象，特别是阊门一带，彩灯遍街，火树辉煌。元宵夜，妇女们相偕出门了，她们穿街过巷，专门往有桥的地方走，起码要走过三座桥，此为“走三桥”，这样可以祛病，因而又称“走百病”。我曾经试图策划一次苏州最牛的“走三桥”活动：枫桥，江村桥，加上我们小区边上的江枫桥，但没人响应。民俗的事，强求不得的。

百花生日是良辰

——《四季》之二

江南的春天其实是从二月二开始的。二月二，龙抬头，天上主管雨水的龙王从沉沉睡梦中抬起头来，开始务正业了。雨水多了，惊蛰到了，万事万物春心烘烘蠢蠢欲动了。

农人们也抬起头来，他们的目光开始投向土地，“二月二，龙抬头，大仓满，小仓流”，不下地干活，农家的仓库既不会满更不会流，这是农民的硬道理。龙抬头了，他们也准备雄心勃勃地大干一场了，这是一个人喊马嘶的关键词——春耕。

男人剃头，是春耕前的一个仪式，“二月二，龙抬头，家家男子剃龙头”，剃了头就可以耳目一新地下地劳作。也该剃个头了，“有钱没钱，剃头过年”，许多人还是春节前夕剃的头。如果春节前剃的头是前一年干干净净的总结，那么二月二剃的这个头就是新一年清清爽爽的开场，今年的好收成从二月二起步。于是连家里小孩子都被赶到剃头店里去剃个“龙头”，大家都讨个吉利吧。

自古皇帝不差饿兵，干活总得先填饱肚子，于是二月二还要做一件事——吃撑腰糕。这撑腰糕一吃，腰板就硬了，干活就猛了。农民与粮食的关系有点像权力与百姓的关系，权力来自百姓，又为百姓撑腰。农家做撑腰糕会一次做很多，太阳下晒晒，想吃了拿出来蒸一下，既方便又实惠，在田畴里耕作的人们定定心心抡开臂膀大干。这撑腰糕自古以来也是有诗为证的，诗云："二月二日春正饶，撑腰相劝啖花糕。支持柴米凭身健，莫惜终年筋骨劳。片切年糕作短条，碧油煎出嫩黄娇。年年撑得风难摆，怪道吴娘少细腰。"

春天里最富有诗意的事情来了，吴娘们眼巴巴盼着的是二月十二，这一天，吴娘们怀揣早已剪好的红绸彩带，结伴出门，一边嬉笑打闹着，一边小心翼翼地把红绸彩带系在一株株绿树枝上。远远望去，绿树丛中一下子万紫千红热闹非凡，煞是好看。清代诗人蔡云有诗记录这一饶有趣味的民俗："百花生日是良辰，未到花朝一半春；红紫万千披锦绣，尚劳点缀贺花神。"——对了，这一天便是俗称百花生日的花朝节。吴娘们所做的事名叫赏红。顾禄的《清嘉录》上说："十二日，为百花生日。闺中女郎剪五色彩缯，粘花枝上，谓之赏红。"袁景澜的《吴郡岁华纪丽》也有记载："洛阳风俗，则以二月二日。今吴俗以二月十二日为百花生日"，"是日，闺中女郎为扑蝶会，并效崔元徽护百花避风姨故事，剪五色彩缯，击花枝上为彩旛，谓之赏红。"赏红这习俗从哪儿来的呢？唐人《博异志》里有说明，说唐代有个崔玄徽，在自家花园里遇到了一群忐忑不安的花仙美女，向他诉说她们得罪了风神十八姨，担心难逃风神的无情报复，花仙们请求崔玄徽出手相救，希望他二月初一那天在园中竖起一面红旗，旗上要画日、月及五星图案，这样她们就能免受灾难。怜香惜玉的崔玄徽一一照办，那一天果然狂风骤起，一城花树尽遭摧毁，唯独崔家园中花木安然无恙。后来崔玄徽每年这一天都在园子里竖起红旗，崔家四邻纷纷效仿，久而久之，就流变为二月十二花朝节赏红的民俗了。

我有一位邻居就总是忘不了赏红这件事，每年早春都看到她在园子里的桂树、桃树、紫玉兰挂上许多桔子大小的红灯笼，鲜艳夺目，十分精神。让人觉得那些小灯笼就好像一群嘻嘻哈哈花枝招展的小吴娘们，在把一株株绿树当孔雀逗呢，逗着逗着，那些树就像孔雀开屏一样绽开出无数各种颜色的花儿来。

苏州人很看重花朝节这一天，这天的天气情况十分要紧。《清嘉录》：“土俗，以花朝日天气清朗，则百物成熟。谚云：‘有利无利，但看二月十二。’……《吴县志》谓：‘花生日晴，则百果熟。’”至今吴地仍流传着“二月十二看熟天”的农谚。

花果业自古是姑苏一大产业，茶花与花茶都是大宗产品，“山塘日日花成市，园客家家雪满田”。最重视花朝节的一群是虎丘花农，民以食为天，花农以花为天，他们以此为生呢，马虎不得。花朝节这一天他们是要去花神庙祭祀的，“虎丘花农争于花神庙陈牲献乐……是时春色二分，花苞孕艳，芳菲酝酿，红紫胚胎，天工化育，肇始于兹。故以是日晴和，占百果之成熟云。”吴娘们也倾巢出动，她们肯定要轧一脚的，她们盼望花朝节一个冬天了。“花朝节，城中妇女剪彩为花，插之鬓髻，以为应节。”闺中姑娘自发组织扑蝶会，纷纷结伴而行，虎丘花神庙会、山塘花市人山人海。清袁学澜《百花生日赋》称：“颂冈陵于芳圃，峰涌螺青；设帨佩于璇闺，怀投燕紫。于是祝花长寿，庆日如年……亭台则暖集笙簧，林樾则灿成罗绮。采得梅调汤饼，依然饼赠兰房……客有闲游花市，喜值芳辰……衍蓬壶之甲子，嘏祝花神。”入夜，众人手提花灯，抬着花神，在虎丘、山塘一带游行，往往热闹到天亮，方尽兴而归。这就是让苏州人口舌生香的虎丘花朝，那盛况真是令人心往神驰啊。

苏州有好几处花神庙，其中以虎丘花神庙最为有名。敬花神而建花神庙，举行花神庙会，始于明初。明洪武年间，虎丘花农、山塘花商在山塘桐桥内建造了虎丘花神庙，“虎丘花农争于花神庙陈牲献乐，以祝神釐”。虎丘山梅花楼旁也有座花神庙，这庙有来历，乾隆皇帝南巡期间，苏州花匠陈维秀仿燕京窨窖熏花法，让花木提前一个月开花，知府才得以如期向皇帝进奉“唐花”，于是“郡人神之，乃度地立庙，连楹曲廊，有庭有堂，并莳杂花，阴以秀石。今为都人士游观之胜”。虎丘西山庙桥、管山等地也建有花神庙，除了花农祭祀的花神庙以外，姑苏与花沾边的行业也有立庙祀花神的。据《吴门表隐》记载，清真观侧花神庙由“花果同业奉香火”，原建在齐门新桥巷，清道光十六年（1836）移建到定慧寺西的花神庙，，是从事“羢花、象生花业”祭祀议事的场所——花神的管辖范围延伸到相关行业，由自然神一专多能兼做行业神了。

苏州花神庙内供奉的花神是什么模样呢？清代老才子尤侗在《瑶宫花史传》中描绘过：头上百花髻，戴芙蓉冠，插瑟瑟钿朵，着金镂单丝锦縠，银泥五晕罗裙，鸳鸯袜，五色云霞履，妆束雅澹，神姿艳发，顾盼妩媚，不可描画。花神还配享“十二月花神”，每月一位：一月梅花，二月杏花，三月桃花，四月牡丹，五月石榴，六月荷花，七月玉簪花，八月桂花，九月菊花，十月兰花，十一月水仙，十二月蜡梅。估计这群神仙是苏州文人雅士们酒后吟咏出来的，日日有花开，月月有花神，多有趣的事情啊。

夜读苏州方志，虎丘花神庙有一对联写得甚好：一百八记钟声，唤起万家春梦；二十四番风信，吹香七里山塘。印象更深的是《吴郡岁华纪丽》“百花生日”条后有“玉兰房看花”，说至虎丘山玉兰房看花也为时俗。虎丘的后山有一古玉兰树，“宋朱勔自闽所构，未及进御，移植于此……今孙枝已高数丈，花时素艳照空，望之如云屋琼台。”看花赏景之际，吴娘们还将玉兰花瓣拾回去做饼，“闺人拾取花瓣，和粉面蔗霜，下油熬熟，名玉兰饼，以佐小食，亦隽品也。”

这种吃法在拙政园张家后代的著述里看到过，寻常百姓均可为之，就看你有没有那份心情。

撑腰糕加上玉兰饼，那才是苏州人啊。

轧呀，以神仙的名义

——《四季》之三

都说苏州人安静，其实苏州人也爱轧闹猛，隔三差五就或大或小地闹出一些动静，然后才会安安稳稳地过静好日子。苏州人轧闹猛会踩在黄历里世人共有的节日上闹，在节日资源稍缺的时段里，苏州人还会凭空造出一个来，四月十四轧神仙就是一大杰作。

四月十四是神仙吕洞宾的生日，这个大家都知道。但是吕洞宾为什么一定在过生日的这一天到苏州阊门神仙庙来微服私访到人堆里轧一轧，而且谁轧到神仙谁就能免病消灾？没有什么比这更能蛊惑人心的了。不晓得这个风声是谁在苏州传开的，一个万众认同的盛大节日就这么诞生了，真是一个极完美的成功策划。

在八仙里，吕洞宾排名第二，他修行得道，精通医术，凭他的菩萨心肠，下凡化作游方郎中，巡游人间，专门为众生百姓治病解难，除害去灾，在知恩图报的苏州人心目中，是最可敬可爱的神仙，故而苏州人为他在阊门皋桥下修建了一座福济观，俗称神仙庙，规模宏大，那神像塑造得眉清目秀，长须飘拂，吕洞宾身背戎芦，三绺清须，一副仙风道骨的模样。在平时，到神仙庙上香祈福还愿的人本来就不少，仙诞之日，神仙庙里肯定要打醮，前来烧香求仙的更多。人人都说只要轧到了神仙，有病治病，无病添福添寿添好运。所以这一天不只是信男善女们到庙里烧香磕头，不只是那城外四乡八镇的香客排着队来上香，更有前来做生意的小商小贩在庙前密密麻麻地一字儿摆开，想在这大好节日里猛赚一把。四月十四的前几天，便有外乡人把下塘街房子的门面，墙门间，甚至门口都租赁一空，最多的是卖泥人的小贩。他们早早摆下阵势，迎接那决战的一天到来。

四月十四终于来了，人们向阊门聚集，向山塘街聚集，向神仙庙聚集，所有的人都只有一个念头——轧呀轧呀，轧神仙！要么我轧到神仙，要么被人们当成神仙轧，最后大家都开开心心地轧成了神仙——多好的日子。

神仙庙周边的街巷一下子变窄了，男男女女轧在一起，他们或肩负果蔬，或手拎香烛，挤在一起缓缓地向前移动，人潮中还间杂有许多小贩，有的挑着一筐一筐娇艳的鲜花，有的挑着整担整担的无锡泥老爷，嘴里轻声哼哨着，额头沁出汗来，看来已经赶了不少路，筋疲力尽了。

一队队身穿蓝色衣衫，腰系粉红色丝带，肩膀上挎着黄色进香袋的妇女们所组成的进香团拼着性命往神仙庙里轧，神仙庙里早已是水泄不通，整座大殿被香火熏得一片乌黑，人们已经难以瞻仰吕祖的仙颜了。尽管挤成一团，仍然有人从人丛中伸出双手，挣扎着双手合十，有人高举香火，甚至还有人试图伏地叩头，他们是在心里面五体投地吧。

更多的人是在人堆里遥遥对着神仙庙合掌作揖，远远地听庙里的道士打醮作法事，一阵阵高唱宣卷，弦管铙钹声飘扬出来，香雾弥漫，仙乐飘渺。

神仙庙旁市河里的航船也不甘寂寞，也在河里一股劲儿往船多的地方挤，挤起来比岸上还要喧闹，被挤得东倒西歪的船上，大人小孩子一齐大呼小叫，手忙脚乱。岸上人轧人，河里船轧船。轧，是这一天的主旋律。

突然神仙庙前一阵喝彩，众人抬眼望去，只见有铜钹一路鸣响着飞上去，滴溜溜在天上乱转，然后飘下来，有道士手托另一只铜钹接住，飞下来的那钹还在转，还转出悦耳的铜声，簇拥围观着的人群里便齐齐地叫出一声好来。身手矫健的道士更起劲了，纵跳腾挪，左旋右接，使出各种飞钹手段来，只见铜钹一只只往天上飘，飞出各种花样，会看门道的人高声报出名堂来，“甩流星”“滚绣球”“叠宝塔”“单双辟煞”……

从神仙庙里轧出来，小商小贩们早在候着人们：泥人摊上有傻乎乎的大阿福、系红兜肚的胖娃娃、送子观音菩萨、八仙过海、取经的唐僧、打虎的武松、钓鱼的姜太公，还有老寿星、嬉乐童子，各式各样人物，个个生动好看。还有存钱的扑满、黄泥小灶小炉，做糖人人和捏面人的摊子都在当场操作，用稠稠的饴糖吹吹拉拉，做出七彩透明的凤凰、公鸡、嫦娥、孙悟空，一个用五颜六色的面粉捏捏粘粘，做成红孩子哪吒、托塔李天王、猪八戒，全都用竹签插在稻草所上，还有黄杨木雕刻的佛像、龙船、小花篮，竹编的蚱蜢、叫鸡、养纺织娘的笼子，各种果核穿缀的项链、镯子。最有趣的是神仙小老虎，胖墩墩的身体，中间空一截用桑紧纸连接成弹簧一般，一拉一压会呜呜地叫。两撇胡须又黑又长，瞪眼抿嘴，应该是雄赳赳的老虎威严，却又有点像猫，一只只愣愣地蹲着，等小朋友来领养回去作玩伴。

全苏州的花花草草也统统来赶集了。宽敞的上塘街两旁，青青绿绿，万紫千红，层层叠叠一路展延下去，鲜花的光彩遮掩了熙攘的人群：石榴、蔷薇、十姐妹、牡丹、海棠、茉莉、珠兰、山茶、紫藤、杜鹃、玉兰，还有罗汉松、梅桩、文竹、黄杨、万年青、龙爪葱、吉祥草……有的种在红土盆里，搁在地上，有的就用稻草捆了放在箩筐里最考究的是各色盆景，古色古香的陶瓷盆里，全是矮矮粗粗，像模像样的树干。有的浑圆像巨蕈，有的弯曲像盘龙，有的低垂像绿色瀑布，苍老的枝干上叶子长得很茂盛，还有仿佛枯枝又开满花。还有山石盆景，配上小桥、小房子、小人。专卖各色古盆的摊子上，也卖小摆设：小巧玲珑的小房子、古桥、宝塔，还有小小的人物。有拄着手杖的老人，挑着柴枝的樵夫，坐着弹古琴的、两人对弈的、扇炭炉的童子，一个个全像从古画中走出来的，那种细微精巧，更不是泥人可以比的。买一盆“神仙花草”带回家是轧神仙的传统节目，太阳花一把一把的便宜得很，香喷喷的白兰花更让人心动，拎着“神仙花草”的人们喜气洋洋，“神仙乌龟”也很抢手，还有神仙鸟，神仙鱼，神仙帽，神仙糕，神仙扇，神仙糖……

这一天许多东西都与神仙沾上了边：明明是一块普通的糯米粉糕，这一天就成了神仙糕；小圆子也成了神仙圆子，轧神仙的人累了，饿了，想吃点东西，都会买这些以神仙的名义叫卖的小吃。就连上塘街的春和楼和大观楼两家茶馆，也都打出神仙茶的旗号，让酷爱神仙的人们喝一壶神仙茶。神仙成了这一天无处不在的号召与鼓动，成了一张小商小贩们无往而不胜的王牌，所有的闹猛，所有的兴高采烈，都在以神仙的名义大张旗鼓地铺排开来。

让我们把历史的摄像机镜头向上拉起来、拉起来，然后高高俯瞰着轧神仙的人流向前推，再向前推，我们竟然可以一直推到八百多年前的宋朝。宋朝的淳熙年间苏州就开始轧神仙了，那是源于对道教神灵吕洞宾的崇拜与祭祀，我们永远也搞不清当年的一条信息是用什么方式传遍了苏州民间：吕洞宾将在他生日那天化身下凡，点化世人，衣衫褴褛的乞丐、挑夫走卒、香客游人……那一天遇到的每一个人都可能是他的化身，轧到神仙，沾上仙气，消灾祛病，交上好运。一个传统的节日就这样形成了，一年又一年；一个老百姓的朴素愿望就这样传下来了，一个世纪又一个世纪。

没有记忆的城市是轻浮的。没有记忆的城市就没有故事没有回味没有魅力，就没有市民们在文化上的集体认同，就没有与时间与历史对话的资格。轧神仙，无疑是吴文化中色彩最为浓艳的一笔。

轧神仙以后的节日是端午节，苏州人称之为白相节，照例是吃粽子，赛龙舟。《清嘉录》中记载了苏州赛龙船的盛况：“龙船，阊、胥两门，南北两濠及枫桥西路水滨皆有之，各占一色，四角枋柱，扬旌拽旗。”龙舟竞赛的沿岸常扎起许多牌楼，搭起凉棚，商贾阔佬们设了酒席，款款地坐着边吃边看，龙舟过牌楼时，便嘱手下人燃放鞭炮，这时龙舟上的人会起劲地表演一番。比赛时“男女耆稚，倾城出游”，“山塘七里，几无驻足之地。河中画楫，栉比鳞次，亦无行舟之路”，“入夜燃灯万盏，烛星吐丹，波目摇白，尤为奇观，俗称‘灯划龙船’”。清诗人蔡云有诗为记：“胜会山塘看水嬉，大船几处插红旗，挈瓶人向波心跳，苦忆汨罗怀石时。”蔡云的《吴歈》百首是专门写吴地民风民俗的，说起苏州时令节日，他的《吴歈》引用率极高，可是关于轧神仙的那首却因写得一般而受冷落：“洞庭飞尽到姑苏，笑逐游人倚酒垆，今日玉皇高阁下，犹闻醉后朗吟无。”我还是辗转从《清嘉录》里看到的。

荷风鼓荡的日子
——《四季》之四

苏州人是不是特别敬畏雷公？这一点要打个问号。乍一看，雷公生日在六月二十四，苏州人从六月初一就开始恭恭敬敬地吃斋，名曰吃雷斋素，一直吃到雷公生日这一天，人们才如释重负似的开荤，哄到松鹤楼菜馆吃一碗肥肥的卤鸭面，还由此产生一条吴地专属的歇后语：雷斋素开荤——卤鸭面，真的虔诚得可以，好像如此这般就可以消灾避疫保平安了。但我总是怀疑这是出于苏州人度夏的养生策略，清淡为佳，所谓雷公生日之说只是打鬼借助钟馗而已。

吃了卤鸭面，苏州人从松鹤楼一哄而散，如果有人从空中俯视，就会发现人们都不会安安生生回家将息，他们各自呼朋唤友，红男绿女们急匆匆从不同的路线涌出葑门，直奔荷花荡而去。苏州人的这一天是雷公生日，更是荷花生日，还是苏州人的观莲节。真是开心的一天，表里都讲究实惠的一天，纵情放荡的一天。

观莲节又称采莲节，荷花是六月花神，也不知道怎么回事，雷公的生日同时也是荷花的生日，这一阳一阴一天一地，好像同一胎生出来似的，一位恶煞声响，一位妩媚面容；一位霹雳手段，一位菩萨心肠，倒是相映成趣的一对龙凤胎。

真有人为苏州观莲节探究过荷花生日的出处，唐代有个叫晁采的吴郡

才女，和她的情郎以莲子相赠以表心迹，不知怎的想弄清荷花生日从何而来，于是借助于神神叨叨的扶乩的方法：在架子上吊一根棍子，两个人扶着架子，棍子就在沙盘上画出字句来作为神的指示。结果神仙下凡在乩坛上写字了，还是一首诗："酒坛花气满吟笺，瓜果纷罗翰墨筵；闻说芙蕖初度日，不知降种自何年。"十有八九是晁才女自己的作品吧。

江南水乡六月天，处处莲荷都恨不得从水面上铺排到地面上来，摇翠摇红，清香远溢，藕丝一样的渔歌遥遥地从绿云那边飘过来，吃了近一个月素斋的苏州人再也按捺不住了，一个个飞也似的扑向荷花仙子的怀抱。

苏州观莲节历史久远，明代张岱的《陶庵梦忆》中有记载苏州人过荷花生日的热闹景象："六月二十四日，偶至苏州，见士女倾城而出，毕集于葑门外之荷花宕……"《清嘉录》中也有"荷花荡"条："是日，又为荷花生日。旧俗，画舫箫鼓，竞于葑门外荷花荡，观荷纳凉。"清袁景澜的记述颇为详尽："二十四日为荷花生日。旧俗，竞于葑门外荷花荡观荷纳凉……值荷诞日，画船箫鼓，群集于此……或有观龙舟于荷花荡者，小艇野航，依然毕集。每多晚雨，游人赤脚而归，故俗有赤脚荷花荡之谣。"

赤脚荷花荡，呵呵，有意思，红男绿女一个个拎着鞋子在雨中嘻嘻哈哈地仓皇奔跑，有点狼狈，有点恶作剧，有点癫狂，但一点也不扫兴，也许看荷花的人们正暗自盼着来一场急雨呢，扫去一些暑气，也扫去一些斯文，谁都不必再端着架子了，那才是真正的尽兴，才是雷公和荷花仙子共同导演的一出好戏。要说扫兴，看不到荷花才是真正的扫兴，民俗诗人蔡云有记录："荷花荡里龙船来，船多不见荷花开。杀风景是大雷雨，博得游人赤脚回。"

另一位清代诗人舒铁云似有同感，他在《荷花荡泛舟作》里说："吴门桥外荡轻舻，流管清丝泛玉凫；应是花神避生日，万人如海一花无。"荷花荡里万人如海，寿星荷花仙子只好避寿而去，弄得一花全无，高高兴兴地趁热闹去看荷花，而偏偏不见一花，真是大杀风景。看来葑门外荷花荡的那一天搞不好就人满为患、船满为患，古今同理啊，好风景的地方总是会有人群蜂拥而来杀风景的。

当然,苏州人还是有办法对付“杀风景”的,也没有别的好办法,就是笨鸟先飞,别人没来的时候我早就来了,“每于先日预备一切,拂晓登舟,于旭日未升零露未收时抵其处,为尤妙”。这“尤妙”首先妙在无人,风景是给人准备的,而人恰恰最容易成为风景的天敌。这是当年老苏州撰写的《苏州指南》为观莲节开出的方子。

苏州人喜欢去玩的荷花荡共有三处:一是石湖湖湾——走狗荡,二是天荡西北湖湾——葑门荷荡,三是黄天荡。这些荷花荡如今几乎是荡然无存了。大约是20世纪四五十年代吧,周瘦鹃曾经与程小青、陶冷月雇船前往黄天荡观莲,“虽没有深入荡中,却也看到了不少亭亭玉立的白莲花”。生活在荡边的农民对荷花节不甚清楚,但都知道从荷花初放开始,一直到早藕上市的时候,便有船从苏州开来赏荷纳凉。在他们眼里,坐着船来的都是苏州城里的有钱人。船较大,一般有三支橹,船尾一支,前面左右两侧各一支,都是些画舫,船上搭有凉棚,棚下放置方桌。游船一般驶至黄天荡的河浜停泊在凉快处,便开始边饮酒喝茶,边欣赏荷荡风光。这时便有三五顽童下水采摘荷花莲蓬,或者挖出整枝嫩藕,掮在肩上泅水而来,兜卖给游客。这时候来黄天荡的游船已然不多了,有时只有四五条游船,张岱、蔡云看到的景象早已不复存在了。

民俗也是盛极必衰的,后人说起前朝旧事,不免充满向往与惆怅。苏州观莲节旧事中最令人神往的写在传奇《荷花荡》里。《荷花荡》是明代剧作家马佶人的作品,记载了一段才子佳人的风流韵事:有位寄寓在虎丘僧舍的穷公子李梦白和家住阊门的富家小姐傅莲贞原本素不相识,在六月二十四这天巧遇在葑门外的荷花荡,两人一见钟情,李公子情意款款地采来一枝并蒂莲送给傅莲贞,傅小姐则含情脉脉地回赠以莲子,于是演绎出缠绵悱恻的佳话来。剧中李梦白还说过一句流传至今的名言——世上无难事,只怕有心人,也是一种痴情人的信念吧。有关荷花荡盛况的唱词写得很热闹,“画船一望集如云,到闹丛中去夺尊……觅扁舟,探荷香,览胜湖滨,好一派接天碧出水红,新又听得歌声和香风阵阵迎”,有了这段佳话作为此类情事的典范,苏州的观莲节可以说功德圆满了。

没多久便是七巧节了,苏州女孩有七月初七夜向织女乞求智慧和技艺的“乞巧”习俗。她们预先用茶杯盛井水与河水混合的“鸳鸯水”,然后放在庭院里承接露水搅和,再等日照让水面生膜,乞巧夜女孩们便将小针小心翼翼地放置于水面上,认真审视水底针影,若针影呈云龙花草状即为“得巧”,而似椎杵状者则为“拙巧”,于是小姑娘们心里便各有喜忧。

接下来是七月三十地藏王生日,这一天要做点地藏香和放水灯两件事。

苏州人每逢农历七月三十便要在家门口的小巷里遍插棒香来纪念张士诚,俗称烧“九四香”,因为张士诚乳名九四,说顺了便成了“狗屎香”。据说是当年老百姓为了帮助张士诚突围,从葑门、盘门,直到蠡墅,一路插遍香火引导他,祈愿他逃脱追捕。这个传说还有另外一种版本,说齐门失守后,张士诚带着亲兵往胥门跑,老百姓怕朱元璋的兵追上,有人在他走过的路上插上棒香遮没马蹄印,好让追兵赶不上,一传十,十传百,家家户户门前都插上了点着的棒香,朱元璋的军队进城后很奇怪,老百姓就说这是给地藏王菩萨烧地藏香好消灾纳福的。以后七月三十老百姓总是要烧香纪念,又怕朱元璋追究,就有意把“九四香”说成“狗屎香”,是给小孩子点了白相相的。

这天晚上不仅苏州城里大街小巷四处香火明灭,市河里也热闹得很。里巷间集资请和尚泛舟河中诵经祭奠孤魂,沿河人家纷纷用五色纸扎成莲花,花中放置小蜡烛,夜幕降临便把这些莲花灯浮放水面,任其漂远,且行且亮。在一片诵经声、铙钹声、鼓乐声中,遥望水面莲灯闪烁,延绵水巷,蔚为壮观,与之前的观莲节景象联缀成夏天的首尾呼应之势。

苏州人的秋日
——《四季》之五

一场秋雨一场寒,十场秋雨穿上棉。初访姑苏城的秋雨是一点儿也说不上寒的,那是一种十分惬意的凉。古城上空厚重的云层化成一场场秋雨飘飘洒洒下来,就像为姑苏城褪去了一层层闷热的衣裳,哦,燠热而漫长的夏天终于过去了,所有的人都深深吐出一口气来,好凉爽啊！在夏末秋初的江南,凉就是爽。

苏州人从蟹眼天井里望上去,只觉得一个高——天高云淡,秋高气爽,于是再也不愿宅在小巷深处深深庭院里了,他们得到新秋里走一走,爽一把,莫要辜负这大好秋光啊。在苏州,还有什么时节比初秋更深得人心呢?

往哪儿走呢？秋天嘛,无疑得往高处走。

最近的是北寺塔,但那不会是最好的选择,你想,大家都去,塔里陡峭而狭窄的梯子上人流汹涌,摩肩接踵挤挤轧轧上上下下,天气再爽那感觉也不会爽。那北寺塔真的不是塔了,倒像秋天盛宴最壮观的一道菜——蚂蚁上树。

那就上虎丘吧,虎丘是天生的苏州人的秋游绝佳地。

"苏州好,海涌玩中秋。歌板千群来石上,酒旗一片出楼头。夜半最清幽。"这是清代诗人沈朝初《忆江南》词中的一首,说明苏州人喜欢在中秋夜聚集在虎丘千人石上,演唱昆曲的习俗从明代一直延续到清代的康

熙年间仍方兴未艾。"歌板千群来石上",便使人油然想起明代文人袁中郎的记载 :

"虎丘去城可七八里,其山无高岩邃壑,独以近城故,箫鼓画船,无日无之。凡月之夜花之晨,雪之夕,游人往来,纷错如织,而中秋尤为胜。每至是日,倾城阖户,连臂而至,衣冠士女,下迨蔀屋,莫不靓妆丽服。重茵累席,置酒交衢间,从千人石上至山门,栉比如鳞。檀板丘积,樽罍云泻,远而望之,如雁落平沙,霞铺江上,雷辊电霍,无得而状。布席之初,唱者千百,声若聚蚊,不可辨识,分曹部署,竞以歌喉相斗,雅俗既陈,妍媸自别 ;既而摇头顿足者,得数十人而已。已而明月浮空,月光如练,一切瓦釜,寂然停声,属而和者,才三四辈,一箫一寸管,一人缓板而歌,竹肉相发,清声亮彻,听者魂销。比至夜深,月影横斜,荇藻凌乱,则箫板亦不复用。一夫登场,四座屏息,音若细发,响彻云际,每度一字,几尽一刻,飞鸟为之徘徊,壮士听而下泪矣。"

我一直参加近几年每年一度的虎丘曲会,想大致上领略中郎当年见闻 :依然是中秋良宵,依然是千人石上,依然是从四面八方赶来的老少曲友,也有来自专业院团的拍曲高手,但当年意境实在难觅。灯光月影之下,人群倒是栉比如鳞,闹猛得很,歌喉相斗、竹肉相发也是有的,若要说"听者销魂",甚至"飞鸟为之徘徊,壮士听而泪下"则全然没有。有一年曲会开始还没多长时间,离"月影横斜,荇藻凌乱"的夜深还早着呢,突然黑云四合,没能忍多长时间就潇潇洒洒地飘下雨来,于是草草收场作鸟兽散,心里竟没有一点遗憾,也是怪事,都是袁中郎惹的。看来一件物事的极盛,须得生产者与消费者两下里都较劲得旗鼓相当才行。

还是虎丘的中秋夜月下漫步感觉好,怪不得苏州人历来有中秋夜走月亮的习俗。

"中秋木樨插鬓香,姊妹结伴走月亮。夜凉未嫌罗衫薄,路远只恨绣裙长"——中秋团圆饭后那一轮满月刚从淡云中露面,一支走月亮的吴歌就在夜空里飘散开来，于是苏州人三三两两走出庭院，走出小巷，在皎洁的月光下四处游走。小孩子们随着大人往城头上走，这时只有在城头的空旷处才能欣赏到中秋月挂在天心的绝佳景色。妇女们则“不拘大家小户，皆出，结队而游”。她们喜欢往河边走，往桥上走，走过一座桥，再走过一座桥，她们起码要走过三座桥，名曰走三桥。据说有的人要走上大半夜。顾禄《清嘉录・走月亮》记载：“妇女盛装出游，互相往还，或随喜尼庵，鸡声喔喔，犹婆娑月下，谓之‘走月亮’。”

走月亮是苏州妇女一年社交活动中少有的盛事，一夜走下来，往往意犹未尽，便思再接再厉，于是便有了八月十八的石湖串月。

八月十八入夜后，就有姑苏城里的士女们坐了画舫，满船笙歌，满船巧笑，一路驶往石湖行春桥边看串月。所谓串月，据说是十八夜月光初现时，在行春桥桥洞中其影如串；又说十八夜从上方塔的铁链中，可以瞧到这一夜月的分度，恰恰当着铁链的中段，倒影于地，联为一串，因曰串月。我总觉得石湖串月只是一个美丽的借口，不知是清代哪一位苏州姑娘灵光乍现说出这个惊艳百代的创意来。

有好事者又弄出宝带桥看串月的故事，说葑门外的五十三孔的宝带桥桥洞里看月亮，光影相接，那水里的中秋月可以数出七十二来，虽说串月的数量是成倍翻了，但毕竟不是GDP，成倍翻番也没让人觉得有什么了不起，反而从中透出一点无趣来。不过民俗诗人似乎有了更多的用武之地，沈朝初的《忆江南》又凑了一首：“苏州好，串月看长桥。桥影重重湖面阔，月光片片桂轮高。此夜爱吹箫。”同为清代诗人的顾侠君也有《串月歌》咏之：“烟中明灭宝带桥，金波万迭风骚骚。年年八月十八夜，飞廉驱云落村舍。金盆山水耀光芒，琉璃迸破银瓶泻。散作明珠千万颗，老兔寒蟾景相吓。鱼婢蟹奴争献奇，手搴桂旗吹参差。水花云叶桥心布，移来海市秋风时。吴侬好事邀亲客，舳舻衔尾排南陌……”一直闹到现在，苏州人改编《大九连环》也得应上一景——桥洞里面看月亮。

接下来我们终于说到重阳了。

苏州人重阳登高最传统的地点是贺九岭。贺九岭位于天池山和鹿山之间的谷口处，是旧时光福通往苏州的要道，高不及百米，幽静而灵巧。当年吴王伐齐途经此地，恰逢九九重阳，故得此名。吴国建都苏州后，每年农历九月初九，吴王都会携领众大臣以及辖区内的百岁老人来到这里登高祈福。

后来不知从什么时候开始，苏州人重阳登高更愿意到吴山之巅，据说这也和吴王有关。《清嘉录》记载：重阳登高，旧俗在吴山治平寺中，牵羊赌彩，为摊钱之戏。今吴山顶机王殿，犹有鼓乐酬神喧阗日夕者。明代宰相申时行在《吴山行》里记录了当年吴山重阳登高的情景："九月九日风色嘉，吴山胜事俗相夸。阖闾城中十万户，争门出郭纷如麻。拍手齐歌太平曲，满头争插茱萸花"，煞是热闹。

重阳登高，文人们视赏菊赋诗为要紧事，老百姓则不然，他们吃字当头，郊外宴饮，"佩茱萸食饵，饮菊花酒"，以冀长寿。要带到山上吃的还少不得花糕，所谓花糕，即五色米粉以糖、面粉杂和，加枣栗星点其上，亦称重阳糕。吴地还有一样风俗，重阳时父母必迎已嫁女儿回家吃花糕，故重阳又有糕节、女儿节之称。

等到人们纷纷涌上天平山的时候，已经是深秋十月，"天平十月看枫约，只合诗人坐竹兜"。看天平红枫，太早则叶犹未红，太晚则叶已凋落。天平山妙处不少，最妙的就是深秋赏枫了。天平的枫树，都很高大，在万笏朝天一带的三太师坟前，有大枫九株，俗呼九枝红，因为那枫叶经霜之后，一片殷红，夺人眼球，十分壮观。清人李果有《天平山看枫叶记》云："天平山，予旧所游也，泛舟从木渎下沙河，可四里，小溪萦纡，至水尽处，登岸，穿田塍行，茅舍鸡犬，遥带村落。纵目鸡笼诸山，枫林远近，红叶杂松际。四山皆松栝杉榆，此独多枫树，冒霜则叶尽赤。今天气微暖，霜未着树，红叶参差，颜色明丽可爱也。历咒钵庵，过高平范氏墓，岩壑溢秀，楼阁涨彩。

折而北，经白云寺，憩泉上，升阁以望，则天平山色崚嶒，疏松出檐楯，凉风过之，如奏琴筑，或如海涛响。客有吹笛度曲者，其声流于林籁，境之所涉，情与俱适，不自知其乐之何以生地。”沈朝初则说得简洁：“一片枫林围翠嶂，几家楼阁迭丹丘，仿佛到瀛洲。”读来十分爽利，我蛮喜欢的。

静静的冬至夜
——《四季》之六

冬至夜，是姑苏城一年中最安静的时刻。

观前街上大大小小的店铺都打烊歇业了，老板要在今夜设宴款待忙活了一年的伙计们。一年的生意做下来不容易，没有功劳也有苦劳，无论是老板还是伙计，都该放松下来喝几杯了。不过，端起酒盅恭恭敬敬站起来和老板碰杯的伙计们心里多少有点忐忑，接下来老板是不是继续雇用下去，明年要不要另觅东家，今晚酒席上都会见分晓的。

暮色里的大街小巷，行人越见稀少了，即使有那么几位，都是行色匆匆归心似箭一闪即过，家里的人都在等着他呢。

为了今晚的冬至夜宴，家家户户都筹备好长时间了。

最费工夫的是做粉团。冬至节前，苏州城里家家户户磨粉制团，以糖肉、菜果、豆沙、萝卜丝等为馅，名为冬至团。冬至团有大小之分，大者俗称稻窠团，用于冬至夜祭奠祖先的；小而无馅者称粉团，冬至朝供奉上天诸神的。蔡云的《吴歈》诗里有记载："大小团圆两番供，殷雷初听磨声旋。"做粉团用的米粉需要趁早磨出来，于是冬至来到之前，里巷间磨声嗡嗡隆隆，此起彼伏，连绵不绝。

"冬至盘"也都已经送出了。"冬至盘"说的是冬至前馈赠亲友的食物，冬至前姑苏城大街小巷来来往往提盒携篮的行人，都是送"冬至盘"的。

冬至盘都送到了,就可以定下心来过自己的冬至夜了。

各种香喷喷的卤菜也从陆稿荐买回来了,冬至夜的家宴马虎不得。

自然少不了冬酿酒。冬酿酒是冬至夜指定专用酒,冬酿酒缺席,冬至夜就会大打折扣。冬酿酒说不上什么度数,“小儿女亦乐饮之”,男女老幼齐刷刷举杯,那才真的是其乐融融。冬酿酒名目蛮多:“有秋露白、杜茅柴、靠壁清、竹叶清诸名。十月造者,名十月白,以白面造曲,用泉水浸白米酿成者,名三白酒。其酿而未熟,旋即可饮者,名生泔酒。”冬酿酒又称冬阳酒,金孟元在《吴门新竹枝》说得好:“冬阳酒味色香甜,团坐围炉炙小鲜。今夜泥郎须一醉,笑言冬至大如年。”冬酿酒也能醉人?我有点疑惑。

冬至夜家宴前大户人家先要把“喜神”高高挂起来,“喜神”即祖先的画像,冬至夜要请出来接受供斋祭祀。冬至夜的每一个细节都具有仪式感,人们不分老幼都穿新衣戴新帽,“必更鲜衣以相揖”,“拜贺尊长,又交相出谒”,此乃“拜冬”。有吴中竹枝词为证:“相传冬至大如年,贺节纷纷衣帽鲜,毕竟勾吴风俗美,家家幼小拜尊前。”

冬至夜宴是苏州人冬至夜的高潮,因为这象征着全家团聚。夜饭前先祭祖,祭祖的菜必须回锅烧,否则吃了会记忆力差。家宴菜肴特别丰盛,大户人家起码八盆一暖锅,外加全鸡、整鸭、大青鱼,还有红焖蹄髈。若有家人外出缺席,也照样为其放一副碗筷。冬至夜宴的各种菜都有吉祥名称,蛋饺称“元宝”,肉圆称“团圆”,线粉称“金链条”,鸡称“扑扑腾”,鱼称“吃有余”,黄豆芽称“如意菜”,青菜称“安乐菜”,饭内放黄豆,称“元宝饭”,饭碗内预先放两只热荸荠,吃饭时夹出来,称“掘元宝”。

冬至夜真的是“有铜钿吃一夜”,穷人家缴租还账之后所剩无几,就只好“没铜钿冻一夜”了。

冬至夜还有些讲究,比如凡出嫁妇女必须回转夫家,倘留在娘家,不利亲人,会穷得“十只饭箩九只空”。比如南瓜不可放在家里过夜,必须放在露天屋面上,否则将遭灾殃。

冬至夜最倒霉的是《十五贯》里的那两名夜巡军，所有的人都在家里吃得热呼呼的，只有他俩在夜深霜重的露天里嘟囔一曲小工调："星斗无光月勿明，夜寒霜重了喑冷如冰，人人说道困末困个冬至夜，偏我二人手不停"，敲到五更。

更令人动容的是白居易的诗句："邯郸驿里逢冬至，抱膝灯前影伴身。想得家中夜深坐，还应说着远行人。" 冬至夜的团圆家宴上说起远行人，真是令人牵挂，与"何当共剪西窗烛" 和"遍插茱萸少一人" 的况味异曲同工。写这首诗时的白居易是苏州刺史吗？

苏州人谁都知道 "冬至大如年"，这和泰伯、仲雍有关。古代周朝历法的新年第一天，正好与冬至相重。泰伯、仲雍南下建勾吴始，即以十一月为正月，又称 "建子之月"。秦代沿其制，也以冬至为岁首，故把冬至视为过年。汉代称冬至为冬节，南北朝时仍称冬至为亚岁或岁首。吴地沿用周历，后来才改成通用的夏历，但苏州人仍重旧俗，把冬至看得比新年还重，周遵道的《豹隐记谈》里就有 "肥冬瘦年" 之说，至今不衰。

冬至是全年中白天最短、黑夜最长的一天，过了冬至，白天就会一天天变长。古人对冬至的说法是：阴极之至，阳气始生，日南至，日短之至，日影长之至，故曰 "冬至"。冬至未来莫道寒，对于太湖流域来说，冬至意味着寒冬真正到来。从冬至日数起，至九九八十一日而寒尽，叫做连冬起九，亦称九里天。民间有各式各样的九九歌，例如 "一九二九，相呼不出手；三九二十七，篱头吹觱篥；四九三十六，夜眠如露宿；五九四十五，穷汉街头舞，不要舞、不要舞，还看春寒四十五；六九五十四，苍蝇躲屋次；七九六十三，布袖两肩摊；八九七十二，猫狗躺凉地；九九八十一，犁耙一齐出。" 把冬至以后八十多天里的气候变化形象地描述出来。

苏州人还会根据 "九" 里的气候来预测天气的发展和变化。头九冷，九九百花香；头九暖，九九寒；雨雪迷漫四九天；冬至弗结冰，冬后冻煞人；连冬起九验天寒，只有寒消九九难；第一莫贪头九暖，连绵雨雪到冬残。

当然，最有名的还是那句“干净冬至邋遢年，邋遢冬至干净年”。

姑苏城里漫长的冬夜是难熬的，“大寒须守火，无事不出门”，大街小巷，酒帘尽偃。大户人家以花户油窗避寒，以新装纸阁通明，以深护绣帏聚暖。团坐围炉，浅斟低唱，大蟹肥鱼，分曹促席，诗牌酒笺，排日为欢，称之为暖冬。

苏州人喜欢雅事，冬至夜家宴之后，雅士们就着手“画九”了。“画九”又称“九九消寒图”，在白纸上绘制九枝寒梅，每枝九朵。一枝对应一九，一朵对应一天，冬至夜贴在窗纸上，每天用彩笔填充一朵梅花，女眷们则喜欢在晓妆后用胭脂在消寒图上画一圈，八十一圈画完，就变成杏花，春天就降临了。有这样一首诗记录如此雅事：“试数窗间九九图，余寒消尽暖回初。梅花点遍无余白，看到今朝是杏株。”

“画九”之外还有“写九”：画纵横九栏格子，每格中间再画一个圆，称作画铜钱，共有八十一钱，每枚铜钱上有五个空间，每天都用笔涂一枚铜钱。涂在哪个空间里呢？有“上阴下晴、左风右雨雪当中”的规矩，一直涂到“清九”。有九九消寒图民谣：“上阴下晴雪当中，左风右雨要分清，九九八十一全点尽，春回大地草青青。”

“写九”还有一种更简单的写法，在一张纸上用双钩空心字体写上“庭前垂柳珍重待春風”，这九个字都是九画，每天用色笔填实一画，九字填完，九九回春，同样可以表现寒冬里盼望春天的急切心情。

更有注重实惠喜欢热闹的文人士绅组织起一个个九九消寒会，从冬至起每隔九天轮流做东举行酒会，酒会上论诗作画，斗酒消寒，等到大家都轮上一次了，寒冬的萧瑟和寂寞也就都被杀光了。

为冬至后的寒夜增添一丝暖意的还有一件——赤豆粥。冬至后赤豆粥上市了，苏州的赤豆粥十分讲究，赤豆沙和粥分别做成，粥盛进碗后才把赤豆沙浇上去，如同红云盖白雪。苏州人称其为“糖粥”。卖糖粥的小贩挑着骆驼担，灶具、碗盘、食物全在担子上，一路敲着梆子走向小巷深处，“笃笃笃，卖糖粥”，孩子们就雀跃起来——“卖糖粥的”来了。

流过海洋的河

在江南，河流东西向曰塘，南北向为浦。黄泗浦自然大致是南北走向的。这条河显然要比一千二百多年前瘦。在以胖为美的唐朝，黄泗浦也肯定胖得可以，不然，怎么会成为那时的通江入海口，鉴真所乘坐的海船怎能经此而东渡！

“鉴真盲目航东海，一片精诚照太清。舍己为人传道义，唐风洋溢奈良城。”踯躅在黄泗浦河边的石塔旁，手抚郭沫若题写的碑文，遥想大唐，这石碑便成为一条河的起点了，载我飘忽的思绪溯流而上，直抵唐朝时的扬州龙兴寺。那时扬州佛寺的香火大约要比现在兴旺得多吧。

这条河的名字叫鉴真。

鉴真那时已经年岁挺大的了，东渡成功那年他已经 66 岁，但他的身上仍然氤氲着勃勃向上的大唐气象。他相信佛的光芒应该是无远弗届的。既然知道了海那边有个扶桑之国，他就有责任要让佛光远射过去、温暖那儿的众生。漂洋过海的不测风险使得许多人视东渡为畏途，鉴真坚定不移，“是为法事，何惜身命？诸人不去，我即去耳。”十一年东渡，第六次才最后成功。佛的执着，佛的坚韧，因为有他，佛光照耀岛国，他就是佛。

漫步在古黄泗浦旁的东渡苑，徘徊在鉴真纪念馆、东渡桥、经幢亭、诗碑亭、东渡寺之间，遥想当年的情景：没有喧天锣鼓，没有夹道相送，高僧鉴真是趁着夜色逃出龙兴寺的，因为扬州的僧俗都不让他走，因为这一走，也许再也没有相见之时。然而执意要走的鉴真，是谁也挡不住的。在一位金华僧人的帮助之下，天黑后，鉴真趁人不备由徒弟护送，密出龙兴寺，至江头登船。随即连夜启航，前往苏州附近的黄泗浦，搭乘遣唐使团回国的大船，扬帆东渡。

那时鉴真已是盲人。在这之前，他已遭受了五次东渡的失败，经历了11年的艰苦行程，看过了太多太多的挫折，这位66岁高龄的老人不想再看了。看不见海上壮观的景色，但对于理想和前程他却看得更清，如同波涛中跃出的红日涨满他的胸臆。他只想听从心中佛的召唤，走向彼岸。在那波涛浩瀚的大海上，海风拭擦着老人的盲目，把他的思绪引向那风物殊异的岛国。

鉴真是一条流过海洋的河。流过海洋，没有痕迹。没有留下痕迹和航程，才是抹不去的铭刻。如同佛走过众生的心灵，大象无迹，但一切都已改变。

鉴真和尚率众到达日本，不仅对日本佛教事业的发展作出了贡献，还对日本的建筑、雕刻等艺术有很大的影响。他主持修建的唐招提寺已成为日本的"国宝"。所带去的各种技艺，逐渐融入日本的民间艺术。鉴真的医术也受到日本人民的喜爱，直至17世纪时，日本药行出售的药袋上，还印有鉴真和尚的图像。鉴真和尚的《请经书帖》成为日本的历史珍贵文物。

鉴真是一条流过海洋的河。在这条河上，普度众生的心愿飘过去，建筑、雕刻等技艺飘过去，中华医术飘过去……一叶叶帆，从当年在黄泗浦送行人们的眼中渐行渐远，慢慢消失，却又在史册的字里行间浮现出来，在这块土地上氤氲开来，成为激励人们为美好生活而奋发图强的精神力量，人们把这种精神叫"张家港精神"。

仰望鉴真像，渐有一股热流从百会而下，流遍全身，耳畔一个声音一遍遍回旋，一遍比一遍响亮，也许它会伴我一生——

诸人不去，我即去耳！

歌满阳澄湖

阳澄湖镇的绿是可以走进去的。我说的走进去不是走进小树林，走上绿草地，而是走进那些绿叶的叶脉管道里，和里面绿色的汁液一起流淌。

车过阳澄湖，宽阔而平坦的车道四通八达，路两侧的绿地大手笔地一味绿开去，草地似绿毯，树林如绿墙，绿得理直气壮，绿得大气磅礴，绿得铺天盖地，绿得诗情澎湃，绿得车里的人们齐声叫出一个字——爽！

于是，车过阳澄湖时你会产生一种错觉，你不知不觉地驶进了一张硕大无朋的绿叶，那宽阔的车道成了绿叶里的脉管，你成了一粒绿色的分子，悠闲自在地在那绿天绿地里惬意地滑行，完全进入另一个世界。那真是一种全新的美妙体验。

我和几位朋友是到阳澄湖边一渔家吃螃蟹的，那渔家是其中一位朋友的亲戚，每年到他家饱啖一顿螃蟹是我们雷打不动的节目，那是一次温馨、惬意、难以忘怀的一天。一年三百六十五天，如果少了这一天，这一年肯定是有遗憾的。

说起来这一天如同下围棋，是有定式的，先走哪一步，后走哪一步，都早已约定俗成，一步也乱不得，一步也少不得，呵呵，很有点仪式感呢。

一言以蔽之：路、粥、蟹、酒、歌。

路就是上文所说的，一路驰驱，左右顾盼，颇有秋风得意马蹄疾之慨，车载音响放的是马友友的大提琴曲，深远而明亮，一如我们的心情。

一到友人家，稍致寒暄，便引至餐桌上，阳澄湖土菜已经盆盆碗碗地琳琅满目在桌子上窃窃私语，吃客们自然是眼睛贼亮，猴急的早等不及，拈起糟毛豆什么的就往嘴里塞。但是等到大家都坐定了，土菜们开始在我们面前缓缓地转起来接受检阅，大家却又心神不定起来，有人开始往厨房门那儿频频扭头了，主人心知肚明，笑笑，说就来就来。于是每人面前都有一小碗南瓜粥，亮闪闪、黄澄澄、果冻般在青花小碗里晃晃悠悠，对着这小碗粥大家的神情都相似得可笑，先端详一下，验明正身似的，再啜一小口，齐齐地喝一声彩，然后屋子里便响彻起呼哧呼哧的声音——此粥只应天上有，人间哪得几处尝，那味道那口感没得说了，自是友人家一绝，也是阳澄湖水魄和地气的一次联袂献演吧？

然后就是大闸蟹了，大家总得手忙脚乱一阵，前人之述备矣，不说也罢。

然后就是酒了，酒总是我们自带的，每年指定一人备酒，条件有二，一得是好酒，得配得上我们一年一度的蟹宴；二是得有说道，酒里要有来历，有故事。于是说着说着，荤素杂陈，插科打诨，高潮迭起，此景当另纸写出，此处不赘。

本文着重写的是最后一个字：歌，阳澄湖渔歌，那是华彩里的华彩，高潮中的高潮。

在厨房里忙完了的阿莲姑娘大大方方地出来了，都是老熟人了，感谢还是要感谢的，为了这顿饭，阿莲姑娘肯定又是杀鸡烹鱼忙了一天，大家都站起来乱哄哄道谢，接着就都莫名其妙地一齐鼓起掌来。

阿莲当然懂，要她唱呗，每年都这样，唱就唱，阿莲拢拢发，一扬头——

山歌勿唱忘记多，

唱起山歌落满湖，

湖里鱼虾知多少，

哪有我肚里山歌一半多。

众人手中的酒怀早已放下了，一个个正襟危坐，凝神细听，一曲既罢，评论四起。

多开阔，多纯净啊，阿莲你把阳澄湖整个儿的唱出来啦！

清亮自然，天籁之音啊！

阿莲说再唱只蟹吧，大家便使劲点头鼓掌。

白肚身披青铜甲，

黄毛金爪八只脚，

湖里横行吃得壮，

拨人捉牢水里闸。

日里唔笃寻勿着，

夜里出来做世界。

若问我叫啥名字，

阳澄湖里大闸蟹！

阿莲一边唱一边调皮地往满桌蟹壳蟹脚堆上远远一指，大家不禁哈哈大笑起来。

接下来进入点播阶段了，《采红菱》是阿莲的保留曲目，她曾经凭这一曲渔歌得过奖呢。

姐勒河边汰菜心，

郎勒对河采红菱，

采子红菱上街卖，

丢只红菱姐尝新，

……

对我们的赞扬阿莲很谦虚，说唱得比蔡金娣差远了。她说的蔡金娣、朱文华夫妇是阳澄湖上最有名的民歌手，曾经多次在苏浙沪一带的吴歌赛歌会上大显身手，曾经在央视专题节目里展现歌喉，现在几乎成了传奇人

物。有个故事不知道是不是说她俩，说有位渔女分娩时阵痛难忍，婆婆无奈之下忽发奇想，对小两口说，你们唱山歌吧。于是儿子放开嗓子就唱，媳妇挣扎着跟着唱，唱着唱着不痛了，忘了，一个大胖小子在父母的歌声中呱呱降临人世，这即兴诞生的三人小组唱，实在是富有诗意的温馨一刻啊，应该比那年春晚上《吉祥三宝》更为令人动容吧。

我们感慨说能够听到这样原生态的渔歌真是幸运啊，对于浪迹都市壅塞燥热的心灵来说，绝对是一阵清新沁脾的风。但是阿莲和她爸爸不赞同这说法，说真正原生态的渔歌不在家里在湖上，当一条条渔船撒在广袤的阳澄湖上，当“渔船阿哥”和“网船姐”们在浮光跃金的碧波上捕鱼捉虾，他们的歌喉不会闲着，因为他们对美好生活的向往不会闲着，想象一下他们以阳澄湖为舞台嘹亮对歌的情景，城里人的包房 K 歌是多么苍白。

阿莲邀请我们来年参加她们渔村的中秋渔歌晚会，说村子里的中秋歌会已经好几年了，那晚全村人都聚在一起，对歌赏月，其乐融融。哦，那场景想想也觉得十分美妙——皓月当空，月色似水，空濛水月之间，渔歌恣意飞扬，在湖波上越飘越远——这真是一个绝佳的悬念。

品茶同觉寺

来到同觉寺时，曙提法师正在电脑上写他的新著《心经十讲》，见我来了，立即起身，到茶几旁忙碌起来，勺水，暖壶，洗盅，冲泡。

看法师理茶，远比欣赏礼仪小姐表演茶艺有意思。意定神闲，不徐不疾，相较红尘中人，自是有其飘逸之处。不知不觉间禅房里竟真有点隔世之感。

铁观音特有的兰花香在齿颊间荡漾，一些不经意而来的话题也在壶杯之间荡漾起来。

从仅二百六十字的《心经》说起，我向法师请教了一些佛学问题，法师耐心地一一为我解答。在我看来，这位佛学院出来的法师就是一本佛学辞典，无论我求教到哪儿，他都能立刻深浅恰到好处地解答到哪儿。最令我啧啧赞叹的，是他的解答特别有意思，都是那样简洁明了而精彩。能够把精深的佛学讲解得切近人生而神采飞扬，无疑是功力与才华的契合。

凝视茶汤，想起茶禅一味的说法，都是这样平易近人，淡泊宁静，一壶而得真趣。

再请教同觉寺的来历，没想到又引出一连串故事，皇家与佛家恩仇不解，正史与乡谈纠缠共存。

明建文四年，燕王朱棣的靖难之师攻陷南京，太常寺卿黄子澄受建文帝密诏，来到苏州、太仓一带招兵勤王，没能如愿。据《太仓志》云，建文帝身着僧衣与随臣杨应能、叶希贤、程济共四人自南京逃至太仓双凤，得到当地乡民相助，借得海船，从刘家港出海逃亡。其中程济因病缠身，只得留在双凤。

太仓双凤原来有一座程济祠的，是当地百姓为纪念程济而建，又名普福宫，遗址在今玉皇阁之西。民间文学里还有这样一段传说：郑和出使西洋前到刘家港查访，得知建文帝来过双凤，为探虚实，驾轻舟至双凤普福宫假名进香。有位老道士问他："公公出使西洋，为何不走长江，却走刘家港？"郑和似答非答道："乘槎客至思灵凤，提经人来访影文。""乘槎客"说的是建文帝，"提经人"说的是郑和自己。郑和原信奉伊斯兰教，后经太子少师姚广孝点化，皈依佛门。此联暗示他到双凤是为寻访建文帝的踪迹。"影文"是吴语"允炆"的谐音。郑和的答话后来就作为桥联刻在程济老年时四处募捐而建成的上岗桥上，可惜此桥 20 世纪 80 年代拆除了。清乾隆二十五年湖广总督毕沅在返回乡梓时，曾为程济祠题"照胆台"三字，此匾也在"文革"中与祠一同被毁。

有趣的是《直隶太仓州志》还记载了一件与此同时发生的事：黄子澄在太仓为建文帝奔走，不料被当地一名叫汤华的小军官告密执送京师，太仓人非常憎恨这等行为，一位名叫张大年的富绅挺身州府状告汤华为黄子澄的余党，结果汤华结结实实地坐了十八年大牢。

遥想当年，身披袈裟的建文帝辗转避难在双凤、刘家港一带，只能隐身在寺庙中，同觉寺之名当从此时起，他的祖父朱元璋是在皇觉寺出家的，最终由僧人成就帝业，同觉寺的寓意是不是期望建文帝走他祖父的老路呢？至于建文帝如何潜入同觉寺，同觉寺是不是由其他名称的寺庙改名而来，只能靠我们的想象来填空了，这道超级填空题里还有据说曾经刻在寺门上的对联："若要正门开，待等建文来"——这又是说的什么意思呢？

六百年人去寺空，乡人说只有一株名为"同觉树"的银杏是当年旧物，独自留在同觉寺旁的公园里。

于是和法师起身去寺门外观看同觉树，那是一株凛然异相的老银杏，挺直的身躯，枝叶并不十分繁茂，却有一种斩钉截铁的气度，树顶曾遭雷击，似于直冲云天之时戛然而止，而又余音不绝，令人思绪缤纷。

回到禅房重泡一壶好茶，再议同觉，双凤、程济祠、上岗桥、刘家港、同觉树，建文帝真的和太仓有缘啊。

也许，同觉寺还有一层通古今之变、共同觉悟的意思吧？

说着说着我对着曙提笑了：法师也和建文帝有缘呢，你本来住持着双凤寺，现在又来到同觉寺，这不也是难得的缘分吗？

亲近太湖

不知道进过多少次太湖了，似乎很熟，但仔细想来，仍然觉得对太湖有一种陌生感。太湖就像一位韬略满腹的伟人，总是让芸芸众生对它保持敬畏。有时候太湖又像一位心事多端的少女，叫爱慕它的人们捉摸不透。

是因为它的碧波滔滔横无际涯吗？是的，三万六千顷的胸怀，是一册读不尽的大书。太湖之所以叫太湖，因为它太大了。

太湖还有太多太多的“太”，它太美、太富饶、太威严、太神奇、太俊秀、太浩淼、太令人神往……也许它曾经有过这样那样的名字，总是不甚合适、顾此失彼，最后大家干脆尊称为太湖。在中国，“太”字往往有至高无上的意味。

想亲近太湖，也有捷径可走，你只要紧紧抓住一个吃字就行。

对于贪吃的游客们，太湖无疑是慈祥大度的祖母，她微笑地看着绕膝而行的人们，把太湖变成一张丰盛无比的餐桌，让大家尽情享用。

太湖之吃，在东西二山。

太湖中的东山西山又称洞庭山，“在其西者为西洞庭，在其东者为东洞庭”，春秋战国时西山叫夫椒山，又因其东部有“道家十大洞天之九”的林屋洞而称林屋山，还因为“四面皆水包之”称做包山，好像其名气大得一个名字承载不了似的拥有这么多名号。西山是太湖中最大的岛，与香港差不多大。它形如荷花，其主峰缥缈峰是太湖七十二峰中的最高峰。山顶有紫云泉。西山气候温湿，又多名泉，所以四季花香、四时果鲜，素有“杨梅为夏桔为秋”之谚。

再说东山，东山也有个曾用名叫胥母山，相传伍子胥曾在此迎接母亲。还有个名字叫莫厘山，因为隋朝的莫厘将军住在这里。现在，由于沉沙淤积，岛逐渐与陆地相连，东山已成为一个伸入湖中的狭长半岛。东山的气候与西山相似，其丰富的水果物产丝毫不让西山。

让我们的品尝之旅从碧螺春开始吧。春游太湖，你一定得到茶农家吃一杯清茶，坐坐看看，那炒茶的人双手在炒锅中不停地反复团、搓、揉、炒，焙制成叶形卷曲如螺、幼嫩整齐、茸毛遍体、条索纤纤、色香味形俱全的特级绿茶——对，你肯定知道那就是大名鼎鼎的碧螺春。

我国绿茶中的十大名茶之一碧螺春的产地就在太湖东西山。已有千年历史的碧螺春原是生长在东山碧螺峰石壁中，山民每年谷雨前在山上采摘茶叶，以供日常饮用。这种茶叶一直无名，直到清朝的一天，天气暖得早，雨水又好，茶叶生长茂盛，采摘时竹筐装不下，茶农便把茶叶塞在怀里，茶叶得到热气，发出阵阵奇异的清香，采茶人争呼“吓煞人香”，众口相传，它有了最初的土名。后来康熙帝南巡游览太湖，对“吓煞人香”茶大加赞赏，但觉茶名欠雅，鉴于此茶产于碧螺峰，又是采摘于早春，遂命名为碧螺春。于是茶因山而得名，山因茶而得传，碧螺春也必须每年进贡给皇上享用。现在碧螺春茶已不限于碧螺峰，在东西山都有种植，漫步在洞庭两山，可见桔园隙地、枇杷丛中、梅花树下、桃花根畔，以至石坎边沿，碧螺春茶树簇簇丛丛，漫山遍野。你想，这些茶树一年四季吸吮着花果散发出的香气，将其精魄凝结为小小嫩芽，其香能不吓煞人吗？

在太湖茶农家里品尝碧螺春茶绝对是一种享受。你看着淳朴的茶姑先在茶杯里倒好开水，再撒入一小撮茶叶，茶叶迅速下沉，徐徐舒展，水色翠绿如碧，幽香芬芳。啜饮入口，一泡味淡，二三泡渐浓，喉清心爽，回肠

荡气。于是想起龚自珍的评语“茶以洞庭山之碧螺春为天下第一”，此言不谬！

碧螺春还是一次隆重的预告：吃过春茶，转眼就是初夏，太湖的佳果联袂登场啦！

首先是肉肥汁多，鲜甜适口的白沙枇杷，最好的品尝地是东山白沙村。其实还没等你走到白沙村，白沙枇杷就会悠悠走来——村姑们挑着两竹篓枇杷，那刚刚从树上采摘的鹅黄色枇杷上盖着绿叶，煞是好看，人和枇杷都像是从画儿上走下来似的，带着照相机的便先急着咔嚓咔嚓。性急的经不住村姑的邀请尝一颗，一尝就脱不身了，不是她们不让你走，而是你不把自己的肚儿喂圆、不买两筐带回去你绝对不肯离去。

枇杷落市杨梅熟，五月是杨梅大行其道的时节。杨梅因“形如水杨子而味似梅”而得名。太湖的东西山有大片大片四季常绿的杨梅树，不管你在哪村大啖甜蜜蜜的杨梅，果农们都会教你吃杨梅的窍门：先用冷盐水浸泡几分钟，那时再吃，既灭菌又增美味。有一首咏杨梅的诗写得很好：“折来鹤顶红犹湿，剜破龙睛血未干。若使太真知此味，荔枝焉得到长安。”食用讲究的苏州人都是非吃杨梅不可的，因为杨梅不仅味美，而且“去痰止呕哕，消食下酒，止渴，和五脏涤扬胃，除烦愦恶气”。他们还爱用白酒浸泡杨梅，酒色红艳，滋味清甜。炎夏饮少量，可消暑健胃，服用酒浸过的杨梅，还可以止腹泻。所以你在一饱口腹的时候，何不也泡点杨梅酒带回去呢？

洞庭枇杷黄，太湖银鱼肥。亲近太湖，太湖银鱼不可不知。初夏是银鱼闪亮登场之际，那些形如玉簪、银白如链的小精灵们肉质细嫩、味道鲜美，可炒、可烧、可蒸、可拌、可炸、可氽汤，无不色香味俱佳。其纤细的骨格不仅肉眼看不出，就是手和舌的触觉也难以分辨出来，真可谓娇美无比，所以，它被列为贡品，与梅鲚、白虾并称太湖三宝。如果有幸登上捕银鱼的大船，与渔民们一起扬帆出港，看那些赭篷白帆两船一对，在烟波浩瀚的太湖上乘风破浪，来往如梭，描绘一幅竞捕图，那才真个是欣欣然心旷神怡。

初夏游玩太湖的真是有福，你在赞叹银鱼的时候肯定会对同时亮相的太湖莼菜大加褒扬。莼菜又称水菜，其叶形似莲叶，东山周围近万亩湖面上覆盖着莼菜绿油油一片，美丽动人。席间取一匙莼菜羹细看，其正面绿色，背面暗红，附有透明的胶粘物，慢慢品尝，香脆滑嫩，清沁齿颊。“其味略如鱼髓蟹脂，而轻清远胜，比亦无得当者，唯花中之兰，果中之荔枝，差堪作配”。对了，晋代吴人张翰的“莼鲈之思”其中的“莼”正是指太湖莼菜。你看，为了多吃些莼菜，人家连乌纱帽都不要了。

当然来到太湖只知道吃也不行。来太湖而不知其美味固然十分不智，而身在太湖只知道吃更是非常愚蠢。大快朵颐之时，你也不能让你的眼、你的腿闲着。

比如你可以一边大啖杨梅一边闲逛东山的陆巷古村，那里是明代宰相王鏊的家乡，那不到百户而牌坊接踵、名人高士代不乏人的山村靠山滨湖，景色秀丽，遂高堂、会老堂、双桂堂、三德堂、惠和堂等明清两代的厅堂近 30 处，漫步村中，古意盎然。

比如你可以在领略白沙枇杷的美味之后与二三好友攀登缥缈峰，看奇云如巧絮朵朵，乘风变幻，飞过山顶，体会“蹑足可徒空中之白云，挥手能攀天上之明月”之意境。对了，下得山来，你还可以按图索骥，追寻古人总结的角里梨云、消夏渔歌、玄阳穗浪、毛公积雪、鸡笼梅雪、林屋晚烟、石公秋月，再加上缥缈云场共是西山八大胜景的意趣。单说那林屋洞就够你玩个大半天。

比如你可以乘一叶小艇登上三山岛，与岛民唠唠家常，请他们带你去看十二生肖石、板壁峰、香炉石，然后和他们一起就着呛太湖白虾喝两杯老酒，那也是人生一乐。

比如你可以去明月湾古村和村姑一起下湖采摘莼菜，一边采一边跟着姑娘们学几句太湖渔歌，那种韵味有一种都市人久违的质朴和温馨。

比如你可以怀揣一包“吓煞人香”踱进东山紫金庵，那里的十六尊罗汉塑像是南宋杭州民间雕塑艺人雷潮的杰作,每一尊都有不同的表情,栩栩如生,具有很高的艺术价值。

比如你还可以逛用来祭祀黄帝的轩辕宫、雕工精细俗称雕花大楼的春在楼、寓意尽得湖山之胜又称席家花园的启园……

吃过了,看过了,逛过了,经历过了,太湖之味便会从齿颊之间油然漾至心头,那是一种永志难忘的味道呀。

石　心

——记著名画家韩黎坤

余秋雨在浙江文艺出版社出一本散文集，封面设计总是不如意，无意中与《收获》的执行主编、巴金的女儿李小林谈起，李小林说，你去找中国美院的韩黎坤呀，我们《收获》1995 年全年的封面都是借用了韩先生的作品，就像 1994 年都是用的赵无极的作品一样，大家都说好。余秋雨依言，果然效果非常好，在出版界还得了个装帧设计奖。接下来浙江文艺出版社这套散文丛书数十本散文的封面干脆全部采用了韩黎坤的作品。

这不过是画家韩黎坤红杏出墙的小小插曲而已，但也足以窥视画家与作家之间的心心相印——他笔下的那些沧桑斑驳、古拙灵动的石头似乎便是历史之根、文脉之源，依稀书斋旧友、恍惚明月前生。

给韩黎坤冠一顶画家的帽子有点笼统，他还是一位个性鲜明的书法家，那巧拙相生、耐人玩味的墨迹人见人爱，行家说就凭这手字韩黎坤就可以在人才济济的中国美院立足了。他还是一位篆刻家，国内外许多画家的印章就出自他的刀笔。说到这些人们会联想到古代书画大家对自己书画印孰为第一的评价，加上他早有口碑的谦谦师德，当代画坛上的韩黎坤古风翩然。

当然，他还有另外一些头衔：中国美院学术委员会副主任、版画系主任、中国版画家协会常务理事、浙江版画家协会副会长、博导，等等，现在他从中国美院退休了，可以一门心思画他的那些石头了，他把自己对历史、人生、大千世界、宇宙洪荒的理解都写在那些灵石的肌理之中，那是他一生的最爱，也是他艺术生涯的得意所在。

然而长期以来他在版画创作上的成就更为人们所熟知，从 20 世纪 70 年代末开始，他的版画作品令人目眩地在全国连续获奖：1979 年第六届全国版画展铜奖、1984 年第六届全国美展优秀作品奖、1990 年第十届全国版画展金奖、1999 年第九届全国美展银奖。中国嘉德拍卖公司在《1940—2003 中国版画图典》中这样介绍韩黎坤：“韩黎坤的版画创作不以高产著称，而以质量取胜。这既得力于他从美院附中到大学、研究生阶段系统的专业训练打下的扎实功底，又取决于他创作态度的严肃认真。他愿意选取历史与现实中较重大的题材，往往在构思、立意上惨淡经营，精心打造精品力作。《新篇章》《喜相逢》以简练的艺术语言，表现‘文化大革命’结束、老教授重返讲坛、劫后余生的老干部在人代会上相逢的喜悦，标示着中国的历史掀开了新的一页。而《国耻篇——读中国近代史有感》《来自开发区的报道——出土二战 70 万件遗物的思考》，则是画家对中国现代史、对中华民族的灾难、命运的反思，画面中历史镜头超时空的巧妙组合，使作品既具有新颖的现代感，又具有沉重的历史感，在精神震撼之余，引发人们进入深层的思考。”

美院附中、大学、研究生、任教直至退休，韩黎坤与中国美术学院结下了不解之缘。然而他的美术之梦是在家乡苏州开始的，苏杭之间，铺开了一名画家的求索之路。

小火轮载着他的梦想驶进现实

20 世纪 50 年代的苏杭运河上，天天见到一条主轮挂一条拖轮运送旅人来回于苏杭之间，在韩黎坤的记忆里，那轮船似乎是行驶在电影《早春二月》的氛围中。“呜—呜—”，小火轮把踌躇满志的韩黎坤送到杭州，几天后，“呜—呜—”，小火轮又把心怀忐忑的韩黎坤送回苏州。那几天，是他报考浙江美术学院附中的日子，也是他再次向自己理想标杆冲击的日子。幸运女神能否垂青于他呢？如果考不取，他就得去派出所做一名户籍警了，临行前公安局的人已经找他谈了话。1956 年的小火轮驶在夜的古运河上，四野苍茫，运河水不停地拍打着船舷，那声音半个世纪之后仍然和着当时的心思在他记忆里回荡：应考时从杭州小河码头上岸，心里真不是滋味，我知道家中清贫，供不起我作再次尝试，那时一家五口，仅靠父亲外地供职的工资，可父亲除去伙食烟酒所剩无几，全靠母亲给人家洗衣换钱补贴。那时妹妹也在念书，家里就是我和祖父吃闲饭，祖父早有了最后通牒，只有妈妈依着我的爱好，没有埋怨，没有训斥，默默洗了十多年衣服。冬去春来，天天一早出去收，洗后晒满一天井，晚上出去送，带回一分一角的积聚，三年里，我看着她的背驼了，右手手腕开始变形，那是累的……

伟大的母爱总是编织儿子梦想的最忠诚的保姆。韩黎坤的梦想是什么时候开始的呢？

韩黎坤出身在一个败落的书香门第，曾祖父韩子兰是迁自河南的一位职业画家，花卉、山水、书法皆精，尤擅人物，与颜文梁的父亲过从甚密。韩黎坤的叔祖父是一位在苏州颇有名气的裱画师，他与缪斯女神最早的邂逅就是在叔祖父开的裱画店里，那些装裱一新的字画给了韩黎坤许多神往和遐想。印象最深的还是书法，家里挂着祝允明书写的对联，一位来自明代的先贤注视着他，每天作无言的鼓动和召唤，对于一位早慧而敏感的姑苏少年来说，这样的鼓动和召唤是难以抵御的。在崇德小学读五年级时，他获得书法第一名。也许正是这最初的奖项决定了他最终的命运。

真正撞开他命运之门的还是考取浙江美院附中。

那是久旱逢甘霖，那是刘姥姥进了大观园，那是争分夺秒、如饥似渴，那是明里的刻苦暗里的竞争……

西湖边的朱公祠是他们的文化课教室，向博物馆借来的“青白山居”顶楼是他们的专业课教室。在这里每个人的血液里都流着珍惜二字，学习是无须人督促的。早餐喝两碗稀饭，馒头夹点咸菜边啃边往“青白山居”跑，踏上数百级台阶，窜进素描教室就画，教室里只听得一片铅笔擦纸的沙沙声，“大家屏着气，很少说话，直画得血液上涌，面红耳赤，眼花缭乱。我们把削铅笔、互相观摩作为休息，现在回忆起来，那钻心刻意的气氛，浓烈得都化不开，也许这是人生最初也是最纯真的一次拼搏吧！”

坚实的基础就是这样打下的。韩黎坤对素描的兴趣一直没有消退。“文革”时他在吉林山区工作，是素描写生为他的生活增添了一丝暖意。在浙美附中建校 65 周年他应约撰文纪念时，他讲述了这样一段往事 ：“1971 年那个沉闷的夏天，我住在吉林一个小县城的山坡上，一个什么馆二楼的一隅，接受着工宣队的再教育，政治上的疲乏和专业上的荒废，人似窒息一般，每到晚上，整座大楼留下我一个人守着空屋。一天，我静静地坐着遐想浙美附中、大学的生活，一幕幕掠过脑际，当想到‘青白山居’便无法平静，像触着一团火，烫人、发热，闲着无事，何不画点素描？即使败露也上不了什么纲的。于是先画石膏，再对着二楼大镜画自己的人体过瘾。画累了，削着铅笔，好像重新回到了‘青白山居’。每当在挂满大字报的屋角撒完一泡尿返回睡觉时，便觉得好，也觉得无奈。”

十年之后，他经历了东北、故乡的人生辗转后复返浙美，一册《韩黎坤画人体》的出版令美术界耳目一新，成为滋润一届届美术学子的不竭清泉。

四年制的浙美附中韩黎坤只读了两年，因为正值“大跃进”的年代，附中选了七八个成绩最为优秀的保送进浙美。更上层楼的他当然是再接再厉、锲而不舍。勤奋到什么程度呢？举个例子吧 ：在杭州读书六年，他竟然没有游玩过六和塔、九溪十八涧等名胜古迹，直到毕业前陪一位亲戚才去了一回。大约所有注定了有所成就的人，都必须为了心中的高度而放弃许多惬意的攀登吧。

三清殿供桌也成了他的铺路石

1963年韩黎坤大学毕业，原本他是留校的，他的档案上还有这样一句话："专业强，拟留校任教。"可是突然一纸公文把他分配到外地，而且他是分得最远的一个：吉林省东辽县文化馆，也许因为他是班长吧，得带头到最远的地方去。

搞群众文艺，搞村史、屯史，搞社教，搞"文革"……就是不能正儿八经地搞他的专业。苦闷只能压在自己心里，表面上他整天乐呵呵的，他天生是位乐天派，活泼，好动，在学校时就是篮球队队长、乒乓球队队长，还能弹琵琶、三弦，拉二胡、小提琴。结果他被当地京剧团看中了。《智取威虎山》就是辽源市京剧团原创的，后来被上海拿去，成了样板戏，辽源的人再去学。回来说乐队不全，拉韩黎坤去弹琵琶，还带了徒弟。拿画笔的人被弄去搞音乐，真是乱弹琴了，韩黎坤啼笑皆非。

最让韩黎坤沮丧的事是他心爱的美术资料被抄。那天他从省里搞展览回到东辽，得知他的宿舍被红卫兵抄了，一查点，其他东西抄了他都无所谓，唯有他的一箱书被抄让他心疼不已。那些画册是他从附中到大学买的，是牙缝里省下来的钱换来的。最可惜的是他的两大本学习笔记，每一页都有图、文字、心得，是他学子生涯的结晶，曾经得到浙美老师的赞扬公开展出过。印象最深的是一本《居延汉简》，那是他花了好几夜时间把那些汉简用钢笔一个字一个字仔细临摹下来的。听说那些资料到了当地一个公社书记的儿子手里，那小伙子喜爱美术。这样的去处总比撕掉烧掉好吧，韩黎坤只能苦笑。

1972年韩黎坤费尽周折调回苏州，在纺工局工作，专业不对口，他就在晚上画，经常画到夜里两三点。在平常工作中有机会他就努力往写字画画上靠，主动要求做这一类事情，这是他的一贯传统了。几年后他离开纺工局时，局里每个办公室墙上挂着的都是他的书法作品。

回到苏州韩黎坤很快就融进苏州美术界，后来到文化馆、到画院工作，一步步归队，回想起来，真是不易。那时他不仅有刘振夏、陈设、刘懋善、杨明义、潘裕钰、周伟明等画友共同切磋画艺，更有机会向张星阶、吴养木、杜重划这些画院同事、老画家学习。当时画院在拙政园远香堂楼上，他用的画案是三清殿供桌的桌面，他没有辜负这特殊的画案，归队后的兴奋和感悟催促他勤奋创作出一批好作品，那是他献给缪斯女神的供品。

1974 年他和苏州画友们一起到山东、黄山、北京等地写生，那是他第一次到大自然里写生，受到了很大的视觉冲击。因为他从小就是到园林里玩，对园林里的碑帖、奇峰异石十分感兴趣，园林是他在美术的朋友和第一位老师，每逢假期回到苏州也是要逛一逛心爱的苏州园林。从这小空间一下子跳到真山真水的大空间里，在黄山、泰山这样大自然的鬼斧神工之中，韩黎坤的心灵深处不啻是感受到一种深刻的震撼。写生归来，他创作的一批作品中不知不觉之中渗入了一种大气。其中有几幅作品直到后来在中国美术学院任教时还拿到国外展出。

可以这样说，韩黎坤 70 年代在苏州的那几年，是一种大赛前必须的恢复性训练，是一段向美术高峰冲击前的高效率的助跑，是一次人生攻坚战前夕成功的实弹演习。

韩黎坤的努力也得到了苏州美术界的高度肯定。二十多年后苏州国画院院长、画家周矩敏在《风光依旧——谈谈苏州版画》一文中多次提到他："苏州版画可谓百花齐放，其中杨明义、韩黎坤、潘裕钰、沈民义个性特点最为明显。""韩黎坤堪称苏州版画界最具学究气的导师。他 60 年代从浙江美院版画系毕业，是地道的科班出身。为人真诚，授业不怠。同道对他的艺术观念和娴熟的技法心悦诚服，同龄人视他为良师益友。他虽在 1978 年就离开苏州去中国美院读研究生，但是苏州版坛只要提及他，全无非议，并时刻关注他的艺事动态，至今仍称他是苏州人。他创作的《石》系列是版画形式和观念上的一次革命性尝试，引起全国版坛的注目。"

1977年韩黎坤家来了一位不速之客，浙江美院版画系主任赵宗藻专程来苏，诚恳地动员他通过报考研究生的途径回到母校工作。握着赵教授的手，韩黎坤感慨万千，离开母校整整15年了，母校还牵记着他，牵记着那个坐着小火轮从苏州赶来的活泼、勤奋、品学兼优的班长。

这一年，韩黎坤38岁。

人体、木版、石头——适意而已

读附中、本科时当班长，读研时仍是班长，同学们总是把韩黎坤当作自己的老大哥。

韩黎坤没有辜负母校的厚望，读研期间，他的力作《新篇章》以巧妙的构思、鲜明的形象和峻洁有力的刀法令人眼睛一亮，一位重返讲坛的老教师手执教鞭在黑板前讲课，睿智而饱经沧桑的脸上充满欣慰之情，那身躯和黑板融为一体，表现出老教授的人格魅力和科学之春降临的喜悦。这件作品参加了1979年的第六届全国版画展和第五届全国美展，荣获全国美展铜奖，并被中国美术馆收藏。

那是一个各种美术新思潮异常活跃的年代，那是一个到处响彻突破与创新呼声的时代。在那风起云涌之时，浙江美院于1983年下半年成立了有二十多人参加的中青年教师创作组，由韩黎坤任组长，以后任中国美协副主席、浙江美院院长的潘公凯，现为中国美协副主席、中国美术馆馆长的冯远等一代才俊当年都是这个创作组的成员。大家有一个强烈的共识，照老路子画下去是不行了，必须在主题上、表现语言上来一个突破。半年后这个创作组的新作在1984年元旦公开展出了，各个画种都有，还有雕塑；没有框框，有的是冲破旧意识的欲望，抽象的，印象的，什么都有，那真是有些离经叛道的意思，其影响是相当深远的。

那段日子也是韩黎坤艺术生涯中的重要转折时期。每天早上，浙江美院的人们都会看到他拎着热水瓶去图书馆楼顶的工作室面壁，“看书，看各种书；想画，画自己想到的一切，弄乏了，便写字，便刻图章，直到筋疲力尽，拖着沉重的步履回家，伴着落日余晖，迎着凉风细雨。那两三年是一段刻骨铭心的日子。我完成了一次从观念到视觉语言的转型。”他觉得在这种思潮风起云涌的时刻，更要登高望远，理清思路，才能搞清楚今后应该怎么走。优良传统要继承下来，突破创新更是当务之急，这在浙美的文脉上也是接得上的。在浙美，以潘天寿、黄宾虹为代表的画家是继承、弘扬民族传统的典范，而以蔡元培、林风眠为代表的师长则是倡导开放、中西结合的楷模。不断创新本身就是浙美的传统。

西文绘画中对韩黎坤影响最大的是英国的亨利・摩尔和法国的米罗。前者是搞雕塑的，他的三度空间造型很有特点，把人体搞得像石头似的，这一点韩黎坤十分感兴趣。后者在创作上表现出的童趣，以及对黑色的绝妙运用，也和韩黎坤性格里的某些东西产生了微妙的契合。但是有一点认识在韩黎坤心中是十分明确而坚定的：中国的线条，才是我的根。

在全国六届美展获奖的《我们的土地》就是那个时候韩黎坤的力作。在那组作品里，他把思索的目光投射到中国近代史深处，同时把自己当年在东北工作期间参加搞村史、屯史的生活积累全部调动起来，在那片黑土地上，世世代代的部落争斗、开垦者以生命为代价的血泪、统治者的压榨、入侵者的奴役……一幕幕图景在韩黎坤的脑海里纷至沓来，一幅幅草图在韩黎坤手下一挥而就，然后是不断地拿捏推敲，甚至推倒重来，直至一组作品无法增删一笔一刀方才罢手。当那交响乐一般的史诗性作品《我们的土地》以其宏大叙事的雄阔气象展现在人们面前的时候，韩黎坤就像浑身都散了架似的疲惫不堪，他觉得自己想说的话都在组画里说出来了。

1986 年是国际和平年，他的新作《母亲的心》问世，画面上两只手托起一只已经起飞的和平鸽，手是一个剪影，图形里是现代化建设场景；和平鸽也是一个剪影，图形里是一个老母亲仰视的渴望的脸。这种全新的视觉语言给了人们强烈的新鲜感,得到圈里圈外的一致肯定,许多报刊都刊用了这幅作品。其后于1989年获十届全国版画展金奖的《国耻篇——读中国近代史》和2000年获全国九届美展银奖的《来自开发区的报道——出土二战70万件遗物的思考》便是他一路走下来所取得的丰硕成果。

作为一名画家,韩黎坤的历史责任感十分令人敬佩。在为《中国当代美术图鉴1979——1999版画分册》撰写《来自开发区的报道——出土二战70万件遗物的思考》创作过程说明时,他这样写道:“报载一则小小的统计数字给了我极大的震动:‘直到1999年各地在基建开发中,粗略统计共出土了抗日战争中日本军队遗留下的70多万枚炮弹、炸弹……’这消息得知在我驻南斯拉夫使馆被炸前夕,这不得不引起我深深思考。开发区半空吊起的炸弹,是一种现实与历史的冲撞,阳光与苦难的时空切换。炸弹映衬在开发区的阳光之下,我想表达的依然是那句名言:落后就要挨打。作品完成于追悼三位烈士与声讨驻南使馆被炸抗议声中。”愤怒出诗人,沉思出画家。作品的每一刀每一笔中,我们都能看到画家对强盗行径的强烈愤慨和对民族命运的深沉思索。

曾任中国美院院长的潘公凯这样写道:“熟悉浙美版画系历史的人都知道,对历史题材的偏爱是老一代版画家的共同特点,像韩黎坤这样‘年轻’一代艺术家都保留了这样一种性格。今天回过头去看,这一类作品称得上是中国艺术史中现代性意识最生动的载体,是现代文化在中国这片土地上的烙印,缺乏这层经验,我们对现代性的体验肯定是不完整的。他们在作品中不太注重那种作为个体美术家的隐秘的私人感受,却在视觉领域营造了一个宏大的公共空间。这些作品本身就是历史的一部分,是历史的见证。”

说起来,在美术界独树一帜的《韩黎坤画人体》中的许多作品也是产生在这段时候。对于人体写生,韩黎坤是将它作为一切艺术母题的形式基础去理解的。从伸展的手臂、斜倚的躯干和转动的腰技上,他悟出了自然万象的形形色色。所以,他特别强调一个艺术家要想体会一切事物的形态,就必须耐心地锻炼自己去剖析和研读好人体这部小宇宙的奇书。在韩黎坤看来,人体素描就是他艺术生命的基础,是使千姿纷呈、万象俱开的麦种,他撒下了这粒麦种,只要它落在土里不死,就必然会独自继续存活;倘若它死了,也将会结出许多子粒来。

1987 年四川美术出版社的编辑们在全国跑了一圈,选中周思聪、韩黎坤、肖惠祥三位画家各出一册人体素描,这套书影响相当大,出版后很快就脱销,深受美术界人士的喜爱。稍后出版的《韩黎坤、吴宪生素描人体》、《韩黎坤教授速写专集》等著作也都大获成功。具有国际影响的美术评论家曹意强对韩黎坤笔下的人体素描作出了很高的评价:"韩黎坤的最大特色是以逸笔画人体。古希腊的大师出于文明的习俗,自然地要从竞技场上学习人体的语言;文艺复兴的大师研究人体语言借助了科学的手段;而韩黎坤掌握人体语言的方式则几乎纯系出自中国的艺术传统。固然,作为一个受到学院式训练的艺术家,他熟谙人体的比例和解剖,还在这些方面作过一些深入的研究。不过,只要我们注意一下他使用的是毛笔,就不难有新的体验了。尽管他用铅笔也可以皴擦出那种很美的灰色调,可是那却并不能使他满足,他要追求的是一种更为难以言传的东西。他把平时的观察默志于心,待到应感通塞之际,逸兴遄飞、机括跃如,手追目想,笔落神出,最后留在纸面上的便是一些艺术性很强的形象。在他的得意之作中,我们看到一种用墨线画出来的不质不形、如飞如动的线条,便得整个人体在一种虚幻中显得明朗而空灵。但是,韩黎坤毕竟是生活在创新情境中的艺术家,所以如果说他的人体还带有一些罗丹、马蒂斯、毕加索、莫尔、库图索等人的风神,受到了现代艺术的强烈的影响的话,那也就没有什么令人诧异的了。"

如果把韩黎坤的艺术成就比成一座火山的话,那么 1983 年便是这座山开始喷发的时候。在他的绘画生涯里,那一年拥有的记忆最丰富、最深刻。现在与韩黎坤的画笔影形相随不弃不离的石头，也是在那一年和他结下不解之缘的。那时他就想，要找到一个最为合适的载体，把书、画、印、线条、明暗、色彩、自己所有的学养和感悟，等等，一股脑儿都放进去，这个载体便是石头。韩黎坤的石头是画在宣纸上的，是国画，其中融入了一些版画的技法。国画，一直是韩黎坤用心最多、用力最勤的，也是他最为得意的。有趣的是由于他的许多获奖作品都是版画，自己又长期担任浙美版画系主任，在版画上的影响太大，把他的国画成就给遮住了。只有他自己知道，他花在版画上的功夫要比花在国画上功夫少得多。圈内行家当然都是看门道的识者，潘公凯不仅对他的石头赞不绝口，而且有深刻的理解："黎坤多作以磐石、古文字、古生物化石为题材的作品，他喜欢这些形象的视觉信息，更喜欢它们背后的文化信息，说到底，这仍然是一种历史感，是中国知识分子挥之不去的'痼疾'，经他点化，顽石亦可点头解语，让远古的文化记忆涣然复苏。""近作多以石梅、石荷为画题，书字则篆隶、行草兼能，其字其画，生涩坚重，命意唯取苍朴古厚之气息，不作巧媚流俗之姿容。一点一划，精彩尽出，呼吸之间，个人精神内蕴挥洒得淋漓尽致。此所谓'衰年变法，人艺俱老'。抛开作品不论，从心境上看，这其中也隐蔽了他对传统文化的深切眷念，个中情事，实非三言两语所能尽。"

在潘公凯眼里，韩黎坤笔下的石品和他的人品是互为映衬的，韩黎坤画石即是画着自己的胸中块垒，这倒是暗合韩黎坤画石的初衷。而冯远则是从画家创作的艺术历程来解读这些石头："韩黎坤稍后喜以石、梅、荷作水墨画，手法泼洒拓印，令画面效果天真奇幻，另参以甲骨铭文，精妙古朴。晚近所作彩墨融进写意花卉补白，亦巧亦拙，形神别样赏心悦目。韩氏作品由重题材内容而渐次向形神放逸散淡变化开去，体现着他一贯的审美理想、艺术追求，以及充溢在作品内涵里的中正、丰蕴，技法创意机杼独具，且意境高远，意趣高洁。"

韩黎坤笔下的石头曾多次赴日、韩、欧、美和台湾地区作专题展出，英国的大英博物馆、美国的波特兰美术馆、韩国的亚洲博物馆都作了专题展出，德国、韩国和台湾地区的多家著名画廊一直跟踪求购收藏他的作品，深受众多美术爱好者的喜爱。自己钟爱的事业，又为外界所叫好、叫座，这对于一位画家来说，无疑是最为幸福的事。

韩黎坤画石，可以用得上同样爱石的白居易的四个字：适意而已。他喜欢这样一段话：“石体坚贞，不以柔媚悦人，孤高介节，君子也，吾将以为师；石性沉静，不随波逐流，然叩之温润纯粹，良士也，吾乐与为友。”石头，是韩黎坤介于师友之间的知己。

然而，他笔下的人体，他的版画作品，不都是韩黎坤对艺术、对社会、对人生的一种自然由衷的精彩表达吗？

在韩黎坤的画室——西湖之畔的贞如斋里做客，我们会听到他那爽朗而诙谐的谈吐，会看到他的许多精美绝伦的新作，但也许令人印象最为深刻的不是这些，而是满满一柜的笔记本。这些色彩斑驳、开本不一的笔记本有二三百册之多，来自从 50 年代至今、跨越半个世纪的岁岁月月，里面密密麻麻工工整整写着韩黎坤的读书心得、创作手记，如果有一展厅将它们一一铺开，那该是一种多么壮观的另类美展啊！

浏览这些笔记本，忽然想起他的一则花絮：当年他创作组画《鲁迅小说人物》时，对于孔乙己的造型总是不满意，在温岭海边写生的一天中午，他躺在床上发呆，突然发现扔在帐顶上的写生稿中幻化出一帧头像，那不正是孔乙己吗？韩黎坤跳下床来铺纸引笔，孔乙己便栩栩如生地出现在画纸上，后来被北京鲁迅纪念馆等单位收藏，那真是神来之笔！没有踏破铁鞋无觅处的辗转反侧，哪有这种得来全不费功夫的有如神助的快意？

——在这些笔记本里，埋藏着多少这样的故事呢？

前年，韩黎坤应约为《新美术》杂志写下《我们这一代》一文，文中回顾了自己的创作历程，最后以八个字结束全文：功名半纸，风雪千山。其中包含着多少咏叹和感慨啊。中国美术馆馆长冯远则在中国美术地图上这样写出他的坐标点:韩黎坤——版画、水墨画艺术——浙江——中国——公元一千九百八十年至二千年——历史当自有评说。

有这样一位征服者

近两年打开电视机、收音机，时常看到、听到歌剧《江姐》选段。有唱《我为共产主义把青春贡献》而获歌赛头奖的，有载歌载舞《绣红旗》的，有百人合唱《红梅赞》的。20世纪60年代的作品再次风靡我们的生活，我便由此生出许多感叹。即使是正在唱着、舞着那些富有魅力的旋律的红男绿女，恐怕知道当年执笔写《江姐》的作曲家金砂的，为数不会多。即使醉心于音乐欣赏如我者，也是迟迟才知道，那位常在微醺中哼着歌儿如闲云野鹤踱进文联院子的清矍老头，就是金砂，而金砂就是写《江姐》的作曲家！

我曾在小学时代将《毛主席来到咱们农庄》《绣红旗》抄在日记本上，凭借我可怜的简谱知识结结巴巴地学唱。我一向办事认真，日记本上肯定抄过金砂的名字。“文革”初期，我曾经借一台老式留声机关在屋子里偷听《江姐》里的“黄色歌曲”，一边听，一边啧啧作声。1977年入学读书，一位同学竟能把《江姐》从头唱到尾，只要有女生在场他便唱，华为的、江姐的、沈养斋的、甫志高的，我还向他学了一段沈养斋的“朝天门前暗沉吟”，实在好听！

然而，那位同学也记不清谁是《江姐》的作曲者，他只知道王酩、施光南，不知金砂是谁！

呵，亲近而又遥远的金砂。

虽说没有遗忘便不成历史，可我们实在不该如此健忘。

金砂自然可以不计较这些，他毕竟以他作曲的《牧羊姑娘》《毛主席来到咱们农庄》和歌剧《江姐》，征服过 40 年代、50 年代和 60 年代！这段历史谁也改写不了。

与金砂聊起"金砂"来很逗。

金砂不姓金，姓刘。金砂是解放军向西南进军时启用的笔名，到如今，外人根本不知道，金砂本叫刘瑞明。连他四川老家的乡亲们，也只知道他姓刘，叫刘金砂。笔名取代了真名，无论怎么说，都是艺术家的幸福。

金砂第一个发表的歌就是脍炙人口、响彻 40 年代并流播至今的《牧羊姑娘》，当时是 1947 年，他师从社教学院刘雪庵教授学作曲。发表时署名为刘先理——因为他先于弟弟理明出世，发表在福建音乐的《音乐学习》上。这是个校办的内部刊物，发表时他们翻简谱翻错了（把 B 调翻成 E 调、"2" 成了 "6"、"4" 低了不到半度），味道就不那么野了。一首原是西南味儿的歌以后就因此被国内、国外不少人当成青海民歌、内蒙古民歌、绥远民歌。后来，一位姓廖的音乐活动家、评论家"麻大哥"（夏白）又把这首歌在《时代歌声》上发表，产生的影响就更大了。当时，这首歌的词作者邹获帆在复旦读书。作为一首歌曲，《牧羊姑娘》不仅充分展现了金砂的作曲才能，也初步显示了他作曲的风格。

他是四川秀丽山水培育的音乐家，从小就会哼川剧。他瞎眼的祖母很爱唱民歌，对他影响很大，金砂到现在还记得祖母唱的"别人烧香为父母，我今烧香为婆娘，锣鼓叮儿当"——"逗得很！"俏皮、诙谐、音乐形象鲜明，就此渐渐形成金砂那富有特色的创作个性。

金砂上学犹如他后来作曲，音程跳跃很大，从小学三年级，一跳就跳到中学，又读了四年不要钱的简易师范，后来在一所乡村小学任教，整个学校他是"校长兼校工，上课带打钟"。那时他就爱上音乐，抄歌抄了几大本,都是民间的歌儿。再后来他就跳进重庆青木关国立音专,跟作曲老前辈,国立音专的祖师爷黄白的高足,著名音乐家刘雪庵、陈田鹤等教授学作曲。学了一段时候的理论后,他手痒了,偷偷为当时的一首儿歌“走走走,我们都是战友,拿起我们的刀,向前不回头,团结一致,打败日本帝国主义,报国仇”谱了曲。当时还没开作曲课,行为“超前”怕老师尅,又很想让专家鉴定一下,于是佯称是同学写的,拿去请教老师。陈田鹤说,“是个歌儿,还可以。”于是他明白了,这就是曲子。胆子大了,又写了一首钢琴曲《大海》,自己不会弹那么复杂的技巧,壮了壮胆拿着谱子请钢琴老师易开基弹。老师弹到右边高音区手下不去了,悬在半空。第二遍弹到这里还没下去。“怎么了?”老师叫他注意看,第三遍他终于看清了——他写到钢琴外边去了!一下子闹个大红脸,老师又问:“是你写的曲子吗?”“是的。”“你弹不出来?”“弹不出来。”“是啊,你不会就找我来了。”老师又安慰他,贝多芬也曾写过拉管的拉不出的音,但那是笔误,这不要紧。

病休离校。再考上社教学院来到苏州继续学音乐,辗转在常熟、丹阳一带教书。1948年6月,他像一脉跳跃在丘壑之间的小溪汇进了一股洪流——到二野军大,同年9月从军大文艺新闻大队一队提前毕业,进文工团,进军西南!进军途中,他伏在背包上写了歌曲《打到西南去,解放全中国》,这首歌在二野唱开了的同时,“金砂”诞生了。这是他入伍后写的第一首歌。

之后又是第二首、第三首……几年写了数百首,终于有一首《毛主席来到咱农庄》几乎老幼皆会唱并流传至今,配上了新时代的节奏,流进了畅销磁带《红太阳》。一首歌可以给亿万人带来许多亲切温馨的记忆,真不容易啊。时间才是一位最权威的音乐评论家。它什么都没有说,又什么都说了。

乾坤旋转进了60年代,神州大地上出现了歌剧热,一时间《红珊瑚》《洪湖赤卫队》《红霞》等歌剧相继问世,而稍后出现的《江姐》则影响更为深广，这是共和国歌剧史上最辉煌的一页。这一页上金砂的作用是举足轻重的。这和毛泽东主席观看此剧后与演职员们合影照中金砂所处的位置是相对应的。这帧珍贵的合影中，金砂紧贴在毛泽东魁梧身躯的后侧。当时，何人站何位置，都是预先严格规定好的。当然，没有金砂也会有《江姐》，但彼《江姐》的味儿肯定不是此《江姐》的味儿。

金砂作曲特讲究"味儿"。

一首歌词交给他，他可以写出几十种味儿来。特别是执笔统一写《江姐》时，那味儿就大了去，海了去喽！

他首先追求的是民族的味儿。他是四川人，《江姐》又是四川的事，于是《江姐》的音乐川味十足，但这还不够，歌剧毕竟不是川剧。为了写出"歌"的色彩，"剧"的风格，又要根植在民族的土壤中，他与另两位合作者跑了好多地方，搜集民间音乐素材。在衢县他被婺剧高腔迷住了，在金华又觉得金华腔太美了，在无锡干脆帮人家搞起锡剧《孟丽君》来……见得多了，眼界阔了，他觉得江南的滩簧，四川扬琴，江西采茶调，贵州文场，湖南丝弦，这些调调很靠近，味儿差不多，大概有什么血缘关系吧？有了这些准备，写起来就得心应手，左右逢源了。当时，他们关在空军政治学院的一座楼上，他统稿时，写好一段，就请另两位坐起来听，是这个味儿了，就过去，再写下一段。现在，你若与金砂聊起《江姐》的音乐，他会精确明了地告诉你，这个味儿来自哪种地方调调，那个调调又是从哪个戏曲化出来的。你这才会明白音乐浑然一体的《江姐》，原来竟然浸润了这么多民间音乐的鲜亮露珠儿。

他特迷恋写出剧中人物的音乐个性、写出心态变化的层次来。写得顺手，写出人物性格的味儿，是他最快活的事。的确，《江姐》的音乐形象中除了万众传唱，激昂而又深情的许多江姐的唱段外，活泼而单纯的华为，以及沈养斋、甫志高、警察局长、唐贵山等反派人物，音乐个性都十分鲜明。着笔不多的唐贵山一出场的两句唱："这火辣辣的太阳当头照，照得我心里好烦恼”，把他那小狗腿子的性格表现得淋漓尽致。我印象最深的是沈养斋的唱段《局势如麻乱纷纷》中最后一句“还需铁掌定乾坤”真可谓传神之极，“铁”字一下子虚飘上浮，随后“掌”字即咬得恶狠狠的，谁都觉得这特务头子正伸出两指头企图把什么东西捏为齑粉似的，其带点儒气的凶恶、阴险，深层意识中丧家犬般的惶恐、色厉内荏的性格，跃然在旋律之上，音乐之笔竟能如此入木三分，令人叹为观止。

他也有遗憾。比如第六场的主要唱段“我为共产主义把青春贡献”。他觉得音乐不够完整，变化少了，没有充分展开。中间“散板”处 4 句 4 个“2”顶着，缺乏层次。虽然板式有变化，情感却没达到应有的深度，这些大家没觉察，他觉察了。作为一位严肃的作曲家，在任何时候都应该对自己的作品有清醒的认识，如果有机会重新修改，他会把这一段写得更有味儿，可是，历史之所以为历史，就在于它的不容改动。对此，金砂与他的作品都同样无能为力。

就像母牛护犊一样，金砂很爱惜他搞出来的味儿。排练《江姐》时，他就管辅导主要演员，一句一句地把味儿抠出来，扮演江姐 A 角的万馥香女士因他的帮助而得益匪浅。她曾说 ：“如果不是金老师帮助，我是出不来的。”我想，金砂的帮助大约就在于帮她进入了那种“味儿”的境界。音乐的味儿，往往是最不可靠最难把握又最为可贵的东西。

说来也怪，当时极重视这出歌剧的空军一号人物刘亚楼，也很看重这味儿。刘司令曾在南京中山陵与剧组主创人员一起逐场逐句地改。虽说当时已在北京试演过几场，但司令员并不罢手，他的要求是绝对要能流传开来。刘司令要作曲者哼给他听，三位合作者中，姜春阳嗓子最好，司令员又觉得少了点民族味儿 ；羊鸣擅写不擅唱，司令员觉得其声音颇似其名 ；于是仍由金砂把那味儿哼给司令员听。后来有人来报告，说南京街上已有人在传唱了，刘司令员这才作罢。1964 年 10 月，毛主席在北京人民大会堂小礼堂观看《江姐》，刘亚楼远在杭州，整个演出过程中，京杭间专线电话一直保持联系，当时金砂与打灯光的在一起。剧场演出效果与观众的反映都及时用空军飞行术语传到杭州。接着便是一股《江姐》热流遍全国，流到几十年后的今天，流向未来。

大约从刘亚楼在中山陵拍板那一瞬开始，歌剧《江姐》就获得了它独立的生命形态。其后，江青曾试图让解放军在江姐就义前冲进渣滓洞，人们看了都觉得别扭。

《江姐》不再需要它的创作者们操心了。而它的部分创作者也一度与《江姐》同遭尘封进岁月的命运。不过，金砂却因《江姐》而与歌剧结下了终身不解之缘。“文革”中，他写了代明编剧的歌剧《海霞》在重庆附近演出，1978年后，他每年几乎都要写一部大型歌剧，像《金孔雀》《蔚蓝色的旋律》《云岭翠竹》《椰岛之恋》《木棉花开了》等，给军内外、省内外的歌舞团、文工团等排练上演，并获得各种音乐设计奖、音乐创作奖，以及政府表彰，可是没有一部歌剧能在全国范围内流传开来。当然，这与时代、题材、剧本以及其他各种社会文化因素有关，可那毕竟是中国民族歌剧的遗憾。真正的艺术家总难摆脱遗憾的影子。

中国是个戏剧大国，但歌剧的历史很短。中国歌剧史上无疑印上了金砂深深的足迹。如今他已步入迟暮之年，鬓发白了，眼球浑浊了，但那瞳仁里仍时时跳跃着神思的光辉。当目下几代人一齐赞叹，陶醉于他过去作品的时候，金砂的眼光越过载歌载舞的红男绿女，投向了更深远广阔的背景。他开始用作曲的笔作文，总结自己几十年来从事歌剧创作的心得体会，总结民族歌剧的成败得失。能够而且愿意从事这个寂寞的事业的人委实太少了，这些系列文章发表后引起歌剧界的广泛注意，他还在思考，还在耕耘。他觉得责无旁贷。自觉的责任感是最牢靠的，无上的指令来自心灵。

多情的倾听

能否从纷繁处看出简单来，永远是看热闹与看门道的分水岭。日前与惠泉闲聊山水画，聊及一位几乎画了一辈子山水画的画家，为什么其画艺总不见长，惠泉说，画家和其他职业一样，总得把该自己做的事做好，做好了，事也就成了。山水画家最该自己做好的事，就是把一棵树、一块石头画好。那位画家的问题就是出在这里。细一想，真是。那位画家恰恰没有把那棵树、那块石头当回事，那树和石头也就处处与他作对，任凭你闹得鸡飞狗跳，它俩就故意梗在那里，让你露出马脚来。

那么画人物画的画家得自己做好的事有哪些呢？是一张脸加一双手，还是一对眸子加几根衣纹，抑或是其他什么？我不知道。

我没问惠泉。为啥？一，人家是专门画人物画的，这个问题问上去似乎有点唐突；二，这个问题大约没有很简约的答案，而且惠泉可能"当局者迷"，颇难做到应声而答；三，我与惠泉同一个大门进出这么多年，他的作品我也很喜欢，但从没有琢磨过，现在我想私下里捉过来摸摸，不想让他先入为主。

我和惠泉同事不同行。上班同一架楼梯上上下下，开会同一间会议室挤眉弄眼，其余时间都是各进各的办公室，就像各自从事的艺术领域，门虽设而常关。偶尔串门，也是浅尝辄止，全身而退。因此总体说来，瞻其丰姿的机会要比观其手泽多得多。

写作之余翻翻画册，惠泉的作品总能从诸多画作中跳出来自报家门，一入眼便有徐家气息扑面而来：运笔藏着一个巧字，设色透着一个狠字；典雅，恬静，流丽中有顿挫，古拙里见诗心。要在名家如林的画坛上显出自己的面目，这殊非易事，达到这一境界得耗费多少功力、多少心力？纵横九派求画道，方能七巧功成自一家，需知这是一个成名易而成家难的时代。

我觉得，成全画家徐惠泉的首先不是他的勤奋和秉赋，而是他的多情。惠泉无疑是一位情种。你看，他笔下的女孩子哪一位不是柔肠千转、风情万种？

惠泉是理解女孩们的。女孩的本质特征是什么？是心事多。女孩的心事也许很少能浩茫得连广宇，但也足以让蚱蜢舟载不动许多愁。女孩的愁很宽泛：春愁、闺愁、乡愁、追忆、怀想、甚至憧憬，虽说憧憬总是美好的，但如果憧憬只是憧憬而已，那连憧憬也摆脱不了愁了……她们愁，因为她们敏感，草尖儿绿了，花瓣儿凋了，她们都得为此发呆。于是我们便经常在惠泉的作品里听到易安居士的吟哦："一种相思，两处闲愁""才下眉头，却上心头"。目光从这些作品上走过，心里格登一声，那是被一个愁字绊了。惠泉的得意处应该是他把那种女孩之愁表现得很准、很到位。他完全可以成为，不，他已经成功地成为一位女孩心事的代言人。我想，好的画家首先应该是他的描绘对象的代言人，山水画是这样，花鸟画是这样，人物画更应该是这样。

事情并没有到此为止。人们从惠泉的作品前走过，有时会停下来，想一想，或者再回头看一看。那大约就不仅仅是思忖女孩之愁了。美丽如薄胎青瓷般的女孩，是那么脆弱、易碎，隐隐透出一缕令人不安的气息。美，总是与莫测的命运为邻吗？于是我们会想到很多生活里让人唏嘘不已的事情。艺术的威力正在于让人由此及彼、由表及里。女孩们在给我们讲叙着一段段人生寓言，那些琴、笛、书、棋、梅、兰、竹、菊不过是寓言里的道具

和提示而已。有人在揣摩惠泉的女孩们是来自明清还是民国，是不是封建礼教的牺牲品，其实不必深究，人类面临的种种生存困境往往是共时性的，对这种困境的揭示则是更本质的揭示。惠泉的作品是优雅的，无疑也是有人文深度的。他的作品在市场上叫好又叫座，这当是重要原因。

惠泉缔造了一个女孩世界，他不是洪常青，不是国王或教主，而是一位体贴她们的欣赏者、倾听者，是贾宝玉。他毫不掩饰对她们的怜爱，也从不吝啬胸中情爱手中彩墨。这个世界是从哪儿出发的呢？听说是由于两位高人的点拨，周思聪和卢沉。在中央美院举办的个展上，两位前辈不约而同地看好两幅惠泉自己也不以为然的作品，认为那是他在画坛上的闪光之处。于是惠泉结束了对自己浑然不觉懵懵懂懂的状态，找到了自己发展的方向，义无反顾地走向自己的女孩世界、彩墨王国。我看到他那时的另两幅作品，水墨淋漓而任情张扬，那也许是另一条路。自从他一心一意地创造自己的彩墨王国了，他的心也就沉静下来了，我觉得这条路更契合惠泉的天性。

至此，我得试图回答本文开头提出的问题了。人物画家得自己做好的事是什么呢？答曰：得在别人身上画出自己来。还是石涛说得好，“发我之肺腑，揭我之须眉”。其实，何止是人物画家呢？

江南的封面

周晨幸运，命运安排了书籍装帧这块园地让他莳弄经营，于是他那一肚子匪夷所思的点子有了一个绝好的去处，否则，那么多促狭点子用到坏地方去，我们这个人世间会多遭多少殃啊——那天一众朋友为周晨张罗了一个庆贺性质的茶话会，庆贺他第四次荣获全国“最美书籍”的评比大奖，我想发表一下以上感想的，大家发言太踊跃，没轮得上我。

点子现在有个雅称，叫创意。周晨的书籍装帧设计无疑是以创意取胜的。比如《绝版周庄》，封面上别无它物，就一张盖着邮戳的邮票，书名就在邮戳上，那一缕情思也就婀娜多姿地系在那邮戳上油油地招摇，别出心裁，清清爽爽。国际大师级的评委们一个个走过去摸一摸，发现那邮票真的是贴上去的，那邮戳真的是盖上去的，这个来自评比现场的细节传到周晨耳朵里，周晨脸上三分得意，一丝坏笑，如同顽童完美地搞了一次恶作剧。后来我才琢磨出他坏笑的另一层意思，他这个得大奖的创意妙就妙在别人不能模仿抄袭，第一个在封面上贴邮票的是天才，第二个在封面上贴邮票的是蠢才。

《泰州城脉》与《绝版的周庄》如出一辙——我说的是在不可效仿这一点上如出一辙。从简朴的书盒里取出《泰州城脉》就是取出了一块砖头，一块被风雨与时光侵蚀得老气横秋的古代城砖，整个封面封底包括书脊和三面切口，你看不出半点破绽，当你翻开它时它才是一本书，绝了，我敢说，这在书籍装帧发展史上也是首次。更绝的是，当你翻阅书中满纸沧桑，你会更深刻地领略这本书的装帧设计创意是何等绝妙，形式与内容是何等完美相契，这是一件经得起玩味的艺术品。

周晨的作品当得起三致——别致、精致、雅致。

别致已经说了，周晨的精致也做得相当到位。就说《泰州城脉》吧，为了达到他预想中的印制效果，让书籍的三面切口都能够真实呈现出古城砖那种斑驳肌理，周晨和印刷厂的工人们打成一片，成功地打了一场关于丝网印刷的技术攻坚战，数十次试验之后，这块光华四射的“砖头”傲然出世，惊艳业界。《阳澄笔记》的装帧设计亦有神来之笔，在书脊上罩了一带淡绿色的渔网，那意境一下子跳将出来，可谓先声夺人。好的书籍装帧总是先声夺人的，但绝不哗众取宠，因为它是从书的内容之中孕育生长出来的。我好奇，问周晨那渔网是怎么弄上去的，周晨诡谲地坏笑着说，简单，绣花机打上去的，呵呵。亏他想得出，动用绣花机做书，那书能不精致？

再说雅致。周晨的雅致是清水出芙蓉，他只出芙蓉，其余的枝蔓都坚决删去，只让芙蓉优雅地独自妖娆。他在设计中是从来不做减法的，因为他的作品都是不能再减了，再减就没东西了，而减不去的正是他那智慧的闪光与才子的自信，因此他的作品总是给人以纯净透明的感觉。那纯净透明，是雨后江南的那种，简约明丽，含蓄隽永。

在书籍装帧这一行里，周晨无疑是一位才子，书装才子，一肚子奇思妙想的江南才子。如果在明朝，文徵明唐寅那帮人出书肯定会去找他帮忙的。他们会觉得这个有时会坏笑的家伙懂得写书人的心事，会把写书人的心事三两笔就涂出来给人家看，还让人家拍案叫绝历久不忘。而且他还特别懂得江南，知道江南的灵魂是怎样舞蹈的，如果把他的书装设计作品叠在一起，我们会看到，那正是江南。

◢

邻女杜丽娘

如果小区的业主委员会选举名额按界别分配的话，我是很有希望的，因为邻居里来自企业界的挺多，似乎只有我一人属文艺界。但这两年形势不同了，以一曲《牡丹亭》蜚声海内外的苏州杜丽娘竟也卜居此处，我悬了。

我是在业主委员会主任李太家里串门时得知这一消息的。她指着一位黑衣姑娘问我：你认识她吗？一打量，眉眼间似乎见过，可就是想不起来。李太快人快语，等不及我想，她是沈丰英啊！

哦——见过的见过的。有一年省文联在张家港办读书班，剧协主席褚铭领着沈丰英挨桌敬酒，真正的一面之交。后来，也是李太邀请观摩了青春版《牡丹亭》，那是隔着戏的见面。不过倒是常听李太说起，李太是位热心肠的昆曲义工，白先勇好多事情都拜托她，包括关心沈丰英，没想到的是，这一关心把沈丰英关心成了邻居。

我每天上班都得从沈丰英的蓝色小车旁经过，车不在，就是外出演出了。香港，台湾，欧洲，美国，日本……最近又是在北京新建成的国家大剧院演出，忙得很，难得有时间在一起吃吃茶聊聊天。

尽管如此，沈丰英鲜明的个性还是给我留下了较深的印象。她的性格有点冲，有啥说啥，想说就说。就像她开车，风格硬朗，一点也没有车友们取笑的那种“肉”。记得有天晚上一起从李太家出来，顺搭她的车，小区内很短的一段路，还得拐几个弯，她仍是不断提速，开得虎虎生风。

一次聊天时我说，没想到你演杜丽娘还是这样的性格。沈丰英笑了，她缓缓地告诉我杜丽娘就是这样的性格，不然的话她怎么会为了爱由生入死不管不顾？白老师也说我和杜丽娘的性格有点像呢。这一说我倒有点惭愧，不过这也成了了解沈丰英的一扇窗子。

有件事对我颇有震撼，沈丰英在广州演出时，突然从舞台上方掉下一块重达数百斤的道具，正好砸在她刚刚走过的地方，与她仅两步之遥！一时台上台下所有的人都惊呆了，只有她——这位正在为爱而出生入死的杜丽娘没有出戏，没有停止她婀娜的舞蹈、动人的歌唱。最细心的人才能看出，刹那间涌出来的眼泪正在她眸子里打转。落幕时，全剧场都沸腾了，乐队也全体起立鼓掌。她毕竟是个女孩子啊，但在那一瞬间，她以她的坚强护卫了杜丽娘的美好形象，那一瞬间她就是杜丽娘。

沈丰英很有主见，性格坚强的人大都有主见。有些事情连老于世故的人都觉得棘手，她却是爽利得很，认准了就不回头。有次吃茶时她的两位超级粉丝在座，说了不少粉丝级的话，她很平静，一点也不为所动容。这大约不仅仅是由于拥有太多粉丝才那样心静如水的吧？我还曾建议她可以建立与昆曲粉丝们的某种交流平台，比如写些文章啊，搞个博客啊。她很认真地听了，但也仅此而已。没有想通的事她大约不会去做的。

敢于坚持自己的人也许更容易犯错误，这又有什么呢？总比随波逐流浑浑噩噩地犯错误有出息。有一次当得知一位名人说了对她不公平的话时，她没有刻意掩饰她的情绪，事后她对我说，是不是我这几年比较顺、有点骄傲呢？她还有第三只眼睛在看着自己。

沈丰英活得真诚，真诚对待事业，真诚对待人生，真诚对待朋友。年初时她得知我正在她家乡附近的宾馆参加一个活动，特地赶回去做了个小东。她家真是个好地方，背靠渔洋山，面对太湖，屋前翠竹摇曳，屋后高树挺立,这样的地方,是应该出一位像她这样有出息的女孩的。

有天我问她,你是成功者了,梅花奖之类的褒奖那是迟早的事,接下来你想做什么呢?她想了一想,似乎有点不好意思,但还是说了:我想把昆曲介绍给更多的人。呵呵,这话有点像是面对记者。但我相信她心里就是这样想的。

核上的舞蹈

在我的想像里，太湖边的舟山村是一枚橄榄核雕，这枚硕大的核雕通体镂空，花纹密布，精美而繁复。想想也是让人啧啧称奇的事，小小的村子里家家都有核雕艺人，数以千计，其作品流布四海，收藏家青睐有加，时尚中人趋之若鹜，从清朝一脉传下来的小技竟成为一地的支柱产业！遥想春秋时这里曾是吴王水师的“造舟之所”，两千年沧桑巨变，舟山人融剑为犁，战船变为核舟，真的是世事难料、苍狗白云。

有幸认识舟山的青年核雕艺术家承莉君。想起这位安静的姑娘，舟山村就幻化成一方美轮美奂的花窗，莉君在花窗下端坐着，悄然凝眸，面前是一枚橄榄核，手边是一排雕刀，透过那面孩儿脸大的放大镜，那枚核子混沌初开，一点点、一点点地在女孩青春气息的鼓动下生动起来，鲜活起来，妩媚起来。雕刀雪刃之下，核屑纷纷飘落，时光纷纷飘落……

就像生怕惊扰了那些核上的人物，莉君说话总是轻声细气的。好友带我到莉君家看核雕，她微笑着，款款取出几件作品让我观摩欣赏，她不说话，她让核上的那些精灵们说话。

说实在的，欣赏她第一件核雕《老子出关》我便被镇住了。第一眼便给我两个词：慈眉善目，衣袂飘飘。老子应该是写完《道德经》西出潼关的老子吧，把字字珠玑的哲书留给挣扎在此岸的世人，自己仙风道骨坐上青牛绝尘西去，牵牛的童子一脸稚气，走在秦岭的栈道上，走在两千年前那一阵清风里。老子身后，是山石、青松、翠柏、潼关的城门城墙和关房，老子头顶上的朵朵祥云里还盘旋着一对仙鹤，好一幅充满祥瑞之气的绝妙图景！

——须知这一切都布置在一枚指头大的橄榄核上，须知这一切都生动自然地在核上疏朗有致，没有一点局促堆积之感。我觉得这就是大师手笔。

那天我还欣赏了她的《宝钗扑蝶》和《李清照》，亭台楼阁之间，宝钗的活泼可爱和李清照的端庄清丽都给人留下深刻印象。这两件核雕是应两位作家朋友的要求创作的，作家出题她来雕刻是莉君的重要创作方式。这两件作品曾在国际工艺博览会上获得创新奖、金奖。后者还曾荣获苏州市著作权奖大奖。

莉君具有很强的创作能力，在传统题材为主流的核雕界，她的作品是令人兴奋的一抹亮色。这与她毕业于工艺美院，曾受到严格的专业训练是分不开的。在潜心于核雕创作之前她还在动漫企业经受过职场锤炼，这些都为她在核雕艺术上独上层楼打下坚实的基础。

莉君还有着深厚的传统功底，她的父亲承金方在上个世纪70年代就负责村里工艺厂的生产管理工作，是核雕的行家里手。莉君是她父亲这老枝上开出来的新花。即使是《八仙手串》《十八罗汉》这样的传统题材，在莉君手上也是别开生面、新意迭出。她刀下的人物总是有性格、有灵性的。无论传统题材还是全新创作，每一件作品都不一样，每一次雕刻都会有变化，都会出新意，让人欢喜不尽。

如今莉君名气响了，央视专门来为她拍了专题片，西安园艺博览会请她去作专题展出和表演，省内外的新闻媒体经常有关于她的报道，互联网上更是拥有一批“承粉”，订购她的作品要几个月后才能取货，莉君不急不躁，慢慢刻来，仔细享受创作过程中的乐趣。她让一个个风度翩翩的历史人物走上橄榄核，让他们在这方寸之地尽情舞蹈，那是一种类似于创世纪的快乐吗？

莉君喜欢手谈——在手机上和朋友通过短信交谈，这很符合她从容淡定的性格。前天她又在短信里告诉我，她目前正在津津有味地进行关于竹林七贤的创作，我知道，这又是一次有趣的挑战。然后她又和我讨论竹林七贤之后的创作题材。无论有多成功，她总是不会止步的。我忽然想，在核上舞蹈的哪里是那些历史人物，分明是莉君自己呀。

望　月

市声消退、暮色四合的时候，我常常独自对着安放在小小书房里的一张古琴，无声地凝望。

回想起来，我玩过不少乐器了。在农村度过的许多空闲日子里，吹过笛子、拉过二胡、板胡、敲过扬琴，还弄过手风琴和小提琴，至今还保留着一管笛子，一把小提琴。现在我不敢说曾经征服过它们，但当时确实是怀着一种征服欲来玩这些乐器的，时过境迁，那时的如醉如痴充其量只能算玩过一把而已，也许说曾经被笛子二胡们玩过更合适。可是，我不敢玩古琴，甚至不敢作如是想。古琴这样一种圣物，对于俗人如我者，是只能凝望而不可近渎的。

古琴乃好友 P 君所赠，亦为他所做。说起来 P 君可谓奇人了。他是粮食学校的毕业生，在米厂有一份收入丰厚的工作，然而就在一次偶然逛上海的古旧商店时，看到一架破损的古琴，与音乐素来无缘的他竟然怦然心动、慧根萌发，倾其囊中所有将古琴抱回，从此他修古琴、做古琴、学古琴、教古琴，甚至为了古琴而辞去了工作，也辞去了许多世俗苦乐。作为一位制琴高手，他在古琴界也声誉鹊起，海外不少华人慕名而来了，P 君总是尽量满足，常使慕名而来者惊讶的是他不图钱财的品格，其实他藉此发点财是易如反掌也是名正言顺的事。他不，“古琴与金钱从来就不搭界，古琴成了金钱的奴隶，古琴就不是古琴了。”他收了好几位古琴学生，也是不受分文。古琴尚恬静、冲淡、古朴、雅致，对于金宝来说，古琴正是意味着一种操守、一种生活理想、一种精神境界。

在这金钱世界里能葆有一方清明自在的精神后园而日日莳弄着，是多么幸福而高贵的事呵！

每一架古琴都有自己的名字，P君为赠我的琴取名曰“望月”，他把这两个篆意盎然的字刻在古琴的“龙池”之畔。薄暮之中我常思忖，我对古琴的敬畏之心是不是就源于“望月”那可望而不可及的暗示？

其实我是很想学会操琴的。试想，在黄昏的斗室摆好素琴，焚香静坐，待到心定神闲、气血平和之时，独对窗外的清风明月，抚弄一番，以寄性情，多好。我觉得，不同的人生阶段最好有不同的乐器相伴，少年宜竹笛，青年宜小提琴、吉他之类，而人届不惑之后，则以古琴最为适宜。然而我能轻易进入那种境界吗？钟子期曾有“七不弹”之说：闻丧者不弹、奏乐不弹、事冗不弹、不净身不弹、衣冠不整不弹、不焚香不弹、不遇知音不弹，而我连那颗挣扎在金钱世界里的心都不能真正静下来，遑论其它？

好在陶渊明安慰了我。这位不愿为五斗米折腰的晋时名士虽然自称不懂音律，却也备有一张无弦之琴，而且不时抚弄一番。别人不理解而以为怪，他却怡然自得，说“但识琴中趣，何劳弦上声？”凭着这句话，我对陶渊明便多了一份亲近。

那么，就让我虔诚地守望“望月”吧，望着“望月”，就是仰望着一种人格境界呢。

园林梦

——《馨园》序

苏州人都有一个园林梦。

这个梦缘何而生,因何而起?很难说,恍恍惚惚,如影随行。也许苏州人并没有意识到这个梦一直在自己心里深深地藏着,可是一旦有春风吹过来,有细雨飘下来,这个梦就款款伸个懒腰苏醒了,就颤动着伸出绿茸茸的芽儿来。

是一种神奇的基因在苏州人的血脉里不动声色地潜行着,一百年、一千年,从不爽约,从不放弃。园林,是苏州人的明月前身。

无论生活如何困顿,窗前那几盆花草总是生气勃勃。无论人生怎样逼仄,阶前那一块湖石照样意趣横生——不要轻视它们,它们只是苏州人园林梦的冰山一角啊。

忽然一阵风从时代深处吹来,吹开了江南私家园林发展史全新的一页,一处处新园翩翩降临人世,恰如姹紫嫣红开遍。苏州人眼睛一亮,姑苏古城眼睛一亮,这个世界眼睛一亮。

良辰美景奈何天,赏心乐事谁家院?

馨园得风气之先。

园不在大,有品则灵。这流动于花街铺地之上的动人情致,这缭绕于飞檐戗角之间的传统韵味,怎一个妙字了得?

馨园小坐出神，目光流连于亭榭廊池之间，悄然生悟：

园林的生命在于鲜活的生活，馨园让园林回到她的本原。

园林是一种趣味，园林是一种品格，园林是一份人生的理想，说到底园林是一种生活方式的综合。

曾经为苏州最早的园林别墅小区江枫园设计了一句广告词："今天我们拿什么传给子孙后代？"我想，其实馨园传递下去的更是关于生活的品格和理想。

园主阿兴，谦和雅致，散淡内敛，沉静之中透露出一派君子之气。他的性格也像一座园林呢。

是为序。

家在东南云锦乡

——《瑞园》序

走进瑞园，就想起唐寅的诗句：家在东南云锦乡。

一直很喜欢这句诗，亲切，朴实，温馨，让人一下子生出许多美妙的遐想来。那地方应该是姑苏城东南郊的云水锦绣之处吧？于是查阅志书的时候便十分留意其踪迹。后来发现明代那一带最有名的是角里名园梅花墅，如果梅花墅现在还在的话，应该是瑞园的隔壁乡邻。

在明代，梅花墅的名气非常响亮，当然也非常漂亮。当时的著名文学家钟惺有《梅花墅记》传世："高者为台，深者为室；虚者为亭，曲者为廊；横者为渡，竖者为石；动植者为花鸟，往来者为游人……"可见一时之盛。

徜徉在瑞园的亭台楼阁之间，默颂《梅花墅记》里的句子，真有些恍恍惚惚的感觉，不知今夕是何年。是实景，还是幻境？是文学的力量带我穿越到古代，还是当代造园者的巧思佳构让我重温名园之梦？钟惺把梅花墅与"徐氏之拙政，范氏之天平，赵氏之寒山"并称，可谓当时姑苏四大名园。我也造访过一些当代江南新园，像瑞园这样从建构到气息都显得端庄、灵秀、精到而熨帖的，并不多见。是的，瑞园从内到外都隐隐透露出一种独特的名园范儿。

在我看来，瑞园与梅花墅起码有两点是十分相似的——岂止是相似，简直是一脉相承：一是水意，一是文气。

瑞园以水胜当代诸园。她南滨澄湖，得天独厚，园周以河为墙，通透灵动，回环清澈的流水轻拥瑞园里的众多园宅，欲隔还连，水埠头与舴艋舟远远地系着澄湖的诱惑。梅花墅也是如此，“登阁所见，不尽为水，然亭之所跨，廊之所往，桥之所踞，石所卧立，垂杨修竹之所冒荫，则皆水也”，把描摩梅花墅的句子用在瑞园身上也很合适。可见水为江南园林的灵魂，古今一理。

瑞园有着十分浓郁的书卷气，这让我满心欢喜。流连在瑞园里，就好像走在一幅徐徐打开的画轴上，每一次拐弯、每一回入门，都有新颖有趣之感，瑞园里随处都会遇见文心巧思，常会有前人佳句不期而至，与眼前情景相契。而那些来自吴门前贤的书法干脆就把瑞园变为书道园了。梅花墅也是草木中有艺术，砖石上见文学，最有名的是园主许自昌常常在梅花墅的得闲堂内自编自导自演昆曲，一时名人雅士争相交游，钟煜、董其昌、陈继儒、陈子龙等都你吟我唱、你歌我和，争相赞叹梅花墅。

我曾经偕同一些画家、诗人、书法家多次造访瑞园，主持打造瑞园的吴智刚先生谦和儒雅，有很多文艺界朋友，他的造园之梦得到大家的赞赏和支持，这又是和苏州的文人造园传统遥遥相接的。

著名摄影家陈健行是一位资深的苏州园林守望者，也是我多年的同事、朋友，在摄影界，他几乎是园林摄影的代言人。他对瑞园的解读自是别有一番情味，我们且把他的作品作为瑞园的光影导游吧。

写心彩墨着意飞

——《谢友苏画选》序

有时，读画能读出许多东西，比如趣味、品格、禀性，总是能带给人许多怜悯和思索。

有的画是一条深巷，有的画只是一堵墙。

读谢友苏的画作使我联想翩翩，我与他相识多年，对他的了解似乎没有从他的画作中读到的多。谢友苏的贵州苗寨组画曾使我过目难忘；那些充满沧桑感的苗家木楼多被画家安置在画幅中央，天空逼仄成细细的一条，背景是大山森林，莽莽苍苍，郁郁葱葱，浑厚，深厚，浓重。似乎画家执意表现的不是空间，而是时间，使人在那巨大的静默面前不由自主地沉入往事，发出感叹。

友苏笔下的苏州水巷也自一番神韵。那些作品在一派迷蒙之中透出幽雅恬静，其意境大气沛然。他在传统的层层渲染的基础上，借用拓印所产生的肌理效果，加重墨色，以表现水乡古老景物斑驳风化的痕迹，从而与国内诸多描绘水乡的画家拉开了距离。

我以为成熟的画家多会有一个性格内核，在谢友苏，便是笼罩在他画作中的沧桑感。

谢友苏的作品从大处着眼，苍茫中不时透出一股拙意，这在以小巧著称的苏州似不多见。友苏为人诚恳，作画认真，对于画坛上的各种热闹不甚留意，只是顺着自己的想法一路画去，倒也了无挂碍、自成一家。

友苏生在苏州、长在苏州，但我觉得他性格深处有一种倔犟的劲儿，我从他的父亲、画坛前辈谢孝思先生的作品中也能读到这种劲儿。这是不是贵州人的性格特色呢？也许可以作为佐证的是谢友苏不惑之年几度去贵州写生壮游，回来后便画风大变，在吴文化赋予的灵秀之上更添了一份深沉，是黔地的大山急瀑把谢友苏身上的某种东西唤醒了，使他认识了自己？是那种文化上的反差使他完成了自己的艺术定位？

日前看到友苏的一批关于人生小景的近作，忽然想起“阶段”这个词来。

早先他主要画人物，神态抓得极准，夸张中透着自然。后来他把目光投向带有厚重历史感的边寨山水，质朴、雄浑而深邃，哲思盈盈。现在，他又回转到人物画上来了，却与他过去的作品全然不同，恬淡、适意，那种神彩飞扬、充满生活情趣和人生况味的生活场景令人怦然心动，许多关于人生的费尽口舌也说不清道不明的东西，竟然被他三勾两勒，直入人心！

这就颇有意味地展示了作为画家的谢友苏三段论：早先是歌手的激情，后来是诗人的沉思，现在是智者的感悟。

摹神、寻理、写心——这又何尝不是友苏的心路历程？

面对友苏的近作，我一下子便被打动了。打动人心是区分一切艺术之高下的试金石。友苏是用作品说话的画家，有的画家真的是宜听（热闹的炒作之音）不宜看，而友苏是耐读的。

黑白缘

——《黑白》序

有时候你真得相信缘分，比如我和王华的相识，比如我们和“黑白”的交情。

22年前我在编一份文化杂志，收到王华的一篇散文《黑白》，后来因为不是写苏州的文章，没能发表出来。退稿时我叮嘱王华，散文写得挺好，没能发出来是因为不对我们杂志的路数，我建议他另投一家有较高文学品位的杂志。过了没多长时间，王华特地来找我，说他把《黑白》投给天津的《散文》杂志，很快就发出来了。这是我俩第一次见面。后来他又告诉我，他在书店里买了一本与围棋有关的美文选，回家一翻，里面竟然有他的《黑白》！于是特地来与我分享他的意外之喜。

接下来我们见面就比较频繁了，不谈写作，只是手谈——下棋。

那些年头苏州作家里的围棋迷经常聚在一起下棋，其中有两位核心人物，一位是老作家范万钧，一位是第一百货商店的老总赵荷生，他俩都是大棋迷，又有号召力，隔三差五就搞一次名目不同的邀请作家参加的围棋赛，特别是范老，他搞的棋赛基本上大家都有奖，奖金从一百元到十元不等，还发奖状，而且大家都能混到一张由苏州棋院颁发的围棋段位证书，因此棋迷作家们都玩得很开心。后来弄得有些外地作家都特意赶来参赛，那是苏州作家圈子里黑白痴迷者的黄金时代。

我和王华是这些棋赛的中坚分子，逢赛必下。一开始我棋力较弱，不是王华对手，就是由于这些棋赛的砥砺和赛后的苦练，终于可以与王华分庭抗礼了。可惜好景不长，这种棋赛其兴也勃焉、其亡也忽焉，也许是因为大家都忙，那股热乎劲头再也持续不下去了。也许是因为网络围棋的突然兴起，既然坐在家里就可以见缝插针下棋，何必劳师动众往一起凑呢？于是我俩竟好多年没见面也没联系。其间曾有人告诉我，《新民晚报》有篇文章提到我，和笔筒有关，我一下子就想到王华，他曾经特地为我制作过一只精美的笔筒。无论多少年不见，友情仍在心里酿着，老朋友就是老朋友。

去年我因找资料路过王华的博客，被好多篇考证苏州围棋史的文章一下子吸引住了，当时我不知道博主就是王华，但其文字的内容、风格都与王华像，于是留了一张字条："你是王华吗？"果然是，于是我俩再续前缘，谈棋论文。今年春节刚过，他便送来散文集书稿，嘱我写序，书名赫然在目——《黑白》!

我俩的友谊史可以缩成一偈：因文而起，因棋而热，因网而隐，因博而续。"黑白"二字无疑是其中的关键词。

20 年前初读《黑白》的时候，王华就是一位写作风格相当成熟的作家了，这本散文集一以贯之地延续着《黑白》那股气息：生动，简洁，典雅，书卷气浓郁，文字背后的人生感慨引而不发，往往让人喟叹不已。我最欣赏他写诸多棋人的那些篇章，如同画家笔下的人物速写一般，寥寥几笔轮廓勾勒，稍加点染，一个人的形状便神采飞扬，形韵兼俱，功力可观。从"本应防"一变而为"本因坊"的知青棋友，凭着一股蛮勇之力在棋枰上浴血战斗的"九断"，浑穆而随意的柿园老人，饱经沧桑的"老特务"……围棋改变了许多人的遭际，围棋也成就了许多有声有色的人生。在王华的笔下，围棋与人生往往水乳交融，难解难分，说不清是人如其棋，还是棋如其人。

围棋真是一种鬼神莫测的文化奇迹啊，它让无数的人生丰富而深刻起来，而在王华那儿，则简直近于宗教。记不清是谁和我说过，下围棋的人一生都不会感到寂寞。如此说来，迷于纹枰而勤于写作的王华便有了双重幸福：围棋让他丰富，写作让他能够把这种丰富有滋有味地表达出来。王华的人生值得羡慕呢。

记得王华退休前是在化工企业里一个简称“压力容器”的办公室工作，我猜想，大约拥有能够抗高压的容器对于化工行业来说是个性命交关的事情。由此推及人生，王华有围棋与写作这两层优质容器，任何来自生活的压力都将奈何不了他旷朗无尘的心境，他也是可以终生免检的“压力容器”呀。

在发呆中微笑
——《蚕豆戒指》序

在一个江南小镇，开一家小茶楼，摆几张八仙桌，每天煮几壶好茶，等三三两两操着异地口音的游客来喝、来品。若是雨天，那就必定是冷清的，搞不好一个茶客也没有，那就对着窗户发呆，看那雨珍珠般一串串从屋檐收不住脚地往下滑落，市河对面屋脊上的瓦花又绿了一点，河畔的风景慢慢变着，柳丝儿绿了，桑树叶肥了，桂花香了，红梅笑了……看着看着，总会有一些心事耐不住寂寞溜出来，搔首弄姿，顾盼生情，于是赶紧找出纸笔来，捉住那些小精灵，若是自己看着还挺顺眼，那就寄给编辑部，让更多的人看——这样的日子，相信是有不少爱清净、爱写作、爱自由自在的人神往的。

这样令人神往的事情就日复一日地写在张寄寒的日历上，真是令人嫉妒。

不知道其他的朋友对张寄寒是什么印象，我想起他时只记得他的微笑，那是一种咪过酒后的陶然、怡然。毫无疑问，这样的人是容易知足的。说实话，他也应该知足，他这样的人，既当不了大官，也成不了大款。不过这也算不得是什么丢人的事，九九归一，到头来张寄寒似乎也没有吃什么大亏，文章一篇接一篇地写，书一本接一本地出，天南海北的新老朋友一茬接一茬地来来往往。我看到他的茶楼上贴着许多来自各地的明信片，一张挨着一张，有名人写的，有普通朋友写的，有好多年前的来信，字迹漶漫、年代已久，有近期来鸿，邮戳上的油墨正香。有的名人来茶楼后竟与寄寒成了朋友，有的朋友现在渐渐地成了名人。寄寒的心里热闹得很，充实得很，丰富得很，幸福得很。更不用说随着茶楼的名气越来越大，茶客越来越多，茶楼的收入也足以滋养他的日子。寄寒微笑得有理。

茶楼客人多的时候，要泡茶送水，要招待寒暄，要介绍周庄，还要说一说三毛，总之是很忙的吧？但寄寒忙起来是什么样子，我就是想象不出。没客人时的寄寒才是我熟悉的寄寒。茶楼一边是街，一边是河，寄寒肯定是面对着市河发呆的。市河上不时有船漂过，有鸭子或鹅漂过，这些都是寄寒看不够的风景。在寄寒眼前漂过的还远不止这些，还有他的童年、少年、青年，那些美好的东西是漂不尽的。逝者如斯夫，其实真正美好的东西是逝不去的，比如一直萦绕寄寒心间挥之不去的蚕豆戒指、父亲的大衣、家里的脚炉、老歌的手抄本、老屋上的燕子窝……太多了，太多了，三毛茶楼下流不尽东逝水，寄寒眼前飘不完故园情。念念不忘则发为文字，结集为《蚕豆戒指》，于是我们得以分享寄寒心中的美好。

翻阅这本《蚕豆戒指》，走进寄寒的往事，觉得寄寒心里总是氤氲着淡淡的忧伤。《蚕豆戒指》中小妹怀着这样的向往："小时候戴蚕豆戒指，长大后要戴金戒指。"可是生活没有成全小妹，最后妹夫只能以一枚铜戒指瞒过小妹，小妹笑了，妹夫却只能暗自垂泪；《雏恋》中的女教师唤起了幼时的寄寒一种朦胧的爱意，可是迫于权势的她却不得不嫁给当地镇长的公子，当时女教师眼里的忧愁令人难以忘却；《紫檀方桌》中的那张方桌几乎从小就伴随着寄寒的命运，它甚至成为祖辈望子读书成龙的象征，几经坎坷方桌失而复得，读书成才却成了奢望，"带着方桌下乡后的十三年里，书桌上不过摆过一本《怎样养兔》的农业科技书，我有时想，紫檀方桌和我的命运也是一样，所以常常抚着桌沿，想念起许多从前往事。"

寄寒的命运与他同时代的人相比，无所谓好，也无所谓坏，大家彼此彼此，那一历史时期就是如此，“覆巢之下，岂有完卵？”寄寒的忧伤是那个时代的忧伤，寄寒的忧伤总是能引出我们各自的回忆、激起我们的共鸣，我想，这正是这本《蚕豆戒指》的价值所在。

当然，寄寒给我们更多的不是忧伤，而是对美好的事物和情感的爱惜与呵护，正是因为美好的东西往往是脆弱的、易受伤害的，所以我们才必须加倍珍惜今天的美好生活。

记得十多年前我就编发过一些寄寒这样的作品，回想起来，他的散文创作中总是有一些不变的东西，就像他不变的微笑。说来好笑，寄寒出书请人写序似乎也有一点不变的劲儿，他一共出过几本书我说不准，可我已经为他写过两次序，这是第三次了，这就让我有点为难，但是在他那不变的微笑面前，我很难推掉。只能在这里说一声，序写得不好，请读者和寄寒多多包涵了。

致刘翔的一封公开信

刘翔，有一件事我一直没有告诉你，我曾经是你的同行。不过，那时候孙海平还不知道你，因为你还小。当然，他那时同样不认识我，我也没认识到他的重要性。现在呢，我不想认识他了，他的重要性对我来说已经不重要了。

昨晚你站在大阪体育场的跑道上，我一直看着你。看着你旁若无人地在起跑线附近溜达，看着你拍胸拍大腿，还鼓着腮帮子吹气，呵呵，比我当年的小动作多多啦。然后，你站定往终点那边深深地看了一眼，再慢慢跪下来，按手，抬头，等待发令枪响。你那一眼使我想起当年我在跑道前的感受，我相信，这种感受是只有我们这些跑 110 米栏的才会有的，那些看热闹的人只会拉开嗓门瞎起劲的人哪里会懂这些呢？

当年我的感受就是四个字：崇山峻岭。一道道黑白相间的栏密密麻麻地挨着，一眼望不到头似的。当时我就想，如果是一只鸟该有多幸福啊。

刘翔，你得明白，我是在正式比赛的前一天才知道我被安排参加这个项目的，当我面对跑道上那崇山峻岭的时候，我才知道了 110 米栏是怎么回事。该死的体育班委瞎乱斗，我说了句“随便”报什么项目他就把我随便给 110 米栏了。呵呵，你听出来我参加的不过是一次校运动会了吧，还是业余的。我知道你不会笑话我，你也不应该笑话我，我跑的 110 米和你跑的110米含金量一样，没少跑一米，也没有少跨半分。

我没师傅，无师自通地跨了一只栏。认识你以后我才知道那不能叫跨，得叫蹦。蹦了一下，心里就有底了。一位体育系的黑脸女生还鼓励了我一句，说“挺好的”，我就不蹦了，得保存体力啊。第二天上午是预赛，体育场上彩旗招展，人声鼎沸，过节似的。体育班委屁颠颠地送来了包子和烧饼，他可能有点内疚，悄悄地对我说，你排在外道，跑不动了你就半道叉路叉出来吧，没事的。我呸！噎下满口包子，我立即对这个馊主意展开猛烈批判，男子汉大丈夫可以这样做人吗？班委的脸立即红了。有些人就是这样，犯了一个错误之后，马上会犯第二个错误想填上亏空，殊不知那只会越欠越多，最后输得两手空空。结果我所在的那一组比赛的时候真的有人叉出来了，但那不是我。我一蹴而就，一蹦出线，蹦进了第二天的决赛！

说起决赛我挺自豪的，因为我几乎是带伤上阵。预赛晚上我回宿舍上楼梯的时候发现形势不对，大腿抬不上去了，一抬就痛。咋办？我请俩手帮忙，把一条腿搬上一节楼梯，再撑着扶手上去，然后再搬另一条腿。痛啊，运动员真不是那么好当的。一夜醒来，依然故我，下楼比上楼更困难。不瞒你刘翔，直到现在，旅游的时候我还是不怕上山就怕下山。班委急了，找来松节油在我腿上乱涂，说这玩艺儿管用。狗屁，照痛不误。对了，刘翔，你腿痛的时候你孙师傅给你涂些什么？

参加过决赛的人才会了解决赛会给运动员带来多大的压力，相信这次进入大阪世锦赛决赛的史东鹏也会对我的话富有同感。我的压力除了来自腿痛，还来自一位女同学，我希望她到场助威，又怕她看到我出丑。谁知她更怕后者，她是躲在宿舍楼的窗口后面看我比赛的。当时我还不知道她的这种心态，如果知道的话我跑的成绩肯定会更好一些。这一点你今后也会有体会的。我给自己定的目标是不跑最后一名，最后的结果是六名运动员中我并列第四。需要说明的是，有一人在中途不幸摔倒了，很惨，其姿势与你最大的对手阿兰·约翰逊的那次摔倒有异曲同工之妙。因此有人指出，严格地讲，我那第四名和最后一名没有什么区别。当然，这并没有影响我领回一张写有我的名字和体育竞技名次的奖状。哦，我还没说我的成绩——23 秒。正因为拥有这个成绩，我才能在二十多年后真正深切地懂得你的意义。

好了，刘翔，我终于把这件事告诉你了。你得了雅典奥运会金牌我就想说，后来你以 12 秒 88 的成绩打破世界纪录了我也想说，但又担心助长你的骄傲情绪。现在你大满贯了，骄傲一点也无妨。谁会指责一位获得史无前例大满贯的英雄骄傲呢？当然，在拿到北京奥运会金牌前，你还是悠着点好。

最爱是龙井

平生最喜欢喝龙井茶，觉得它爽朗磊落，有玉树临风之意态。一杯下肚，荡气回肠，甘香而不冽，啜之淡然，似乎无味，饮过之后，觉有一种太和之气，弥沦于齿颊之间，此无味之味，乃至味也。

夜深人静时分，独自在书房里，刚读过一篇绝妙文章，胸中勃郁着一种喜悦却无人诉说。又不想以电话打扰谁，于是焚起一炉好香，烧开一壶水。用一只瓷色细白的盖碗，勺一匙珍藏的龙井铺满杯底，浇上浅浅一层水，那沁人的清香便像火苗腾起，静候片刻，茶醒了，扁状的茶叶孵成芽样，"开汤"了。端起茶碗，置于鼻下，深深吸一口气，其香清心润肺！

再续些沸水，俯视汤色，瓷器越细白，汤色便越是翠绿，那茶如同一泓浙东春水，生机盎然。忽然想起一篇东坡小品中的意趣，那碗底短芽杂卧，似藻荇交横，如竹柏斜影，叫人深啜不忍、浅尝也惜。真是观茶如观画啊。

最好的一杯龙井茶是二十年前在杭州虎跑泉吃的。那天我也是独自一人，从六和塔上下来，来到虎跑正是"漫思茶"时，于是坐下来慢慢饮茶，龙井虎跑，茶好水好，当定定心心受用，其时确实十分倾心于那杯茶的浓香馥郁，树荫下盘桓很久方去。事后想来，那天在个人饮茶史上留下的深刻印象与虎跑盛名有关，细细较来，似乎并不比在自己书房里独饮更为有趣。

总喜欢把苏州的碧螺春与杭州的龙井相比，认为它们是茶中的靓妹帅哥。碧螺春无疑是女性的，腼腆含蓄，风姿绰约；龙井则是男性的，蕴藉中不乏阳刚之气。这两种茶的不同当然是由于它们的故土不同，它们是由不同的奶水滋润而成的，一如苏杭这两个城市的差别。上有天堂，下有苏杭，这句从元代就有了的民谚名声可谓大矣，如果在全国范围内评选自古以来的十大民谚，这一句必定会中选。但我总觉得这句民谚中杭州受委屈了，它的位置是应该排在苏州之前的。它是哥哥，苏州是妹妹。可是民谚总是得讲究押韵，得说起来顺口，才会便于流传，顺口的东西才是易记的，所以有经验的领导总是善于把有待于落实的任务编成顺口溜放在长篇报告中最要紧的地方，写在路边村口的大标语上，让老百姓一听就能记住。文学能够让一些观念深入人心的一个奥秘就是顺口溜。谁能够把要推广的观念顺着老百姓的口舌溜下来，谁就是能当宣传部长，做广告公司总经理。总经理才不管是不是以辞害义呢，于是苏州这靓妹位列杭州之前了，杭州帅哥也无所谓，这倒是有大哥哥风度的。大哥哥无所谓，小妹妹就蹬着鼻子上脸了，一曲《大九连环》唱得回环往复无止无休。“上有天堂，下有苏杭，杭州有西湖，苏州末有山塘，哎呀，都是好地方。”听说有一帮苏州人正商量着把《大九连环》改成苏州的市歌呢，不知道杭州人是不是知道。不过我以为他们还是会无所谓的，这就是杭州大气的地方。最让人失笑的是不知哪位广告人也想傍这句千古名谚的大款，说“上有天堂，下有苏杭，中间有吴江”，吴江确实地处苏杭的中间，但与天堂放在同一语境里，吴江就成了不上不下挂在半空中的鸟巢，我那一批吴江朋友不就成了一群八哥和画眉了吗？

记得《红楼梦》里林黛玉就曾经用龙井茶招待宝玉。宝玉下学回家，惦记着林妹妹，兴冲冲来到潇湘院，黛玉心中欢喜，吩咐紫鹃：“把我的龙井茶给二爷沏一碗，二爷如今念书了，比不得头里。”读到这一段我便觉得与曹雪芹有会心之处，私心以为曹公也认龙井为茶中男子，黛玉奉茶给宝玉，当以龙井最宜。从黛玉的角度想，她当然认为宝玉乃冰清玉洁的男子，已经不可避免地终日厮混在脂粉堆中，不可再吃那些娘娘腔的茶了，于是龙井成了她的首选。由此我们也可以想见黛玉是个用心很细，也很有见识的女人。可惜曹公在《红楼梦》里没有安排宝玉给黛玉送一盒碧螺春，不然那又是一段江南茶人们津津乐道的佳话了。

可以拿来参与讨论碧螺春与龙井和两地个性之对应关系，以助谈资的，还有一句江南民谚："杭铁头，苏空头。"铁头是说杭人脾气倔，空头是说苏人性格软。杭人撞破南墙不回头，苏人呢，撞是要撞的，但千万别指望他真的去撞。杭人宁折不弯，苏人宁弯不折。你从龙井和碧螺春的形态上就可以窥其端倪。龙井片片坦荡，板板六十四；碧螺春曲曲绕绕，捉摸不定，螺蛳壳里做道场。其阳刚与阴柔之分，一眼可以判明。

龙井是茶叶王国的骄傲，有了龙井，茶国可以没有遗憾了。如果硬要说遗憾也是有的，那就是龙井太有名，于是仰慕它的人就太多，价钱就太贵，即使你认了它那昂贵的价格也难得买到它的真身，这就让人感到十分的没劲。听说让龙井名驰天下的罪人是那位顶级花花公子乾隆皇帝，言者还凿凿有据地给你讲这样的故事：说乾隆皇帝到杭州狮峰游玩的时候，只见胡公庙前的山峦秀丽，山下的龙井泉流水清澈，山坡上还长着十多棵绿荫荫的茶蓬，于是一时兴起，就学着村姑们采起茶来。刚采了满满一把，忽听左右禀报说太后有病，便随手把茶叶往衣袋里一放，立即启程赶回宫里。其实太后没有大病，只是山珍海味吃得多了，一时肝火上升，双眼红肿，胃口不适。她闻得乾隆口袋里的茶叶清香扑鼻，就叫宫女泡了一杯端上来，谁知她的那双红眼被热气腾腾的茶香一熏，便觉得十分舒适，轻轻啜饮一口，清香满舌，啜饮两口，满嘴生津，啜饮三口，神清气爽。她一连喝了三杯，如同灵丹妙药一样，太后的病竟好了。乾隆自然高兴得很，立即传旨将杭州狮峰胡公庙前的十八棵龙井茶树封为御茶，其茶叶年年进贡，专供太后服用，从此龙井茶作为贡茶名扬四海。

多么低劣恶俗的故事啊！龙井茶是有灵性的茶叶，它肯定会对此不屑一顾的，只是一笑了之不说而已。国人总是喜欢以皇帝的名义摆噱头做广告博名声，殊不知恰恰是那些无聊的东西害了我们的所爱。我的一位周庄朋友与三毛通信，三毛要他为周庄保密，别让那些恶俗之人都来祸害周庄，这话的意思我还是同意的，尽管三毛的表达矫情了点。现在周庄再也不怕恶俗之人了，因为它早已距恶俗之物不远，索性沆瀣一气了反倒坦然。

最伤脑筋的是不能有把握地买到上好的龙井，也曾托杭州的亲戚，能不能深入到龙井那一带的茶农家里直接采购，这几乎是避开假茶的唯一途径了。但是不行，那位亲戚虽然也是龙井爱好者，他的最佳战绩也不过是曾经买到半斤茶农留着自己吃的较次的龙井。这样我只能期望吃到龙井的近邻而不是它的那些形迹可疑的无数远亲了。于是便想起在网上看到的《七笔勾 :茶殇》中的一段 :只为金谋，产地也敢来胡诌，原是机器揉，偏说红酥手，本只杭州有，绍兴也封侯，西湖龙井如今难入喉，因此上把茶叶原产一笔勾。《七笔勾 :茶殇》还有六段，写尽了爱茶人的忧虑和苦恼，顺便抄录如次 :雨断云收，茶园春色鬼见愁，化肥遍地有，尿素随水流，青叶肥又厚，绿色缘天凑，满山遍野野花无踪留，因此上把茶园美景一笔勾。满脸愁忧，茶农故乡作盲流，一身黑黝黝，老茧磨满手，只为糊张口，造假也风流，干脆新茶旧茶一把揉，因此上把茶者良心一笔勾。卖茶铺头，巷子深了客不瞅，只好随大流，黄金十字口，房租抵买楼，开支需节流，购点次茶充好不过头，因此上把茶商诚信一笔勾。月上吴钩，有女献茶夜尽头，长袖掩粗手，稀眉粉呆眸，才呡倾盆口，汗湿衣背透，一不留神开水烫了手，因此上把茶艺表演一笔勾。酒肆茶楼，风花雪月似郊游，小姐似花柳，靡音绕梁头，声色犬马有，包房酒肉臭，挂着羊头暗自卖狗肉，因此上把茶楼清净一笔勾。欲说还休，茶界今日多纰漏，洋货实在牛，陆羽地摊走，策划过了头，文化也忽悠，你方唱罢我也不嫌丑，因此上把祖宗流传一笔勾。

于是偶遇龙井真身便十分珍惜，恨不得像周恩来在杭州吃龙井茶那样，最后连茶叶一齐嚼了咽下。不知道周恩来是实在舍不得丢弃龙井呢，还是受毛泽东连茶带水吃下肚子的影响。不管是哪一条，我都觉得这样做其实是不适宜的。三四开之后的龙井其实已经不是龙井了，那时候离开它是对龙井最大的爱惜和尊重。林语堂饮茶有三泡说："茶在第二泡时为最妙。第一泡犹如一个十二三岁的幼女，第二泡为年龄恰当的十六岁女郎，而第三泡则是少妇了。"那么第四开之后的茶已经是筋突骨瘦的老媪了，还忍心勉强她和你花烛对拜吗？

谁在说话

经常有这样的困惑，听着身边各种各样的声音，却辨不清这声音的来处。环顾四周，人们矜持着，微笑着，嘴巴一张一合着，声音呢？听不清。

等待除夕钟声的时候，手机闹腾不停，四面八方的新年祝愿争先恐后往里面钻。这些纷至沓来的短信都写得十分精美，有把庙堂之上的崇高话语和你的私生活搅在一起幽你一默的，有把流行词语串在一块儿博你一笑的，有以三流诗人的腔调来一番抒情让你鸡皮疙瘩此起彼伏的……总之都挺好，挺有档次。问题是热心的朋友们大多数忘了署名，光凭短信后的手机号码我实在分不清谁是谁，那些密码似的数目字看着就头晕。来将拒不通名，那就看他的内容吧。不是说文如其人吗，可是一琢磨那些花活儿就明白那都是朋友之间相互传来传去的，其实都是网上下载的。

唉，我的朋友们如今是越来越懒了，年底邮递员送来的寥寥无几的贺卡就是明证，往年总得有好几十张的。

读朋友们的贺年卡那真是一种享受，别看就两三句话，人家知心知肺呀，一开腔就让你心里热呼呼的。有时老朋友一年半载才联系一次，但是一句话就能让你明白人家心里一直装着你。所以过去年前那一段时间我总是很充实，一张贺年卡就能让我坐那儿发呆好久。且不说朋友们说了啥，单看他们的笔迹那就令人心里舒坦，字如其人，见字如见人哪。

现在倒好，现成的短信一发完事。全球经济一体化路途坎坷，而贺年文化很容易就一体化了——印刷体。大约一个时代总是有一个时代的文字特征吧，奴隶社会是刀刻的文字，封建社会是毛笔写的文字，工业社会是钢笔写的文字，信息社会那就只能是数字化的文字、印刷体了。这两年时髦的人造美女可以算是这种印刷体的极致了吧？

估计我的朋友们在年底都犯过踌躇：写贺年卡呢，还是发短信？答案大都是后者，因为这是一个讲究效率的时代。即使是后者，也仍然有传统派和现代派之分。去年除夕，我正在吭哧吭哧地给朋友们一个个写贺年短信，忙了好半天还没搞完，儿子早就定定心心地看电视。我很奇怪，问他怎么不给同学们发贺年短信，他不屑地说早结束了，手机里数十名同学一个群发搞定！哦，他是登高一呼群起响应，一扯绳子，所有的耳朵都竖过来。而我呢，一对一耳语，地下串联似的，颇有猥琐之感。不比不知道啊，人家那才叫现代，才叫潇洒呢！

可是，我们收到短信却没收到朋友，收到云里雾里的饶舌却没收到如茶如酒的友情。

我真是恨透了那些创作贺年短信的好事者。这个社会里总是有些人太勤，有些人太懒。有时是因为别人的勤造成了自己的懒，有时是因为自己的懒怂恿了别人的勤。比如这些短信，大家觉得好玩、有趣，拿来一用吧，省得自己动脑筋，就稀里糊涂地把自己的一块生活内容切给人家了；比如说正在兴起的彩铃，有的朋友把爱女奶声奶气的“爸爸，来电话啦”录下来作为自己手机的闹铃，就像不管到哪儿女儿都陪着似的，非常有意思，于是人家手机内容提供商闻到腥味儿了，由枪手创作内容，另选儿童、女孩提供声音，五花八门让你选择。听说广告商也摩拳擦掌要往彩铃里挤，以后有电话打来，请你先听广告。你不干？免你一半话费你还干不干？于是再切出去一块。网络运营商和内容提供商紧紧勾结，会把你一个好端端的人弄得一身皮肤病，好皮好肉却哪儿都痒，不痒也得把你弄痒了，然后一把把抓挠伸过来，你就舒舒服服地签单付费吧，你就让这商那商步步进逼在你生活角角落落里恣意提供、放肆运营吧，你就慢慢地被这个时代格式化吧，那一把把抓挠追着你，你无处遁逃！

信息社会是这样的一个社会：它将人与人连得更紧，也将心与心分得更远。对此我们显然心有不甘，也许我们该求救了。《圣经》说“主救自救者”，西哲说“我思故我在”，那么，就让我们从倾听开始吧，倾听自己的内心，并且努力让别人听见它的声音。

候鸟之飞

其实每个人的一生都只是在一根线的两端行走，一端叫旅途，一端叫家园。每当那黄历本儿越翻越薄，许多人的心里便升起一种冲动，越来越清晰，越来越强烈。于是，这个星球上最大规模的迁徙开始了，似乎杂乱无章的轨迹越来越密地笼罩起东方的那片土地，织成一只归家的茧子，上帝指着这只茧子说，喏，那就是中国。

归家的人只有候鸟的心，却没有翅膀，他们的翅膀是一张纸片：车票，机票，船票。有时必须怀揣这三票风雨兼程，才能完成那不可遏止的候鸟之飞。无数咚咚咚的脚步在所有的道路上擂响，归家，是此时唯一的大事。昨天还听人这样说：什么叫幸福？手捏一张回家车票便是幸福。

我这只候鸟栖居在苏州二十多年了，这二十多年的流浪史也是一段二十多年的迁徙史，同时也是这二十多年的全球气候变迁史和江苏交通发展史的一个小小的见证。

上世纪 80 年代的春节要比现在冷得多，好几年我都是在冰天雪地里赶路回家的。一路上汽车轮子绑着铁链，在更像冰面的路面上小心翼翼地行走，漫天雪花飞舞，车窗外一片雪白，巅簸着的客车载着一堆归心似箭的人在大雪中奋勇前行，义无反顾，好像冲过这险象环生的冰路，就可以直抵仙乐曼妙的圣境。现在全球变暖了，飘一点小雪人们就如获至宝地冲出去

拍照,呵呵,现在的业余雪景摄影爱好者们真是可怜。

二十年前的旅途也比现在经得起走,同样的距离,现在三小时不到就结束了,那时却要足足颠簸八个小时! 真是过瘾啊。哪像现在车行于高速公路上,连一次像模像样的颠簸都没有,还能叫什么旅途吗? 太平淡了。过去车厢里的活动那真是丰富多彩,上车时总是有人要吵一吵的,如同好戏开场时的锣鼓急急风,让刚从睡梦中醒来的人们精神为之一振。然后是一路带人,帮司机讲价,再然后是出城时与司机密切配合对付交通检查站的超载检查,有人蹲着,有人躲着,甚至有人先下车步行一段再上车。那种同乡间的团队精神令人感动。

现在回趟老家拔脚可走,稀松平常,吃了晚饭出发也无所谓。二十年前春节回家可难了,那是一次战略行动。先得想方设法买好车票不说,还得把防治晕车的措施准备好。夫人晕车,坐一次车等于生一次病,此系大事,不可马虎。二十年来我们可以编一本防晕车大全了,吃药,膏药贴肚脐,姜片贴寸关……应有尽有,花样繁多,防治效果也越来越理想。还得准备一些适合车上食用的小吃,旅途无聊啊,我得把夫人儿子先伺候好。还有午餐,中午总得停车吃饭的,那路边小店的饭实在不敢下箸,得自己带着,这方面也花了不少脑筋,总结一下哪种可称最佳旅途食品,我就不好意思说,还是最传统的煮鸡蛋。

旅途中最有趣的节目是过江。滚滚长江东逝水,浪淘尽千古风流人物。每次从黄田港上轮渡,我总得对着那浑黄的江水发一阵呆的。那时还迷着写诗,江面上的近半小时对我来说是幸福而有意义的,寒冷的江风吹在脸上如刀割也不在乎。后来就麻木了,无所谓了,风再如刀割也割不下几句有意思的诗来,后来就干脆躲在车厢里吃花生米了。不过,现在驾车从江阴大桥上疾驰而过的瞬间,我真的怀念轮渡上的感受。

最难忘的是有一年的大雾,那真是大呀,我们先是被堵在江边上,一直等到下午三点风把江雾吹散才过了江,没想到在离家数十里的地方,大雾追上来了,把我们的车团团围住,三米之外都不见,知向谁边?那雾真是壮观,无声无息地汹涌而来,浓而白,一浪一浪的,无边无际。司机动也不敢动,后来有一愣头青小伙子开车从后面冲上来,咱们的车就小心翼翼地跟着,快了怕撞了前车,慢了怕掉了队再也不敢动,一路龟行,总算挨到海安县城。司机打死他也不敢开了,大家就地找旅店住下,和衣躺到天明。第二天大早,憋了一肚子气的司机跳上车一路大轰油门,十几分钟就到家了。这一年的春节因此变得更让人珍惜。也许家的概念就是在诸如此类的事件中越发根深蒂固起来的。

击鼓而行

一路走来，几十个国庆节擦肩而过，回头看看，我印象最深的是什么呢？想来想去，还是敲鼓。

我说的是军鼓，一只大军鼓，若干只小军鼓，再加上一对大铜钹就齐了。游行队伍走过来，军鼓的位置总是在前面的彩旗中间，尤其是敲大军鼓的威风，两支鼓槌上系了绸带，鼓手花着敲，只见彩绸飞舞，鼓声撼地，游行队伍里的人都不由自主地踩着鼓点子走，那声音就好像把所有的人、所有的心都包裹起来一起使劲儿摇撼似的。

热衷于敲鼓那时已经是“文革”后期了，我在公社供销社混饭吃，写批判稿、涂大标语、画宣传画、统计各大队棉花收购进度之类的活儿什么都干，还负责搞什么生物防治。当时已经懂得思考一些问题了，从苦闷个人前途过渡到担心国家命运了，常常觉得心里很空，很消沉，总是想发泄，又不知道除了喝酒吵架还可以怎样发泄，直至与鼓结伴。

那些年头动不动就要游行，那是一件很无趣的事，无论是混迹于队伍之中，还是充当路边的看客。但成了鼓手就另当别论了。鼓手好，不需要跟在人家后面胡乱竖拳头喊口号，不需要哑着嗓子唱什么“就是好”的歌，更不必去看那种令人喷饭的忠字舞了。只管敲，使劲儿敲，敲在点子上就行。可以什么都不想，什么都不说，什么窝心的事都丢到脑后，鼓声把一切都赶得远远的，能感觉到的只有在鼓声中发胀发麻的心。

第一次充当鼓手是因为人手不够，几个鼓手都是平时一起玩、一起喝酒发牢骚的哥们，简单的两三套鼓点子一说就记住了。先敲小鼓，一敲就敲上了瘾，一条小街没走完我就敲得如痴如醉忘乎所以。游行队伍早散了，我们还站在放锣鼓的仓库门前不停地使劲儿敲，意犹未尽呢。

从此我就盼望国家有事，因为国家一有事准是好事，一有好事准要游行，我就可以敲鼓了。哥们几个铆足了劲，一门心事敲，大鼓小鼓大家换着敲，敲了一遍再来一遍，踏着鼓点一边敲一边走，也不管周围打什么旗帜喊什么口号，只管敲着走，如入无人之境。至于为什么游行那是与我们无关的，身在游行队伍之中，心早已游离于队伍之外。因为敲鼓，我们体验到痛快淋漓，体验到振奋，莫名其妙的振奋。

也奇怪，每次敲鼓后总会维持一段时间的好心情，会考虑做点事，比如学拉小提琴，可是没老师，人家说我像拉二胡；比如画国画，也是苦于没人教，画来画去还是大批判专栏的水平。还是到废品收购门市部找旧书读来得实惠，50 年代的《萌芽》杂志让我尝试写作，一套“文革”前甘肃师大编的数理化复习参考书在恢复高考时那可是发挥了巨大的作用。

最后一次敲鼓是庆祝粉碎“四人帮”，我记得那次把鼓皮敲破了，破了也敲，游行结束了回来，我们哥几个在棉花收购站里的大晒场上兜着圈子敲。后来被头儿大呼小叫把锣鼓收回仓库，我们还手拍着收购站的办公桌胡乱敲了一回，才揉着发麻的手一起喝酒去。

后来在看交响乐时总是特别注意鼓手。后来有几年我迷恋写诗，自然要写一写鼓手的，那真的是有感而发：“……忽然，旋律滞于凶险的沼泽 / 不协和音给希望罩上沉闷 / 猛地，指挥剑眉倒竖 / 额发狂怒地飞起 / 你双臂一震 / 沉雷，隆隆滚过天庭 / 滚过乐池 / 向无数灵魂的帐幕逼近 / 于是所有的情思都在燃烧 / 所有的配器都高奏起昂奋 / 众多的强音在悬崖上 / 汇成和弦的巨瀑 / 磅礴的主题在搏击中 / 飞成骄傲的天鹰 / 你又在军

鼓上撒出轻骑 / 马蹄,在谱表里踏出一路火星 / 终于长笛出现了 / 终于无尽的地平线上 / 升起一个崇高的意境 /F 音孔流出醉人的清丽 / 音乐厅上空浮起彩虹……呵,鼓手 / 指挥的突击队 / 乐团的自信 / 交响乐的阳刚之气 / 人寰间的猛士之魂 / 多希望你踩着鼓点 / 在生活中巡行 / 哪里有艰难前的消沉 / 哪里有成功后的停顿 / 那里,就该有你 / 炽热的鼓动……"

当年我敲过的鼓不知还在不在这个人世间了,那几位哥们一直保持着联系,他们都在忙着挣钱呢。

热 烈

那时候我们的社会似乎很需要“热烈”这样的东西，来了个什么人需要“热烈欢迎”，做了什么事需要“热烈祝贺”，如果还嫌不够，就得“热烈欢呼”，反正得“热烈”到那个份儿上才行。回想起来，上世纪 60 年代杀气重，白纸用得多，70 年代红纸用得多，大约就因为后者比较热烈的缘故吧。

到了我在小镇上时不时要写大幅标语的时候，已经是一水儿红纸了。写得最多的俩字就是“热烈”：拿起排笔不管三七二十一先“热烈”，然后再从口袋里掏出纸条看看后面还得写点什么，不会错的。

我写标语的程序是这样的：接到任务就先去茶食加工间，拿只铅桶倒点面粉，拎到老虎灶上，烧水的大嫂帮我兑一勺温水把面粉调成浆，然后等，等铁罐里滚沸得“瘤”了，大嫂一大勺沸水浇下来，我赶忙拿起一根棍了一顿猛搅——浆糊捣成了。

拎着浆糊来到小街，就近在文具柜台数一沓红纸，选一支排笔，开一瓶墨汁，开工。

对了，还有两把扫帚，一把刷浆糊，一把刷纸——先在墙壁上刷浆糊，上下两行，中间打个叉，把整张红纸按上去，干扫帚大刀阔斧刷刷刷，平伏熨帖，于是饱蘸墨汁开写。我喜欢写黑体字，因为我只会写黑体字，饱满，大方，爽气，后来编报纸画版做标题，还是对黑体字情有独钟。

总是会有一两闲人陪着的，写写聊聊天，挺好，如果有女孩子在旁边夸奖有才，那就几乎飘飘然了。记得有一次陪我的是县里什么工作队的一位中年人，他很认真地评论说，你有这门手艺真好。我吓了一跳，这就算有手艺啦？记得供销社施主任也曾说过这样的话——可能是我在什么地方吹了句牛，他拿一张老母亲的照片给我，要我放大，我就靠自制的九宫格、铅笔在一张铅画纸上弄成了，他一愣，呀呀呀太像了，小薛你可以靠这门手艺开店赚钱了。后来我想，也许无路可走的时候真的也算一条路，混一顿两顿饭填肚子，谁能说得定呢？

热烈归热烈，但一种惶惑感越来越强，挥之不去，接下来等着的是什么样的日子，难说。总有这样一个念头，哪一天毛老人家不在了，热烈就结束了吧？

每次热烈后的浆糊桶如何打发的，我洗了，还是被谁拿去喂小猫小狗？实在想不起来了——但总是会有人收拾的，不会像“文革”这超级浆糊桶，到现在都没人肯正儿八经地洗一洗。

糖的春节

春节将近，茶食加工间里一派繁忙景象，晚上还是要集体学习的，听读报困了，就从屁股底下一大包一大包的糖果里抠几根出来嚼嚼。我最喜欢在那儿切云片糕，从蒸笼上端下来等待切成云片的方糕，在刀下松松软软的，切下去十分惬意，老师傅一刀刀嚓嚓声轻轻的，拿起来看一片一片不作兴连着，最绝是一斤正好是厚薄均匀的一百片，我数过，不是吹的。我只在他们指导下练过几次，现在家里切萝卜丝什么的就都成了我的炫技时刻。

春节期间供销社里只属于我的炫技时刻是开糖条子。一人定量供应三两糖，你得食用，还得送礼，三两哪够？供销社的几个主任就很忙，口袋里装着一沓二指宽的纸条，随时随地都可以掏出来批。恼人的是主任抠门得很，没交情他不批给你，磨半天他只批给你半斤，于是他们就偷偷找我，我批的条子与主任的别无二致，从来没有露过馅，而且我爽气，大笔一挥，二斤！

那时我总是穿一件白大褂，飘过糖烟酒门市部的时候，俩卖糖的售货员就鬼鬼祟祟对我招手，角落里小纸条早准备好了，要我批条子就数她们勤，她们也没办法，盯着要糖的人多，压力大。

其实我更喜欢做的事是帮她们包糖，我包的三角包紧致，匀称，棱角分明，甚至有点潇洒，三下两下包起来远远地往柜台上一扔，毫不走形，自己都觉得酷。

也算淘书

供销社里有个废品收购门市部是我经常去的地方，因为那儿收购旧书刊报纸，是我淘书的唯一去处。

收来的旧书刊都扔在两只齐胸高的木头大筐里，横七竖八地堆在一起，手伸进去一翻，顿时灰尘涌起，得屏住呼吸，不然就会呛着。手臂上身上惹一层灰是免不了的，那时我总是穿一件白大褂在供销社各个门市部里飘来窜去，不怕脏。

要淘到能看看的书得碰运气，首先旧书堆得深才有翻到好书的可能，否则浅浅一层，一览无余，都是当时教改后的教科书，内容大都是怎么开拖拉机、怎么养兔子什么的，没劲。印象最深的是有一次翻到一摞《萌芽》，50年代出的，纸张黑黑厚厚的，大约有七八本，我如获至宝，把它们仔细装订成厚厚一册，还做了个封面，很费心思地写了几个美术字。不过里面的内容真的让人失望，不少文章相当于现在的表决心，难得看到一两篇稍好看点的，聊胜于无吧。

有一次翻到一沓大约相当于六十四开本的薄册子，都与美术有关，有一本《怎样画铅笔画》，作者是费新我，十多年后我和费老聊起此事，他只是笑笑，看来并没有把那书当回事，只是在上海做学徒时做的一件小生活而已。不过我还是从那小册子里感受到艺术的魅力，一支铅笔，寥寥几笔竟也楚楚动人，我就是做不到。

还有一本《提香》，介绍欧洲大画家提香的，有人物和作品照片，文字读来似懂非懂，但毕竟是闻所未闻的东西，还是慢慢地读。三十年后在卢浮宫与提香猝然相遇，忽然一下子激动莫名，唏嘘再三，三十年中间隔了多少东西啊。

一回实在找不到书，就把一本“文革”前的《平面几何》带回去翻着玩，觉得有趣，一路习题做下去，竟自学完了。1977 年参加高考，初复试的平面几何题我都做出来了，没想到无聊之举能帮我侥幸过关。说起来我还淘到一套三本“文革”前甘肃人民出版社出的高考复习参考书，恢复高考时被一位高中老师借去死也不肯还我。

还有件事挺有意思的，值得一记：淘书淘多了，收购门市部板板六十四的老陈有意见，他自己不说，关照小姜对我说，要我拿其他的书补上。我灵机一动，到对面综合门市部的图书柜台借两套《毛选》给他，反正他也把《毛选》当旧书收。然后我再随便找两套还给图书专柜，那年头簇新的《毛选》到处唾手可得，只是书主奇怪：你要这玩艺儿干吗？

POLY AUCTION
POLY AUCTION
POLY AUCTION
POLY AUCTION

一只小老鼠

那天深夜，大约一两点钟的样子吧，桌上煤油灯已经开始渐渐暗淡下去，我睡意早生，打着哈欠做最后两道数学题，再挨一会儿就要上床了。就在这个时候右手边的办公桌抽屉里有响动，我木木地拉开抽屉，突然看到里面有一只眼珠儿骨碌碌乱转的小老鼠，似乎与我同时吃了一惊，愣在那里。

一个激灵，我飞快关上抽屉。俗话说见蛇不打三分罪，见鼠不打也绝对不是负责任的表现。

但是怎么打啊？虽说总体形势我占优，可抽屉里地形复杂，对它来说有很大的回旋余地，说不定我的武器还没有高高举起，小家伙早已逃得无影无踪了。一定要有个完善的方案，比如在抽屉口套上个口袋然后逼它入瓮之类的。

问题是我太累了。

当时是1977年的深秋，恢复高考前夕，当我知道仅仅读过一年初中的我也可以参加高考的时候，距离高考只有一个月时间了。我的写字台上堆了高高的一摞书，我得以几乎每天一册的速度学完它们，要知道，那一册原本是要在老师教导下学一个学期的。更要命的是白天我还得上班。于是我得在夜里干。小镇晚上十点钟停电，我就准备好煤油灯，加满油，直到油烧完了，灯花最后挣扎一下熄灭，我才摸黑上床睡觉。

我决定按照既定方针办，先睡，明天再说，反正那小家伙被关禁闭了，跑不掉。昏昏沉沉中听到写字台里有响动，我睡着前的最后一个念头是，由它去吧——结果那小家伙真的去了！

第二天一早我沉着冷静洗脸漱口，才去处理小家伙的事：先敲打一下写字台侧面的木板，再倾听它在哪一层蠢动，竟然没有声音。再敲，还是鸦雀无声。小家伙在和我斗智吗？那也不可能有这么好的心理素质啊。我小心把抽屉一只只拉开一条缝向里窥视，也没有发现任何迹象，难道只是我做了个梦？突然我发现桌子侧面的木板有个洞，酒盅口大，哇，小家伙咬破噩运，逃出生天！

我松了一口气。我羡慕那小家伙。我觉得小家伙是上苍给我的神秘暗示。

离开供销社交接的时候，我郑重地把带洞的写字台作为最有价值的东西交给接任的姑娘，她正奋力向高考作再一次冲击。

我的破桑

其实我的普桑一点儿也不破,奶白的车身,每一次洗车后都是那么阳光,那么精神焕发,浑身上下几乎找不到一点儿伤疤,当然,保险杠上也有一些细细的擦痕,但那是可以忽略不计的。就算几个月不洗车,前前后后上上下下都风尘仆仆,我的破桑还是不破的,那种历经沧桑的疲惫感有时竟会使我感到一种莫名的心动。我常常远远地打量它,欣赏它,它是那么沉稳低调,一身阳刚之气,也不乏安静与柔和,朋友都以为我很快会换车,我为什么要换车呢?找不到理由,更不要说它才跑了五万公里,现在正是它最好的时候啊。

破桑是谦辞,普桑是谦逊的,它也最有资格谦逊:让那些耀武扬威的家伙们满世界乱窜满大街招摇吧,谁都年轻过,年轻就得要个年轻的样子,我们老了,无所谓。话说回来,普桑也只能谦逊,它凭什么张扬?这年头谁有耐心听它的辉煌历史?再辉煌也只是历史呀。有一次路遇一位我不太喜欢的朋友,想不到他说了一句很有水平的恭维话:发动机真好听!亏他想得出,竟然可以这样千真万确天衣无缝地夸奖我的破桑,我几乎要感动了。可惜这样的恭维话对于我的破桑来说是绝无仅有。所以,我只能仍旧破桑。

破桑这称呼挺好的。低调往往是一种解脱。我都破了,你还忍心搡我?

听说有人把自己的桑塔纳叫什么“桑桑”“纳纳”,太恶心了,太不理解自己的座驾了,简直是侮辱。破桑是浪迹天涯的牛仔,是冲州过府的汉子,哪能以小猫小狗视之?

听说也有一些车拥有自己低调的诨号,Polo 叫破锣,别克叫瘪壳,虽然它们都是走的谐音的路子,但其高下显然不可以道里计。说到中国车文化,一个“桑”字有着厚重的历史感和浓郁的文化意味,任何别的字眼都无法替代,什么破锣啊瘪壳啊,只是东施效颦而已。我有位邻居去年买了一辆劳斯莱斯,不幸的是那车老是要往 4 S 店里跑,不是这里出点小问题,就是那里让你不开心,邻居笑着说哪里是劳斯莱斯,分明是“老是来事”啊——也是比较有趣的别名,可惜只是一声苦笑。

拿到驾照后就考虑选购什么样的车,最先进入视界的是别克凯越,等了两个月凯越出来了,却让我大失所望——小气,以后也看了不少车,在我预算的价格区间里都没十分中意的,再后来差点把尼桑新蓝鸟开回家,但二十几万的价格,十碟 CD,却只有一只安全气囊,副驾没有,那可是妻子坐的地方啊。作为全家的一次重要投资却没有充分考虑到主妇的利益,显然是厂家的巨大失策。再后来陪我看了好多车的朋友忍不住了,说你还是买普桑吧,实惠!他是老驾驶了,显然是深思熟虑过的建议,我解放了一下思想再去看车,果然就看中了,看中了的除了实惠以外还有两个字——大气。

大气首先是大,前排后排胳膊腿儿随便你怎么放都行,一点不会局促不安。一大,气儿就顺,坐在驾驶室里,舒适自如,自信满满。单位里有位老姐儿,就是喜欢坐我的车,因为我舒适的坐姿散发出来的自信也给了她信心和安全感,坐别人的车她会紧张得不知道说什么话题才好,在我的破桑里她就如同在自己的办公室里,随心所欲一泻千里地喋喋不休,一直唠叨到目的地停车,啊?到啦?一脸意犹未尽的遗憾。

我的破桑给了我充分的成就感和运动感。

成就感是指它为我提供了巨大的操控空间,一上车我的两手双脚就停不下来，踩了离合踩油门，踩了油门再踩离合，手也跟着后面忙活，进了二挡进三挡，进了三挡进四挡，然后再退，再进，时不时还得踩刹车……车子的每一个动作都是我的劳作带来的结果，在我手脚们不停的密切配合下，我的破桑在拥挤不堪的都市车流里如一尾鱼儿优哉游哉，乘一苇之所如，凌万顷之茫然。这种操控快意是那些开着自动挡车的人所享受不到的。

运动感当然来自运动，操控破桑得实打实地用力，破桑之破，其实就是说的这事儿。钻进破桑更像钻进一个车间，马达响起来你就得动手动脚，你就是一位蓝领机械操作工人。但是也只有破桑之破才能给人带来那种酣畅淋漓的运动感。过去我曾质疑F1汽车大奖赛怎么能列为体育运动呢，开了破桑我就懂了，手动挡车驾驶员就是运动员。

最有趣的时刻是踩了离合放空挡的时候，往往看到前方是红灯了，瞄一下还有多少秒，我就凭直觉稍一加速再踩下离合自由滑行，一直滑行到路口，正好绿灯亮起，再一次证明我的预测和判断是无比正确，于是轻点油门绝尘而去，据说放空挡还省油，心里那个舒坦啊，其妙处怎与自动挡驾驶员叙说？

开久了，我便有了和破桑融为一体的感觉，这种感觉最极致地表现在一次差点发生的撞车事件之时。那一天我从高速公路上下来，已是黄昏时分，路灯纷纷亮起，疲劳中不知不觉地有了些恍惚。忽然前面的一辆货车无缘无故地慢下来——其实是有缘故的，前面是红灯，我没看见，被他挡住了——当时我意识里流动的是，他无缘无故地停，我怎能傻头傻脑地跟着停？于是乘着余速打轮从他左侧超车。说时迟那时快，我刚冒出他的车头，就看见一辆大车迎面撞来，我本能地向左一打轮，正好擦着车窗闪过——事后坐在副驾的妻子回忆说是擦着她的脸闪过——刚闪过来就看到一小车从左边钻进我的视野，是一辆过斑马线的三轮车，我疾忙跟着向右急速打轮，也是擦着那一脸惊慌的男人闪过，然后停下来，红灯正好在我的头顶高悬着闪烁，我的破桑孤零零地停在十字路口中央，那时我才明白前车停下来不是没有缘故的。接着我拿不定主意的是，等绿灯亮了再开走呢，还是就这样溜了？本来这样的剧情下交警该出现的，可那天这个路口正好被交警叔叔疏忽了。想了一下，不得要领，却想起了鲁迅的诗句 ："两间余一卒，荷戟独徬徨。"

第二天一整天我都不会开车了，似乎手抖脚也抖，做什么动作都提心吊胆的，总是想着那一幕，总是想着妻子的那句话 ："今天我差点就没命了。" 然而过了心有余悸的那几天，再回忆起那一幕的时候，心里竟然有了一丝怡然自得，那一秒之内的两次打轮太果断精妙了，就好像精心计算反复练习过似的，有八个字可以形容那一瞬间 ：人车合一，心手双畅！

这是一次没有付出惨痛代价的深刻教训，全仗着我的破桑的完美配合。这个事件之后我常常会在路上感觉到其他车们对我们破桑的敬意，没有哪一个司机会小觑破桑的，开破桑的人往往是车技了得的专业驾驶员，和破桑较劲是没有好果子吃的。事实也确实是这样，现在路上随意野蛮挤对变道的驾驶员比比皆是，但是只要我一踩油门他们就立即规矩起来，谁都懂得马路上的潜规则，好车怕孬车，开着桑塔纳，走遍天下都不怕。这就是破桑之破的别一要义了，我是破桑我怕谁！

说到这方面破桑的底气最足了，小擦小碰的我都不愿意找保险公司，麻烦。有一次在加油站，前面的切诺基不耐烦等了，倒车就走，和我的破桑撞个正着，把前脸撞坏了，那位车主要报险，我说算了吧，太费时间，附近有个店里会有配件的，换一个就得。哥们挺仗义的，关照店主换个原厂的，换好了交钱，才人民币 17 元，弄得大家都有点不好意思。

还有一次我被公交车别了一下，把右面的后视镜别坏了，交警说责任一人一半，因为我的车轮正好压在黄线上，交警还咕噜了一句，也就是五六十块钱的事。于是我对公交车司机大度地一挥手，自己到修理厂换一个，师傅拆下坏的后视镜说，不对呀，这是个电动后视镜，得一百多。换完加上人工，二百出头了，自认晦气吧。不过经过这事我对我的破桑加深了解了,原来它的后视镜是电动的,也就是说可以坐在驾驶室里拧着旋钮把后视镜上调下调左调右调!破桑竟然还有这样高级的功能?嘿嘿,说起来难为情,发生这事时我已经拥有破桑三年多。

于是我更加越开越觉得破桑好,越开越觉得破桑和我简直就是绝配,我怎么舍得撇开我的破桑另娶新欢呢?可笑二手车贩子一直盯着我的破桑,无论我停在哪儿,他们都会找到我的破桑,在挡风玻璃上、门把手上夹一张名片。我才不理睬他们呢,我今年不换,明年不换,后年还是不换,急死他们!

阿　咪

整整一个星期了,阿咪还是没有回来。

七天前也是一个星期天,晚上猫阿爹抱着阿咪在暮色浓重的院子走了好久。阿咪很乖,紧紧贴在猫阿爹的臂弯上。猫阿爹一面轻轻地晃动着阿咪在院子里转,一面回想猫爷叔小时候生病了在猫阿爹臂弯里昏沉沉睡觉的情景,两岁的猫爷叔比阿咪大不了多少,但比阿咪精明。猫阿爹手臂不晃了,脚底下不走了,猫爷叔马上睁开眼睛哭闹。阿咪不,阿咪也生着病,有两三天不吃了,平时她最爱吃的鳊鱼,送到她鼻子底下闻也不闻,只是慢慢地走到水盆边吃点水。过去也有两次这样,但是她躲在什么角落里过一两天就又活泼泼回来了。谁能想到这一次就再看不到她回来了呢?

到星期三都没有看到阿咪回来,猫阿爹的心就悬起来了。四五天不吃东西的阿咪肯定走不远的,而且,只要她走得动,肯定会回来的。每天傍晚,阿咪无论在院里睡觉,还是吃东西、散步、嬉戏,只要听到汽车声由远而近,耳朵就支楞起来,全神贯注。再听到前院门铁闩一响,她就奔出来迎接猫阿爹,嗲嗲地叫一声,尾巴竖起来在阿爹脚边绕来绕去。如果她想吃东西,就会兴冲冲在前面领路。把阿爹一直领到厨房,领到冰箱前,对着阿爹叫,理直气壮地叫,有时还叫得很委屈。

猫阿婆总是安慰猫阿爹,"猫有九条命,生命力强得很,肯定会躲在什么地方调节自己,会回来的。”渐渐地阿婆也不那么自信了,因为时间一天天过去,阿咪这样的身体状况,能跑到哪儿去呢?

一个黑色的字眼狰狞地出现了,回避不了的可能。听说猫在自己不久于人世的时候,都会悄悄离开家,找一个不为人知的地方,静静地等待自己的归宿。当初听到这种传说,不过一声感叹而已,现在这传说和阿咪联系到一起,猫阿爹猫阿婆一齐沉默无语了。

回想起来,那天傍晚阿咪那么长时间在阿爹怀里那么乖,是有意和阿爹依依惜别吗?想到这,阿爹就心痛,抑制不住、摆脱不了的痛。

毕竟朝夕相处三年多了,在猫的生命表里这三年相当于人的三十年,而且是最华彩的三十年。在这个家里,阿咪从少女变为少妇,变为母亲。在这个家里,阿咪把自己的命运和幸福毫无保留地托付给了猫阿爹、猫阿婆。

阿咪是从南京来的。阿咪还曾到北京旅游过。阿咪的主人毛君说,往北京途中在高速公路上停下,让阿咪下车撒尿,阿咪半步也不敢离开毛君,小家伙精明得很。

毛君的女儿上中学了,怕影响女儿学习,把阿咪带到苏州托付给猫阿爹。在此之前,猫阿爹多次见到过阿咪,十分喜欢她那小精灵特有的憨态。她爱在光滑的地板上楼上楼下飞奔,有时想停下却停不下来,在地板上一滑老远,特别有趣。也许是缘分,她会蹲坐着对正聊天的猫阿爹目不转睛地看着,突然跳到阿爹身上,马上转身逃走,活脱脱一个人来疯。

来到猫阿爹家的第一天她就出走过。她是站在笼子里晃晃悠悠满脸凄惶来到阿爹家院子里的,想不到才一岁多的小猫竟有那么大力气,能拉开铁丝逃走,那一幕正好被下班回来的猫阿婆看到,她逃到西邻小院里了。西邻当时无人居住,野草长得遮天蔽日,没法找。阿爹着急,阿婆说别急,如果有缘的话,她会回来的。果然,没多久她就进三步退两步犹豫着回来了,大概她认为她的笼子和食盆在哪家就在哪吧。

过了十多天阿咪又出走过一次，白天出去一夜未归。没办法，阿爹在小区里探头探脑地找，对门的保姆问：是找猫吧？物业公司门前的矮墙上有一只呢。跑过去一看，果然是她，失魂落魄般地伏在那儿，身上脏兮兮的，抱她她也不躲。她是被猫阿爹一把抓着两条前腿拎回家的，像被拎着耳朵回家的逃学娃娃。

亲情就是在诸如此类的细节中不知不觉萌生的。在这之后不久，猫阿爹、猫阿婆的称谓出现了，这是阿爹、阿婆和阿咪之间的秘密。本来阿爹阿婆觉得抚养阿咪就像抚养小孩，正好填补了儿子外出读书留下的情感空白。但是把阿咪当自己的小孩明显不妥，那不是和儿子平辈了吗？儿子回来了要抗议的。于是各自晋升一级，做阿咪的阿爹阿婆吧，儿子顺理成章成了猫爷叔，不会再有意见了吧？至于阿咪，她是无所谓的。

阿咪最要紧的是两件事，一是吃，二是玩。

馋猫馋猫，一点也不冤枉她。阿咪就知道吃好的，鱼呀肉呀鸡呀鸭呀来者不拒，而且要新鲜，最好烧得浓油赤酱的给她吃，否则，她跑到食盆边稍稍一闻，掉头就走。鱼鳔是她的最爱，一只鱼鳔她能歪着脑袋唧嘎唧嘎咬半天。于是阿婆在菜场买鱼时总是带回来一大把鱼鳔。现在冰箱里那条专门为她买的大鳊鱼旁还有一大把鱼鳔，阿咪怎么舍得没把这些吃完就走了呢？

从饭店打包带回来的东西阿咪都有浓厚的兴趣，对一些从来没尝过的食物有着极为包容的态度。弄得阿爹在参加饭局时老是打量着那些阿咪感兴趣的东西能不能剩一点下来，还得准备好得体的说词把那些东西成功地带回去，还得避免让别人在心里瞧不起。这种事情一般都比较顺利，同桌的人们都很赞成很配合，当然，不配合也不行，谁愿意和一只可爱的小猫过不去呢？可是也有例外，一次潘敏请一班作家吃饭，菜太多，一条挺大的鳊鱼几乎没动筷子，反正都是朋友，阿爹当然要提出要求，没想到文瑜莫名其妙地坚决不让打包，最后只好作罢，真是可惜了那条浓油赤酱的大鳊

鱼,这件事想起来我就耿耿于怀。

鸡爪子也是阿咪的爱物。阿咪吃鸡爪子有自己的定式:首先歪着脑袋对鸡爪子端详一番,然后选择一个角度,从最小的那个鸡脚趾下口,依次吃去,最后是脚杆,剩下来不吃的是只有花生米大的一段干干净净的骨头。刚来的时候阿咪的食量不大,一只大鸡爪就可以打倒了。从去年开始,两只鸡爪子下肚还意犹未尽,还固执地站在冰箱前,圆圆的眼睛对阿爹充满期待。阿爹最怕被那双眼睛凝视,那双眼睛一直凝视到你心底,往往弄得你好像面对道德法庭的审判。所以,在晚上熄灯前或外出前,阿爹总要在阿咪的食盆里放上一块鱼,或者两片肉,半只鸡爪,少是少了点,也算是对那双眼睛的一种搪塞或者交代吧。

不是不让阿咪吃饱,真的不是。不把她喂饱她是不走的,她会对着你叫,有时很嗲,有时声嘶力竭。但是一旦她吃饱了,拉都拉不住。你看她吃的时候三心二意、左右顾盼,那就是饱了,这时你想抓她动作得快,不然肯定抓不住,阿咪早已歪着尾巴撅着屁股一溜烟跑了。问题是她说不定等一会儿就会回来转悠,尾巴在阿爹腿旁绕来绕去,一句话,还想吃。

这一点猫阿爹老是被猫阿婆埋怨,说阿爹太宠阿咪,喂猫要和喂小孩一样,要定时定量,一天两顿,一下子打倒。阿爹呢?高兴就喂一点,随讨随喂,养成了不好的习惯。最不好的是还一口口喂她,弄得阿咪像千金小姐似的,鱼从嘴里掉下来,阿咪就高昂着头站在那儿等阿爹捡到巴掌心捧到她嘴边。“太宠了,不好这样宠的,”阿婆在旁边笑着,直摇头。

阿咪确实有点不大像话。就说吃鱼吧,一面的鱼肉吃好了,她竟然不肯翻过来吃另一面,而是对着阿爹叫,等阿爹帮她翻好,再接着吃。真是过分了。可是阿爹愿意这样伺候,心甘情愿,这也是很奇怪的事。是不是人格里隐藏着犯贱的一面,养猫不过是为这种犯贱的一面提供实践的机会而已?

有时阿爹喂阿咪进食是一种令人赏心悦目的合作,最具代表性的是吹口琴——吃鸡大腿。阿爹双手抓着鸡大腿的两头，阿咪中间开花，一口口撕着吃，进入精加工阶段后，阿咪开始用舌头舔，从左到右，按部就班一路舔去，阿咪不停地舔，阿爹手上不停地转，和吹口琴别无二致。又有点像老式打字机，一路舔过去，到头了就另起一行。阿咪那细长的粉红舌头十分了得，那是她克敌制胜的利器和法宝，鸡大腿骨上的肉筋乱七八糟此起彼伏，阿咪的舌头到处，立即白骨展现，光洁如玉。阿咪曾经在情绪上来的时候舔过阿爹的手，哇！那哪儿像一条温柔小猫的舌头，分明是一柄柔软的锉。

人与猫之间的关系再亲密，也不会发展成为主仆关系，不会像人与狗那样令行禁止。人与猫是朋友，是大朋友和小朋友之间的关系。君不见驯兽师飞禽走兽什么都可以驯服，都可以上台表演，唯独对猫无计可施。猫总是保持着自己独立的品格。你可以不喜欢猫，但你无法让猫屈服。你可以做出最狠的事，大不了不给猫吃，但猫无所谓，你不给她吃，她的日子是会过得辛苦一些，但绝对饿不死它们。在猫阿爹所在的小区就无声出没着一批被遗弃的流浪猫，大多十分漂亮，据阿爹观察，它们都各有各的地盘，每天早上各家把垃圾袋丢到门边的时候，猫们就陆陆续续开饭了。它们从垃圾袋旁的冬青树或黄杨树后悄悄地钻出来，一袋一袋闻过来，然后把那些各式各样鼓鼓囊囊的袋子用利爪划开细细检查，择善而食。别看它们吃得不好，但是都比阿咪长得壮实，特别是那些男猫，一只只圆滚滚浑身横肉活像囚犯。

阿爹和阿咪也是朋友，谁都没想统治谁。但是阿爹有一件招之即来屡试不爽的法宝：敲茶缸盖。阿咪的食物都装在两只大茶缸里，只要茶缸盖一敲——扑、扑、扑，阿咪会马上放下手边的事情远远奔过来，或者从一些你根本想不到的地方钻出来，站在你腿边仰着头等你，用尾巴绕你，围着你的腿来回兜八字。有时阿咪调皮，不知钻到家中哪个角落里去捣蛋了，阿婆不放心，就会拿出茶缸盖扑扑扑一敲，阿咪就会悄无声息地仰着头出现在你的面前。有时天色已晚,阿咪野在外面不肯回家,阿爹拿起茶缸在门前的路上一敲,扑,扑,扑,阿咪就从苍茫暮色中钻出来,一纵一跳地往回奔,先是一团黑影,接着看到黑白相间的毛色——她是一只花狸猫,跑到阿爹面前站定,阿爹便一手往她前腿间的腹下一抄,先抓两前腿,再抓两后腿,高高举起来,放下,再举起来,一路回家。阿爹有肩周炎,需要做举重向上的锻练,阿咪的分量正合适,正好充当阿爹的哑铃。

现在,那茶缸里的鱼块早已馊了倒掉了,空空的茶缸在橱柜里作无望的等待,那双警觉地支楞起来的耳朵今在何处?是否还在期待着扑扑扑的声音为她敲响?

哦,阿咪,你就这样离家出走了,走出那扑扑扑的声音,走出阿爹阿婆的怜爱,为什么不干脆走出阿爹阿婆的心呢?你赖在阿爹阿婆的心里不走,夜深人静的时候就伸出尾巴摇摇,探出后腿蹬蹬,弄得阿爹阿婆说不出的难受。

阿咪离开家时间最长的一次有半个月,那是前年春节。说起来那次离家还挺有传奇色彩呢。

外出旅行是一件让家有宠物的人挠头的事情,因此养着猫啊狗啊的人很少出门。但是猫阿爹的父母住在二百公里外的老家,每年回老家过春节是雷打不动的。已经有孕在身的阿咪怎么办?春节前一个月阿爹阿婆就开始考虑这件事。有三种方案,一,阿婆是老师,有女学生喜欢猫,答应代养,可是后来变卦了;二,托给花鸟市场一位卖猫的吴师傅,阿婆叫他吴猫。吴猫满口答应代养半个月,条件只有一个,阿咪生下来小猫全部归他;三,带回老家,这方案多有不妥,回到老家应该全力伺候老人,再带回一只小猫伺候着,显然不够全心全意。况且老人不喜欢小猫小狗,更何况老人都是属老鼠的,带猫回去那不是成心给热热闹闹的春节添堵吗?不须多想,可行方案只有一个,放在吴猫那儿。吴猫看中阿咪肚皮里的一胎小猫,那都是腊猫,养猫的都知道腊猫是最好的猫。

临行前一天电话招来一辆出租车送阿咪到花鸟市场，司机是一位大嗓门的小伙子。小伙子一看到放在笼子里的阿咪就大叫起来：啊？这么漂亮的猫你们要送掉？别送啊，养着多好呀！阿爹阿婆忙解释说不是送，是暂寄。小伙子没耐心听，掏出手机打给他姐姐，说她可能要。可是电话就是打不通，哼，不知道在哪儿打麻将呢。嚷嚷着开车出发，又果断地说，到我家去，我老婆在家。一把方向便掉头岔上另一条路。似乎也不需要跟阿爹阿婆商量，一切都是他做主了。阿婆小心翼翼地问，你夫人喜欢猫吗？不喜欢！小伙子说话爽呆酷毙。我要养猫她不敢反对的！事情就这样定下了。

这一切阿咪都无法理解，在笼子里惶恐不安地东张西望。阿爹一边伸手抚摸着安慰阿咪，一边和小伙子搭讪，你也喜欢猫啊？喜欢！我小时候和猫睡在一起。接下来小伙子更是出语惊人："男人都喜欢猫，为啥？猫是婊子投胎的！"

三拐两拐停下来，小伙子的夫人已在路边等候，她接过司机的笼子就急匆匆回去，阿咪在笼子里急得东窜西窜，也顾不上高贵典雅的风度了。望着阿咪远去，阿爹愣在路边回不过神来，心被突如其来的难受攫住。小伙子看见了，很理解地安慰说，没事，放心好啦，过了春节会还给你的。阿爹忙解释，放心，哪能不放心呢？这是缘分呀。阿咪真是有福气，到这样的猫迷家是不会受苦的。去吴猫那儿只能和乱七八糟的猫们挤在一起，分享大食盆里已经发馊的剩饭，他才不管你坐月子不坐月子呢。

过完春节接阿咪回家她已经是三只小猫的母亲了。小伙子家里所有的空间都与阿咪共享，春节期间鱼呀肉的当然不缺，小伙子还特意为阿咪买了一条鳜鱼。阿咪大大方方照单全收，想睡哪儿就睡哪儿，还选择在人家席梦思上分娩，搞得小伙子的夫人满腹怨言不好发作。那小伙子真是一位超级猫迷，阿爹回来后就要去接阿咪回家，小伙子说再等两天吧，小猫眼睛还没睁开，动了它们的窝母猫就不肯喂奶了。结果第二天阿咪不知怎么搞的乱拉屎,小伙子打扫拖地时滑了一跤,一屁股跌在猫笼上,两天没能出车,夫人把阿咪送回来了。看来,小伙子和阿咪也就是半个月的缘。不知是谁,在冥冥之上把阿咪的生活安排得如此紧凑。

阿咪做了母亲就完全换了一副模样,不再整天游手好闲无事生非,从早到晚忙个不停。坐在阿咪的窝旁看一会,阿咪也真够忙的。三只小猫,一只只轮番舔过来就得花费很长时间,更何况她周而复始没完没了。舔累了就躺下来露出乳房让小猫们喝奶,眯着眼睛出神,任孩子们在肚子下拱来拱去。偶而出来吃点东西喝点水,马上就回到小猫身边,尽心尽职,无可挑剔。

阿咪最担心的还是孩子们的安全问题,她在厨房里拥有两个窝,一只方形的铁丝猫笼,一间塑料板的圆门猫屋,刚回来的时候她老是不定心,阿爹阿婆好奇心强,她就觉得自己的私生活受到侵犯,稍一犹豫就决定搬家——把三只小宝贝从猫屋一只只叼到猫笼,或者相反,兢兢业业,乐此不疲。后来渐渐习惯了阿爹阿婆的骚扰,知道那也是善意的,没有危险,也就懈怠了,甚至乐见那种骚扰。她咪着眼,呼噜呼噜趴在那儿,满意地看着阿爹阿婆为小猫咪来来回回瞎张罗,一会儿找出小盆子倒点牛奶给小猫们喝,一会儿翻出一块小地毯让小猫们在上面爬,锻炼身体,她觉得自己有些事情应该放手让别人去做,最后她发现必须自己做的事情只有两件,一件是喂奶,一件是舔小猫们的屁眼——也不懂是为什么,难道小猫们不会自己大小便吗?

后来小猫们渐渐大了些,阿咪的监管尺度也渐渐放开。晚上,阿爹阿婆坐在沙发上看电视的时候,小猫们便在阿爹阿婆的膝盖上爬来爬去,阿咪则趴在电视机上打盹,顺便取暖和看护小猫。小猫们则成了阿爹阿婆的玩具——把它们一只只放在沙发中间,看这些小绿豆眼睛们慢慢吞吞地往哪个方向爬,最终它们总是要蹭进某一个人的棉袄里去的,那里暖和。当然,谁棉袄里小猫多谁就是赢家。是赢家身上特有的气味更吸引它们吗?

阿咪和宝贝们分别的时候到了，阿爹得履行诺言——已经答应都送给吴猫的。也曾打算送给阿婆的学生们，但最终还是觉得不太靠谱，那些女生喜欢起来近乎狂热，但那热度能持续多久很值得怀疑。听到一种说法，说凡是到花鸟市场出钱买小猫回家养的人，一般说来都是做好准备真心养猫的，和偶然心血来潮的人不同，都有可以信赖的责任心。于是阿爹在一个春和景明的上午把三个小家伙装在一只纸盒子里送给吴猫。一路上，阿爹心有不舍，不停地把手伸到纸盒子里抚摸它们，有一只小家伙不停地咬阿爹的手指，阿爹知道，那是花花，最惹阿爹阿婆怜爱的那只，特别漂亮，也特别像阿咪。吴猫一见也特别喜欢花花，说这只我留下来自己养。

阿婆特别后悔没把花花留下来，那是阿咪的骨血，也会是我们对阿咪的一点念想啊。

从吴猫那儿回来阿咪就觉得不对，到处奔跑着找小猫，觉得每一个地方都值得怀疑。连洗衣机在工作的时候，里面传出来滚筒吱吱的声音，阿咪就仰起头来对着阿婆叫，充满委屈和希望地大叫，为什么把我的宝贝们藏在这玩意儿里面？还我！

现在回想，让阿咪和宝贝们分离是早了点，但是小猫越大，找到好人家的机会就越小，两难啊。阿咪不知道，她的后任靓靓就充分品尝到了另一种苦恼：靓靓的儿子大乌子被一位朋友抱回家，两个月后因为小孩过敏又把大乌子送回来，没过多久又被另一位朋友抱回去，两个月后还是因为类似的原因再被送回来，回来时大乌子已经像个大猫了，它没离家的猫弟弟祥祥和猫妹妹小乌子也都大了，子女一大，对母亲便不够尊重，靓靓便明显地感到失落，那一腔母爱似乎找不到用武之地了，后来她甚至拒绝和子女们住在一起吃在一起，有时一连好几天也不归家，最后干脆不知所终——到了这种地步，又有多大意思呢？

阿咪，和你说说靓靓吧。你走以后，家里便总是让人觉得缺了什么，一位刺绣研究所里的朋友说给阿爹物色好了一只猫，阿爹去考察过，那里有大大小小一百多只猫呢，喂食的时候，猫们从墙角、小树林里跑出来，浩浩荡荡，溪流漫过来一般。那是只黑猫，白肚子，长腿长尾巴，挺拔，清秀，很有些鹤立鸡群的意思，更让我心生怜意的是她特立独行的气质，从来不跟着其他猫没头没脑地瞎跑，阿爹说，就是她了。那天几个绣娘围过来为靓靓送行，突然有一句话从阿爹嘴里冒出来——我们回家吧——阿咪，这句话其实是对你说的，阿爹把她当成你了。

其实谁也代替不了阿咪的，阿咪是对阿爹阿婆打开的一扇窗户，看到了另一个世界，另一种情感。阿咪是阿爹阿婆的处女宠。

还记得那个真假阿咪的故事吗？

那故事发生在一个初夏的傍晚，阿爹下班回来得晚，天已经是苍莽黄昏了，阿爹照例先到后院里和阿咪打个招呼，但厨房里怎么没开灯呢？屋子里一片朦胧，阿婆神情诡异地坐在门前小凳子上，身边是那只猫笼。咦，阿咪怎么安静地坐在笼里，咋回事？我问阿咪。阿咪不答，阿婆笑眯眯地问那是阿咪吗？怎么不是呢，还能是谁。阿婆又说那厨房里的那位是谁？哟，还真是，阿咪又在屋里呆着，也很安静。这俩猫只能有一只是阿咪啊，亮灯细细端详，竟然完全一样！阿爹真的是被迷惑了，不是在做梦吧？

是阿咪的同胞姊妹从哪儿跑来认亲了吧？是从哪个国家的童话里跑来的？这是我的第一个念头。

确实是这猫自己找上门来的，至今都不知道它从何而来，因何而来，能肯定的是她来了就不想走了，一副安营扎寨气定神闲的样子。在灯光下仔细打量，认真比对，俩猫还是有一点不一样的地方，那就是她俩鼻子的颜色有深浅，都是粉红色的，真阿咪的鼻子淡一些，假阿咪的鼻子似乎敷了淡淡一抹胭脂。

竟有这样蹊跷有趣的事情？必将成为一段佳话呀——阿爹阿婆把假阿咪放进厨房，尝试让这猫姊妹同吃一盆鸡爪，假阿咪开心得很，呼噜呼噜地吃，没想到真阿咪却不容人家近身，张口就呼气威胁人家，弄得假阿咪一时不知如何是好。阿爹一边试图说服阿咪,人家是客人,咱们按待客之道照顾好人家,不可以这样小气哦,一边努力让她俩靠近一点。谁知阿咪纵身轻盈一跳,跳过假阿咪,跑出厨房,一溜烟跑到邻居家的窗台上,矜持地趴着,居高临下看阿爹阿婆,那意思十分明确 :留她留我,你们随便吧!

说真的,阿爹阿婆不想违背阿咪的意愿,即使神秘的不速之客是阿咪的骨肉同胞,阿咪拒不认亲也不能强求她啊,再说,谁知道她俩之间曾经发生什么,或者根本就不搭界。于是阿爹阿婆让客人饱餐一顿后礼送出境。

要说对阿咪的愧疚,确实有一件,到现在想起来还有点心痛。

阿咪来后时间不长就和阿爹阿婆打得火热,一起玩,一起闹,不亦乐乎。但是阿咪疯起来会在阿爹阿婆手突然咬一口,阿爹阿婆便被吓一跳,怎么回事?虽然不会咬出血,但还是有点疼的。这毛病怎么来的?可不能听之任之。便严肃批评,头上拍一记,你好咬人啊?一拍,阿咪便耳朵倒下来贴在头皮上,表示认错,但她就是不长记性,兴奋起来还是咬。明明知道咬了之后头皮会拍一记,阿咪就是忍不住要咬一下,哪怕一咬就连忙耳朵倒下来,弄得阿爹阿婆哭笑不得。怎么才能改掉这个毛病呢?阿爹想了个办法,老是拍人家头皮也不行啊。就弄了一只她喜欢的篮球来,放在阿咪旁边,她一咬,就打篮球,真打,也算是打球吓猫吧,指望收到奇效,结果还是不行。

后来才知道,阿咪咬你是喜欢你,猫表示喜欢是一步步来的,先是围着你转悠,然后头蹭你,然后嘴角蹭你,要把气息留在你身上呢,然后一起疯玩,喜欢得不行了,才会咬你一口。也不是真的咬,恨不得咬出血来那种,但牙痕是要留下的,点到即止,表示一下那种彻骨之爱吧,猫呀狗呀都这样,也不知道是谁教它们这一套的,千百年来就是如此,本能。

但阿咪是阿爹阿婆的处女宠啊,不懂这一套,误解就在所难免,让阿咪多吃了不少头皮。猫铁头猫铁头,那几记头皮阿咪是不在乎的,但心灵受伤害啊,阿咪的心无疑是柔软的。

阿咪的心是和阿爹阿婆贴在一起的。阿爹喜欢睡懒觉,阿咪会跑到床头对着阿爹叫,阿爹没办法,只好起来。阿爹那段时候经常傍晚在院子里打一套太极拳,阿咪便在一边着急,干吗呀,慢吞吞摸来摸去的,身手敏捷的阿咪不喜欢这样。一急,便纵身跳上阿爹的肩头,好啦好啦,还是我们一起玩吧。

院子里有两棵蛮大的桂花树,阿咪劲头一来,就会一溜小跑,一直跑上去,溜到浓浓的树荫里。最喜欢的是阿爹用一根梢头留着竹叶的青竹竿,在桂树下的一长溜书带草上掠过来掠过去,青葱葱的书带草上就荡起一层细细的浪波,阿咪像发现敌情一样,耳朵竖起来,猛扑过去,追扑竹梢上的叶片,勇猛无比。这个游戏的变种,干脆是阿爹站在院子中央,用那长竹竿在院子里画大大的圆弧,一圈又一圈,阿咪就风驰电掣般追逐着,奋不顾身,乐此不疲。疯过了,就瘫在花街铺地的鹅卵石上,一遍遍舔爪子。

阿咪还喜欢和粉墙下的小虫小草们玩游戏,小蟋蟀啊,小蝴蝶啊,也不管人家愿不愿意,她就一厢情愿地和人家玩,追、扑、掏、逗,无比警觉,无比勇猛。有时清晨蹑手蹑脚从桂花树下的青草间走过,轻轻碰落一路露珠,弄得自己的花狸斑上晶莹闪烁,如在仙境。

阿咪最危险的玩耍对象是小鸟,一有小鸟落在低处,阿咪就立即如临大敌,矮下身来,盯着,目不转睛地盯着,低姿匍匐前进,停下,致命地华彩一跃! 扑到了,也不急,任它挣扎,任它逃跑,再扑、再纵、再扑,阿咪有足够的耐心把这个游戏玩到极致。然后,满嘴咬着鸟儿急匆匆跑到厨房门前,放下猎物,激动地对着阿婆大叫,一边叫一边两条前腿不停地踩着,那是邀功请赏呢。

厨房外的玻璃廊是阿爹和阿咪经常一起玩耍的地方,廊外园子里有一只古老的青石井栏圈,虽然没有真的打一口井,但那石井放在那儿还是颇有点意味的。本来阿爹准备在井旁种一棵芭蕉,可有了廊这想法便显然多余 :一下雨,廊便与蕉叶有异曲同工之妙,其声如三弦,如小鼓,叮咚有声,很有一点诗意。阿咪的恋爱史就是从这雨声中开始的。

那是一个初夏的傍晚，不紧不慢的雨声在廊顶推敲着诗韵，忽然似有婴啼声，阿咪警觉起来，焦躁不安，各个房间巡视一番后便冲着阿爹大叫：啊呜——啊呜！全然不是过去的妙妙小曲。可恶的是雨中婴啼也一声声响亮起来，我猛然悟到，阿咪要谈恋爱啦。可是下雨呀，而且是晚上，但婴啼在廊外召唤，雨声在廊顶怂恿，阿咪叫得不管不顾，追求爱情哪，除了放她出去还能有什么选择？那夜阿咪和不知谁家的坏小子在廊下开了一个漫长的青春诗会。然后，阿咪便做了母亲，有了花花，她的猫生也算大致完整了。

春日躺在廊下看书是不错的享受。廊的两端一是海棠一是绿竹，若海棠花开，廊上便如下了一阵花雨，与另一端的绿影相映成趣。读着读着，阿咪蹿上身来，又不像要你爱抚，而是翻身下去，坐在廊下盯着你——不是逗你玩，而是要你逗她玩呢。好吧，放下书，书带草丛中找出一只乒乓球，一次次往廊上扔，那球响着跳着滚下来，阿咪双目圆睁，尖耳前指，在球滚出廊檐的一刹那飞扑过去，扑住小球便伏在那儿看着我，等阿爹重复这个她百玩不厌的游戏。

没有阿爹她就只好仰着头对廊发呆了。我观察过好几次，发现阿咪是对着廊上飞着盘旋着的鸽子发呆，十分心往神驰的样子，一副好气又好笑的蠢相。羡慕和忌妒真的是非常愚蠢的情感。为了成全阿咪的向往，阿爹准备对廊来一番改造：让牵牛花爬上去，让葫芦藤挂下来，阿咪就可以顺着根根藤条蹿上去，再跳下来体验飞翔的美妙感受了。

然而阿咪走了，病魔把她引到一个阿爹阿婆怎么找也找不到的地方，本来阿爹阿婆起码可以用一块黑纱巾包着她葬在院子里呀，然而阿咪就是不让人找到。阿爹阿婆只好把她最爱吃、还没吃完的一包鱼鳔埋在海棠树下。令阿爹惊奇的是，那海棠今春居然从树冠里伸出长长的一枝，远远地伸到廊上舞动，枝上的花朵儿也一直不谢，那是阿咪痴痴的魂儿吗？ ◢

图书在版编目(CIP)数据
姑苏行 / 薛亦然著 .-- 南京：江苏凤凰教育出版社，
2015.10
ISBN 978-7-5499-5485-8
Ⅰ.①姑… Ⅱ.①薛… Ⅲ.①散文集－中国－当代Ⅳ.①I267
中国版本图书馆 CIP 数据核字 (2015) 第 245069 号

书　　名　姑苏行
作　　者　薛亦然
摄　　影　吴万一
责任编辑　王建军
书籍设计　周　晨
出版发行　凤凰出版传媒股份有限公司
　　　　　江苏凤凰教育出版社（南京市湖南路1号A楼，邮编210009）
苏教网址　http://www.1088.com.cn
印　　刷　苏州市越洋印刷有限公司（电话0512-68180788）
厂　　址　苏州市吴中经济开发区天鹅荡路2号，邮编： 215000
开　　本　889×1194毫米 1/32
印　　张　10
版　　次　2015年11月第1版　2015年11月第1次印刷
书　　号　ISBN 978-7-5499-5485-8
定　　价　60.00元
网店地址　http://jsfhjycbs.tmall.com
新浪微博　http://e.weibo.com/jsfhjy
邮购电话　025-85406265,85400774 短信 02585420909
盗版举报　025-83652579
苏教版图书若有印装错误可向承印厂调换